異世界で半魔の子供を育てたらヤンデレに育った　下

Yuki Fukuzawa

福澤ゆき

Ruby collection

Contents

登場人物紹介
ロイ
人間不信の半魔だったが郁実と出会い、人間の彼を愛するようになる。最愛の郁実がある日突然消えてしまい、その瞳には愛憎の炎が宿るように……。
佐久間郁実
異世界で出会ったロイと家族の関係から恋仲になるが、何者かの手によってある日突然元の世界に強制送還されてしまう。再び異世界に再召喚されると神子としての責務を負う事になり!?
シグルド
ヘルズヘイム三大治癒魔法師に名を連ねるアンドレセン家の子息。本人も治癒師としての能力を継承する神童。密かに郁実に想いを寄せている。

アントン
カールソン伯爵家の五男。落馬の大ケガを負ってアンドレセン家に治療にやってきたが…？
アマンダ
アンドレセン家の使用人でジグルドが幼少の頃から愛を注いできた。豪胆な性格で腕っぷしにも自信あり。
ヘレン
アンドレセン家の皿洗いメイドで、家の貧しさから奉公に来ている少女。ロイと年が近い。
佐久間陸斗
郁実の下の弟。反抗期がかなり激しかった。現在は大学1年生。
黒沢
郁実の同僚。郁実に優しくされてから異常なまでの執着心をもち、愛憎入り混じってストーカー化してしまう。
佐久間優斗
郁実の上の弟。国公立大学に進学して、就活も順調な大学4年生。

異世界で半魔の子供を育てたらヤンデレに育った　下

【第3章】

1．問題児の神子《みこ》

子供の頃から、規則や大人の言いつけを絶対に破らない子供だった。

だからと言って優等生と言えるほどの成績ではなかったが、全教科平均点以上はキープしていた。

教師に呼び出されて説教をくらう暇はなかったし、何より弟たちに示しがつかない。そんな自分が、アラサーと呼べるような年になって、まさか〝問題児〟と言われるようになるとは思ってもみなかった。


「ラルフ！　神子様は見つかったか!?」

「いや、こっちにはいない」

「まずいな……もうすぐ船が港に来る時間だ」

「はあ。これで何回目だよ。あの問題児」

「神子様に、なんということを言うのだ。この罰当たりが」

「そもそも、本当に神子なのかも怪しいだろ」

「神子様が降り立った時のあの柔らかな温かい光を忘れたか？　あれこそが、私たちを邪悪なモノから守ってくださる聖なる光だ」

波打ち際の大きな岩の間に隠れて若き神官たちの話し声を間近に聞きながら、郁実《いくみ》は息を殺していた。シグルドが予想していた通り、郁実はリスペル神殿によって招喚された〝神子〟という存在らしい。

最初に招喚された時は、何か手違いがあったのか、ここから遠いクルムトという街に飛ばされたことで彼らの前に姿を現すことがなかったが、今回の招喚では神殿に降り立った。

一度目の招喚は、完全に失敗に終わったと思われているらしく、神子がこの世界に降り立ったのは、今回が初めてだと勘違いされている
郁実が現れた時、神殿にいた者たちは信じられないというようにどよめいた後、盛大な歓声をあげた。

『よくぞ、よくぞおいでくださいました神子……！　あなたはこの暗き世界に差す一筋の光です』

もう三十も近づいてきた男が神子などと言われてもどうしてもピンと来なかったが、神官長は涙を流して、手厚く郁実を神殿に迎え入れた。

それから毎日、夜明けと共に聖水で身を清めて白い神衣を纏《まと》い、太陽の方角へと祈りを捧《ささ》げている。

神子と言っても、今はただそれだけしかしていないのに、まるで王様にでもなったかのように周りに傅《かしず》かれる毎日だが、自由だけは許されなかった。

――神殿に入ると〝神殿の人〟になっちゃうから。自由に行動できなくなるんだよ。

これもシグルドが言っていたことだが、本当にその通りだった。

この神殿の生活に一切の自由はない。どこに行くにも神官たちがついて回り、個人的な外出は絶対に許されない。

何度も、会いたい人がいるから一度だけでも外出させて欲しいと訴えたが認められなかった。

脱走を繰り返して、若い彼らに迷惑をかけるのは心苦しいが、それでもどうしても、郁実はここを出なければならなかった。

(……ロイを探さないと)

今一体、どこで何をしているのだろう。向こうの半年が、こちらの四年だった。神官長は郁実に説明するときに「最初の招喚の失敗から七年」と言っていたから、少なくとも初めてロイと出会ってから七年が経過している。

つまり、最後に別れてから、約三年は経過しているということだ。

きっと、彼の心を深く傷つけてしまったに違いない。一生側《そば》にいると約束したのに、結果的に裏切ってしまった。子供の頃、自分の生い立ちを語った時の、彼が初めて見せた泣き顔を思い出して胸がジクジクと痛み、焦燥が募った。

とにかく、早く探しに行かなければならない。

リスペル神殿の建つヤルン島はヘルズヘイムの最南端の港から僅《わず》か一キロのところに浮かぶ島だ。

その気になれば泳いで渡ることも出来そうだが、島の周りには見張りがずらりと並んでいる。

唯一北側だけは見張りが手薄だ。なぜなら、絶対にそこからは外に逃げることは出来ないし、外からも侵入出来ないからだ。

断崖《だんがい》絶壁になっており、その真下には「魂の墓場」と呼ばれる巨大な渦がある。ここに落ちると、その魂は死んだ後に生まれ変わることもなく、永遠にその渦の中に囚《とら》われると言う。

一度だけ見たことがあるが、見ただけでゾッとするような不気味な大渦だった。

まるで絶望がぽっかりと口を開けたようで、見ていると眩暈《めまい》がしそうになり、以来そこには近づいていない。

北側から泳いで逃げるのはどう考えても無理だった。だから郁実は、南側で船を待っていた。

神聖なヤルン島はひどく閉鎖的で、外部から人が入ることを拒んでおり、神殿が許可をした日にしか船が出ない。国王ですら、そのルールは変えられないらしい。

今日は郁実がこの神殿に来てから初めての船の運航日だ。〝奇跡の神子〟が降臨されたという噂《うわさ》を聞きつけ、挨拶《あいさつ》をすべく国の要人たちがたくさん集まるのだという。

船にはたくさんの積み荷も積まれている。郁実を含め、ヤルンで暮らす人々のための一カ月分の食糧や日用品だ。

その積み荷に紛れて、船に乗り込めないだろうか。

もうじき現れるはずの船を眺めていると、郁実のすぐ真上で声がした。

「どうせ、この辺の岩の陰に隠れてやり過ごして、今日来る船の積み荷に紛れて船に乗ろうっていう魂胆だろう」

「神子様がそんな浅はかなことをお考えになるはずがないだろう。この背信者め」

（バレてる……）

彼らの足元の岩陰で息を殺しながら、郁実はどくどくと鼓動が早まるのを感じた。

「俺が背信者だっていうなら、この神殿自体がそうだろう。神子招喚なんて何百年も前に廃止された慣習を復活させたのだって何の目的か知らないが、ロクなことじゃなさそうだ。なにせ……」

「ラルフ！」

もう一人の神官、スヴェンが咎《とが》めるような声を出すと、ラルフは渋々押し黙った。

「……どっちにしろ、船が着くまでに見つけ出して着替えさせないと面倒なことになるな。神子降臨の祝祭だっていうのに、その神子がいないんじゃ大騒ぎになる」

「そうだ。今日は〝あの方〟もいらっしゃるんだからな」

「〝あの方〟、ねえ……。ま、どっちにしろ」

一刻も早く見つけなければ。

そう言うなり、ラルフが岩の上から飛び降りた。すぐ目の前に彼の長い足が見え、郁実は必死に体を縮こまらせて気配を消した。

ラルフはしばらくその辺をウロウロとして立ち去ろうとしたが、二、三歩歩いたところでぴたりと足を止めると、踵《きびす》を返して岩の下を覗《のぞ》き込《こ》んだ。

「！」

「やっぱりここでしたか神子。かくれんぼにぴったりの岩だなーと思いましたよ。ここからなら船がいつ来るかも、よく見通せますしねえ」

ラルフは呆《あき》れたような笑みを浮かべて言った。その後ろでスヴェンはあんぐりと口を開いている。

浅はかな考えを見透かされ、郁実は恥ずかしく思ったが今はそれどころではない。咄嗟《とっさ》に岩の陰から飛び出して逃げ出そうとしたが、即座に左右から二人に挟み撃ちにされ、捕らえられる。

「離せっ」

「暴れないでください。我々は神子の神聖なお体に、傷一つ負わせてはならないのです」

スヴェンが懇願するように言った。ラルフもスヴェンも、武術とは無縁の神官で、さほど力は強くないが、二人がかりで捕まえられてしまうと、上背がない郁実は不利になる。それでもなんとか逃げ出そうと無茶苦茶に暴れ続けた。

「頼む、見逃してくれっ！　どうしても、会いたい人がいるんだ」

「この島から逃げたところで、元の世界には戻れませんよ」

ラルフが気の毒そうに言った。今回が初めての神子招喚だと思っている彼らは、郁実が七年前、クルムトの街で暮らしていたことを知らない。〝会いたい人〟というのがこの世界の人間だとは思っていないのだ。郁実は、神官たちにロイのことを秘密にしていた。ここは神殿で、ロイは魔物と人間のハーフだ。天敵と言っても過言ではないだろう。

半魔の子供の存在を知ったら、彼らは何をするか分からない。

「神子。この島で暮らす者は皆、魂も肉体も神に捧げています。家族も友人も恋人も、全てを断ち切る覚悟です。ましてあなたは神子。私たち以上にそれを重んじなければなりません」

スヴェンが丁寧な口調で、厳しく言った。

そうこうしているうちに他の神官たちも駆けつけてきて、引きずられるようにして神殿に連れ戻されてしまった。

「神子、どこに行っていたのですか！　今日は大事な日なのですよ」

神官長がひどく険しい顔で窘《たしな》め、若い神官たちに支度をするように命じると、郁実は念入りに無理やり聖水と言う名の冷たい水を浴びせられて体を清められた。

布で水気を拭《ふ》き取られると、いつもの白い神衣ではなく、金糸の装飾のついた豪華な神衣に着替えさせられる。あまりに分不相応な服装に少し頬が熱くなった。

「こんな格好させて……俺は一体、何をすればいいんだ」

「何もしなくてよいのです。ただ黙って、微笑《ほほえ》んでやれば彼らは皆、それだけで救われるのですから。神子は信仰の象徴として、堂々と、ただ黙って座っていてくだされればいいのです」

神官長が穏やかな笑みを浮かべてそう言った。その言い方は優しかったが、何か嫌な感じがした。

人形。

そう、中身のない操り人形でいろと言われているような、そんな気分だった。

郁実は未《いま》だ脱走を諦《あきら》めていなかったが、神官たちにぐるりと取り囲まれていて、とても逃げ出せそうにない。諦めて、窓から船着き場の方を眺めることにした。

程なくして白い帆を張った大きな船が到着すると、中からまるで吐き出されるように多くの人たちが出てきた。

普段、時折許可が下りた時だけ船で外部の人間がやってくることはあると言うが、こんなに一度にたくさん集まるのは、初めてのことらしい。

だが郁実は、人々の方よりも、積み荷の方などをよく見て、どこかうまく潜り込める場所はないか探していた。

船が来るのは、今日だけではない。帰りの船に乗り込めるチャンスがあるかもしれないし、構造をよく見ておいて、次の機会の参考にしなければならない。

（これだけ人がいるんだ。着替えて、人混みに紛れ込んで乗り込めないか……？）

ラルフ辺りに先回りで予測されてしまいそうだが、他に上手《うま》い方法が思いつかなかった。こんなに人が集まるのは今日ぐらいだろう。

そう考えていた時だった。ふと、視界の片隅に入ったものに、心臓が止まりそうになった。

「え……？」

（気のせい……か？）

視線を動かしたその一瞬で、それは消えてしまった。だが確かに視界に映った気がしたのだ。

――ロイ？　彼に会いたいと思う自分の心が見せた幻だったのだろうか。

窓は嵌《は》め殺《ころ》しになっていて開けられないが、へばりつくように郁実は人混みの中を探した。だが、ロイらしき人物はどこにも見当たらない。

（やっぱ、見間違いか……）

だが、郁実の鼓動はいつまでも静まることはなく、ドクドクと激しくなるばかりだった。

2．神子の力

式典の時間になると、郁実は宝石で装飾された仰々しい椅子に座らされた。背後には、ずらりと神官たちが立ち並び、真横には神官長が立っている。

――何も喋《しゃべ》らなくていいのです。笑う必要もありません。ただ、黙って、堂々としていてください。必ずこの場の誰もが、神子《みこ》の御力を信じることになりますから……ご安心ください。

神官長にそう耳打ちされた通り、ただ黙って座り何も喋らず、にこりともせず人形のように座っているだけだ。

――あれが〝神子〟なのですか？

――男じゃないか。若い少女だと思っていたが……。

そんな懐疑的な声が遠くから聞こえると、郁実は微《かす》かに頬を赤らめた。

（俺だって、ピンとこないよ……こんなアラサーのおっさんが神子なんて言われても……）

それでも黒い髪に黒い瞳《ひとみ》というのは珍しいようで、皆興味深げにこちらを見ている。

こんなに大勢の視線を向けられるのは初めてのことで、ひどく居心地が悪い。郁実《いくみ》は少し俯《うつむ》きがちに視線を落としながらも、さりげなく神殿内を見回し先ほど見たロイらしき人物を探した。

記憶の中のロイよりも、少し背が高かったような気がしたが、あれから三年経《た》ってさらに成長したのなら人違いではないかもしれない。

だが、どこをどれだけ見回しても、ロイは見つけられなかった。ほんの一瞬のことだったし、やはり見間違いだったのだろう。そう思うと、郁実は心の中で深い落胆の溜息《ためいき》を吐《つ》いた。

それならば気持ちを切り替えて、この混雑に乗じてどのタイミングで逃げ出すべきか考えなければならない。

こんなに人が集まるのが最初で最後なら、今日が最大のチャンスだ。

式典に訪れた人々は爵位を持つ貴族ばかりで皆、数人の従者を連れている。あの従者の一人に紛れられないだろうか。

そう考えていた時、不意に獣の唸《うな》り声のような音が聞こえ、同時にざわめきの声が上がった。

神官たちの手によって、神殿内に大きな檻《おり》が運び込まれてきたのだ。その中には、四肢を鎖で繋《つな》がれ、口枷《かせ》を嵌められた獣が横たわっている。

体は獅子《しし》のような肉食獣のそれだが、背中に黒い翼が生えている。おそらく、魔物だろう。

「魔物だ……っ！　なぜ神聖な神殿に！」

動揺する人々に、神官長が落ち着き払った声で言った。

「神事の最中です。静粛に」

「おい、その魔物はなんだ！　女や子供が怖がるだろう！　早く殺せ！」

女性たちの悲鳴や抗議の声を聞いても、神官長は穏やかに微笑みを浮かべて言った。

「この口枷を外したら、魔物はおぞましい憎しみの黒炎をあげるでしょう。ですが、この場には神子がついていてくださります。……さあ、神子。今こそ、神から授かりしその力を、我々に示してください」

「えっ……いや、ちょっ……」

状況が飲み込めず、思わず動揺の声を上げたが、それとほぼ同時に、神官たちが檻に細長い棒のような物を差し込み、先端についた鍵《かぎ》で、口枷を外した。

その瞬間凄《すさ》まじい咆哮《ほうこう》が上がった。人々は今度こそパニックになり、慌てて神殿の外に逃げようとしたが、出入り口は全て神官たちによって塞《ふさ》がれている。

「おい、ふざけるな！　こんな話は聞いてないぞ！」

怒り狂う人々の声や悲鳴が、神殿の高い天井にこだまする。

だが、それ以上に魔物の怒りの方がすさまじかった。おそらく、この魔物は長いことこの狭い檻に閉じ込められていたのだろう。ひどく気が立っている。

（ひどいことを……）

やせ衰えた魔物を目にして、郁実は思わず片手で口を覆った。出会ったばかりの頃のロイを思い出す。弱り切った魔物は憎しみの全てを人間たちにぶつけるように、まるで火柱のような凄まじい黒炎を上げた。

耳をつんざくような悲鳴が上がるのを聞きながら、郁実は咄嗟に人々の前に出て光を放った。黒い炎はすぐに郁実の放った光に吸収される。

魔物はそれでも怒りが収まらないのか、立て続けに黒炎を放ったが、すべて光に吸収され、やがて力尽きたのか倒れ込んだ。

「はぁ……はぁ……っ」

久しぶりに力を使い、ひどく体力を削られた。息を切らしながら、慌てて檻に駆け寄って中を覗き込む。魔物は疲れ果てて眠っているものの、息はあるようだった。

（よかった……）

ホッと息を吐いてその場にしゃがみ込むと、神官たちが駆け寄ってきて、郁実を椅子へと戻した。

「黒炎が……飲み込まれた……？」

「本物だ！　本物の、神子様だ。なんと美しい聖光だ……」

それまで懐疑的だった神殿内の空気が一変した。

命の危機から解放された高揚感と、奇跡を目撃したことで、彼らは皆興奮状態にあった。

異様な熱気のようなものに包まれた神殿の中で、貴族たちが一人ずつ郁実の前に立ち、恭しく挨《あい》拶《さつ》し、自分が治める領土の平穏と安寧の祈りの言葉を捧《ささ》げた。

皆先ほどまでとはまるで違う、どこか敬虔《けいけん》な、畏怖《いふ》の念の浮かぶ表情で自分を見ている。

その様子に、神官長は満足げにしていたが、郁実は激しい怒りに駆られていた。

こんなことのためにあの魔物は狭い檻に監禁され、利用された。これが神殿のやることなのか。

長い袖《そで》に隠した手をきつく握りしめながら、繰り返される挨拶を上の空で聞き流していた。

式典が終わったのは、昼下がりと言える時間だった。

この閉鎖的な神殿では滞在許可が取れるのはごく僅《わず》かだと言う。

今日訪れた人のほとんどは、日没の鐘の音と共に出港する帰りの船に乗り、大陸へと戻る。

それに紛れて、郁実もなんとしてでもここを出なければならないが、そんな考えはこれまでの脱走劇で他の神官たちにも見抜かれている。

郁実はまるで連行される容疑者のように前後左右を神官たちに囲まれて、神殿内の細い螺旋《らせん》階段を上らされていた。

「……スヴェン」

「どうしました？　神子」

「ト、トイレに行きたいんだが……」

まるで小学生のような言い訳だが、他に一人になれる方法が思いつかなかった。スヴェンは信仰心に篤く、郁実のことも神子として敬愛してくれているが、さすがに呆れた顔をした。それにおそらく、嘘《うそ》だと見抜かれている。

「我慢してください」

「我慢できないから言ってるんだ」

「いいえ、我慢してください。これから、大事な御方に会って頂かなければならないのですから。待たせることは許されないのです」

「大事な御方……？」

ただならぬ様子に怪訝《けげん》に思って首を傾《かし》げていると、神官長がやってきた。

「神子。こちらへいらしてください。話が終われば、すぐに退席して頂いて構いません」

そう言うなり、神官長は何もない壁に向けて魔石を翳《かざ》した。すると、白い壁には古いオークの木で出来た扉が姿を現した。

隠し部屋なのだろう。こんな極秘の部屋に案内されるとは、一体どのような相手なのだろうか。

恐る恐る中に足を踏み入れると、中には四十代～五十代ぐらいの壮麗な服を着た男性が腰かけていた。

この隠し部屋からは、神殿内の様子が見下ろせるようになっている。先ほどの式典も、ここから見ていたのだろうか。

一体この人は誰だろう。そう思っていると、神官長が郁実に耳打ちするように小声で言った。

「グランフェルト王弟殿下です」

3．予期せぬ再会

その名前に、思わずハッと息を呑《の》んだ。

ロイの祖父だ。王弟殿下ということからも、同じ名前の別人ではないだろう。

（……グランフェルトって……）

途端に、鼓動が早くなった。

神官たちは皆、グランフェルト公に対して畏怖の念を抱いているようで、室内はピンと張り詰めたような緊張感がある。

このリスペル神殿はヘルズヘイム領土内に建ってはいるものの、完全な独立機関であり、国王すら口出しは出来ず、国と神殿の関係はあまりよくないと聞いている。それなのに、国王の弟がなぜこんなところにいて、まるで王のように、いやそれ以上に扱われているのだろうか。

驚いて立ちすくんでいる郁実を、グランフェルト公は一瞥《いちべつ》した後、笑みを浮かべて言った。

「先ほどの力を見せて頂きました、神子。紛れもない神の力、恐れ入りました」

「……」

グランフェルトに見せるために、神官長はわざわざあの魔物を捕らえて、利用したのだろうか。

そう思うと、郁実は何も言えずに唇を引き結び、黙り込んでしまった。

「ヘルズヘイムは、魔物の黒炎による被害が絶えません。神子《みこ》様のお力が必要です。どうか、民を救うためにお力添えを頂けませんか」

熱のこもった声で言われて戸惑《とまど》ったが、彼は郁実をじっと見つめて言った。

「黒炎の恐怖がなくなれば、人間は今ほど魔物を恐れなくなります。……我々は、共存できるのです」

共存。その言葉にハッとした。

「お力を……貸して頂けませんか。神子」

もう一度問われて、郁実は思わず、小さく頷《うなず》いてしまった。

グランフェルト公。

ロイから聞いていた限りではもっと苛烈《かれつ》な人物だと思っていたが、思いのほか物腰柔らかく紳士的な印象だった。

グランフェルトは郁実が頷いたことに微笑《ほほえ》むと、今度は神官長の方を向いて言った。

「ケルニル西部の辺境では、また魔物の被害が深刻化しています。警備隊が何人も黒炎でやられました。作物は枯れ、畑は腐敗しています。神子様に結界を張って頂かなければどうにもなりません」

「し、しかし……護衛はどうされるのですか。神子は黒炎は防げても、魔物の牙《きば》は防げません。神官はいかなる相手でも殺生を禁じられていますし……」

スヴェンが思わずと言った具合に口を挟むと、神官長が窘《たしな》めるような視線を送った。

グランフェルトは特に気にした様子もなく続けた。

「そうです。武器を持たない神官では神子を守れません。神子の力の噂《うわさ》が広まれば、必ずそのお命を狙う者も増えるでしょうし、日頃から護衛が必要でしょう」

グランフェルトはそこで、まるで目配せするように神官長をちらりと見た。

「我が息子《むすこ》を神子様の護衛に付けましょう。今年の秋に、騎士養成学校を卒業したばかりですが、帝国騎士団に引けを取らない。いや、打ち負かせる程の腕前です。ヘルズヘイム一の騎士と言っても過言ではない」

「……神官以外の者を、リスペル神殿に入れると言うのですか？　血の穢《けが》れは厳禁の神殿に、剣を持った騎士を入れると……」

スヴェンが信じられないと言うように声を震わせて言う。

「……息子？」

後ろで黙って聞いていたラルフは、怪訝な顔で呟《つぶや》いた。

「来なさい」

グランフェルト公が部屋の奥に向かってそう促すと、一人の青年が現れた。

郁実は思わずその場に崩れ落ちそうになった。脱力してだらりと垂れた手が、腿《もも》の横で無意識にぶるりと震える。

（ロイ……？）

最後に見た時よりもずっと大人びているが、それでも確かに面影が残っている。

あの頃よりも上背が伸び、体型も少年のそれから青年の逞《たくま》しくも引き締まった体になっていた。

目を見開いたまま瞳を揺らしてロイを見つめると、彼もまたこちらを見返した。その視線は、まるで刺すように冷たい。

――ごめん。会いたかった。心配だった。離れたくなかった。会いたかった。ごめん。ごめん。ごめん。

心の中で悲鳴のような声が上がるが、唇が震えて上手《うま》く声に出せない。

「ロ……ッ」

訳も分からないまま瞼《まぶた》にぶわりと熱がこみ上げ、思わず駆け寄って名前を叫ぼうとすると、それを遮るようにロイが言った。

「お初にお目にかかります。神子。ロイ・グランフェルトと申します」

あの頃の声変わり間もない少し嗄《かす》れた声ではなく、低く、そして冷たい声だった。

「え……」

（ロイ、だよな……？　ロイ……グランフェルトって……どうして……）

グランフェルトの家に戻ったのか。ロイに虐待を加えていたあの家に。まさかあの後、彼は祖父に捕まったのだろうか。

言葉も出せずに立ち尽くしていると、ロイは口の端だけ微《かす》かに上げて笑みを作ってこちらへ歩み寄り、呆然《ぼうぜん》としたままの郁実《いくみ》の前に立つと、不意に腰に下げた剣を引き抜いた。

「！」

そのまま斬りつけると思ったのか、スヴェンとラルフが、慌てて郁実の前に立ちはだかろうとしたが、それより先にロイはその剣を郁実に手渡した。

戸惑いながらそれを受け取ると、細身の剣に見えたが、見た目以上にひどく重く、郁実はよろめきそうになった。

ロイはそのまま郁実の前で、まるで主君を前にするように跪《ひざまず》いた。

「我が剣に懸けて誓います。神子様の進む道を共に歩み、この命を捨てても必ずやその御身を守ることを」

叙任式のように郁実の前でそう誓ったロイに、ラルフが疑惑の目を向けた。

「恐れながら……ロイ様がグランフェルト公の子息であるという証拠はあるのですか？」

すると、これまでどんな時も落ち着いていた神官長が初めて動揺した。

「ラルフ！　自分が何を言っているのか分かっていますか？」

「し、しかし、グランフェルト公には、ご令嬢しかいなかったはずです」

するとグランフェルトは、特に気を悪くした様子もなく、落ち着いた様子で話した。

「恥ずかしい話だが、妻とは別の女に産ませた子供でね。母親の身分が低いから、あまり公にはしていないんだ。私に息子がいると分かったら、国王も穏やかではなくなるだろうし、余計な火種になっても困るからね。それでも騎士学校を卒業するときはその剣技の腕前から人の口に上ってしまったのだが……このヤルン島には届かなかったようだ」

少し気恥ずかしそうに苦笑いを浮かべてグランフェルトは言う。ロイから生い立ちを聞いていた郁実は、その話が出鱈目《でたらめ》だと分かる。ロイの母親は、グランフェルトの娘であり、父は魔物だ。

だが、何も知らない人が聞いたら、嘘を吐《つ》いているとは思わないだろう。

ラルフはそれ以上の追及をやめたが、ロイに対しては未《いま》だ疑惑の目を向けており、郁実の側《そば》から離れなかった。

ロイはグランフェルトの元で、ずっと人間として暮らしていたのだろうか。学校にも通っていたようだし、昔のように檻《おり》の中に閉じ込められていた訳ではないのだろう。だが、冷めた笑みを浮かべたその表情を見る限り、彼はこの三年、幸せではなかったろうと思った。

今すぐロイと二人きりになって話をしたい。何よりも謝りたい。

そして、息が出来ないぐらいにきつく抱き締められたい。抱き締めたい。

だが、自分を見つめる彼の瞳《ひとみ》の奥に、仄暗《ほのぐら》い愛憎の炎が揺れていることに、郁実はまだ気づいていなかった。


ラルフは納得していなかったようだが、ロイは神子の護衛として任に就くことが半ば強引に決まった。

(何が……どうなってるんだ)

一体これはどういうことなのか。

冷めた目をして落ち着き払っているロイの姿を見ると、本当に彼はロイなのかと疑問がこみ上げてくる。

郁実は早くロイと二人きりで話がしたかったが、結局グランフェルトとの晩餐《ばんさん》の場に呼ばれたりと忙しくしているうちに、すっかり夜になっていた。

日付が変わる頃には、昼の式典の騒がしさが嘘のように、いつもの静かな神殿に戻った。

夜の祈りを捧《ささ》げ終えると、神殿の最奥にある自室へと続く螺旋階段をラルフ、スヴェン、そしてロイに付き添われながら郁実は黙って下った。

三人の間には、どこかピリついたムードがあり、ひどく気まずい。

スヴェンは、グランフェルト公の息子ならとロイを認めているようだが、ラルフはまだ納得が行かないようだった。

やがて郁実の部屋の前に辿《たど》り着《つ》くと、ラルフはロイに向かって言った。

「騎士殿。神子の寝所には入らないで頂きたい。神子の寝所の支度も我々神官の役目ですから。今日は長旅でお疲れでしょうからご自身の部屋でお休みください」

あくまで護衛ではなく客人扱いしようとするラルフの言葉を、ロイが馬鹿にしたように鼻で笑った。

「賊が入ってきたら、誰が神子を守るんです？」

「神殿に賊が入ったことはない。大体、敵は外から入ってくるだけとは限らないんでね」

ラルフはあからさまに疑念をぶつけるようにロイを睨《にら》みつける。

「ラルフ！　ロイ様はグランフェルト様の御子息だぞ」

「だから尚更《なおさら》怪しいって言ってんだよ」

「貴様……っ！　身の程をわきまえろ！」

スヴェンとラルフが摑《つか》み合いになると、郁実は慌ててロイの腕を摑んで言った。

「ラルフ。俺は寝るとき護衛がついていてくれた方が安心する。この人強そうだし」

するとラルフは、信じられないものを見たというように大げさに驚いて言った。

「毎日毎日隙あらば脱走を繰り返している神子様が、部屋の中にまで見張りを置きたいとは、一体どういう風の吹き回しですか？」

「そ、それは……」

その言葉に、ロイがぴくりと反応した。

「神子様は脱走を……？」

「ええ、何度も。神子は未だに元の世界が恋しいようで……」

スヴェンが困ったように重い溜息《ためいき》を吐くと、ロイはしばらく黙り込んだ後、口の端を歪《ゆが》めて笑った。

「なるほど。それなら尚更……神子には護衛が必要ですね」

4. 見えない檻

ラルフとスヴェンが後ろ髪を引かれるようにして神官の暮らす寮に戻っていくと、いよいよ郁実はロイと二人きりになった。この時を先ほどからずっと待っていたというのに、いざ二人きりになると喉《のど》につかえたようになかなか声が出てこない。

言葉より先に感情が溢《あふ》れてしまい、喉に熱いものがこみ上げてくる。

「ロイ……」

壁を背にして無表情に立つロイに震える声で呼びかけると、彼は目も合わせずに言った。

「……何か御用ですか？」

あくまで他人行儀な様子に戸惑いながら、郁実は笑って言った。

「今はもう、二人きりだからそんな話し方しなくていいんだぞ。人間の姿でいる必要もないから……」

本当の姿を見せてくれ。

涙ぐみながらそう訴えるが、ロイは表情を変えない。ただ、冷ややかな目でこちらを見下ろしている。

「……おっしゃっている意味が分かりませんが」

ロイは半分流れる魔物の血を捨てたのだろうか。

そうせざるを得ない環境にいたのだろうか。

「ロイ。ごめん、ごめん本当に……長い間、お前を独りぼっちにして……」

「…………」

「この三年、何があったんだ。どうしてグランフェルトの所なんかに……酷《ひど》いこと、されてなかったか？」

それだけが、ひどく心配だった。

「酷いこと？　あなたがそれを言うんですか？」

さもおかしいというようにロイが笑う。

「……祖父は欲深い悪人ですが、本人もそれを認めている。その点では、あなたほどじゃない」

「ど、どういう、ことだ」

「……俺がこの世で一番許せないのは、あなたみたいな一見天使のように優しい顔をして甘い言葉を吐く人間の〝裏切り〟なんですよ」

ロイは笑って言っていたが、その瞳には郁実に対する確かな憎悪があった。

そこでようやく郁実は、ロイが何か大きな誤解をしていることに気づいた。

「裏切ってない。俺は一度もお前を裏切ってなんかない！　確かに、ずっと側にいるって約束したのに……、守れなかったけど……俺だって、離れたくて離れた訳じゃない」

郁実は必死に話した。三年前のあの日のことを。

ロイを見送った後、すぐに部屋の中に見知らぬ仮面の男が現れたこと。光を浴びせられ、気づいたら元の世界に戻ってしまっていたこと。どうにかこちらの世界に戻ろうとしたけれど、ダメだったこと。だが、その全てを話しても、ロイの表情は変わらなかった。

「……それで？　その話が作り話ではないという証拠は？」

少し眉《まゆ》を寄せて冷たく笑うロイの顔。その顔を見れば、彼が自分の話を少しも信じていないということが分かった。

「俺は……っ、俺はずっとお前に会いたかったんだ！」

どうすれば伝わるのだろう。言葉以外に、何の証拠もない。

「……言葉では、どんなことも言えますから。もういいんですよ。そういうの」

ロイは後ろ手に部屋の鍵《かぎ》をかけると、一歩ずつ郁実に近づいた。間近で見ると、本当に背が伸びたと思う。もう力では絶対に敵《かな》わないだろう。

彼はベルトに括《くく》りつけた短剣を引き抜くと郁実の首元に手を伸ばし、そのまま勢いよく神衣を引き裂いた。

一瞬、何をされたか分からなかった。露《あらわ》になった肌に、慌ててはだけた服を前に引き寄せる。

「ロ、ロイ！　何を……」

「神子にまた、元の世界に帰られると困るんです。あなたにはこの神殿での、大事な役割があるんですから」

「ふざけるな！　そんな理由で……っ」

あまりのショックに、涙が溢れそうになった。ロイといつか抱き合う日が来ることを夢見ていた。

だが今、彼がその行為をしようとしている理由は、愛ゆえでもなんでもない。

郁実の純潔を失わせ、万が一にでも元の世界に戻させないため――つまり神子として郁実を利用するためではないか。

逃げようと後ずさるが、ロイは獲物を追い詰めるように間合いを詰めた。

やがて部屋の奥まで追い詰められると、窓際に置かれたベッドにぶつかり、郁実はよろめいた。

その隙をつくように、ロイに肩を掴まれ、乱暴に押し倒される。

ロイは剣をベルトから鞘《さや》ごと外して椅子の上に置くと、そのまま郁実の上に覆い被《かぶ》さった。

「ロイ！　やめろ！」

両手首を片手でひとまとめにされながら必死で抵抗するが、体重をかけて押さえ込まれてしまうと身動きが取れない。引き裂かれ、ボロ布のようになった神衣を全てはぎ取られ、一糸纏《まと》わぬ姿になった。室内は明かりが少なく薄暗いとは言え、全てを晒《さら》すのはさすがに恥ずかしく体が熱くなり、必死に身を捩《よじ》った。

ロイはどこか熱に浮かされたような目でそんな郁実《いくみ》の様子を見下ろしていたが、やがて露になった肌を指先で辿りながら、まるで、独り言のように言った。

「……アントンに、犯されてなかったんですね」

「……っ」

その名前を聞くと、郁実はぴたりと抵抗するのをやめて青ざめた。

こちらの世界では三年経《た》っていても、郁実にとってはまだ半年も経っていない。生々しく心の傷《きず》痕《あと》が疼《うず》く。

ロイは息を荒らげたまま、性急に郁実の首筋に顔を埋《うず》めた。

熱い舌の感触に、これから彼のしようとしていることが何なのか生々しく分かり、郁実は上擦った声を上げた。

「ロイ、待て！　ほんとに、止《や》めろ……っ、まだ、話が……っ」

「待ちましたよ、散々。あれから、三年待ちました」

「ロイ……」

涙でぼやけた視界のまま見上げると、ロイは憎悪の浮かぶ笑みで言った。

「〝大人になるまでダメだ〟……なんて言って、本当は俺に犯されたら、もう元の世界に戻れなくなって困ると思ったんですよね。ガキを上手《うま》いことあしらいましたね」

「違う……っ、俺は……お前が大切だっただけだ」

どうして、何も伝わらないのだろう。

出会ってからずっと、必死で向き合ってきた。一度も裏切ったことはなかった。

ロイの幸せだけを願っていたし、命が終わるときまで、ずっと一緒に居たいと思っていた。

それなのに、少しも信じて貰《もら》えないことが苦しく、悔しかった。

自分を押さえつけたまま、夢中になって舌を這《は》わせているロイに向かって、郁実は涙の伝う顔を隠すように背け、怒りを押し殺した低い声で言った。

「……いいんだな」

「？」

「このまま無理やりしたら、俺もお前のこと、一生信じない。それでもいいんだな？　お前が俺を許さないように、俺もお前を絶対に許さない。……俺を、一体何に利用するつもりか知らないが、俺を元の世界に戻さないためだけに犯そうとしてるなら、お前が今からしようとしてることは、ただの暴力だ。……あいつと、アントンと同じだ」

その時、ロイの瞳《ひとみ》が微《かす》かに動揺に揺れた。

その表情を見て、郁実は涙でぼやけた視界の中、必死に祈った。

（神さまどうか……）

ロイ自身に、どうか思いとどまって欲しかった。しばらくの間、ロイは押し黙っていたが、やがて、郁実の頬に手を添えて笑った。祈りが通じたのかと思った。だが。

「……憎みたいなら憎んでください。そんなこと、どうだっていい。俺は魔物だ」

ロイはそう言うと、郁実の首筋に歯を立てた。

「いっ……っ」

つぷりと、牙《きば》が肩に刺さり、鋭い痛みに、郁実は目を見開いた。それはまるで、獰猛《どうもう》な獣が獲物を捕食する姿のようだった。

噛《か》まれたそこを、今度は労《いた》わるように舐《な》められると、郁実はぞくりと体を震わせた。

ロイはそのまま鎖骨や首筋にキスを落とし、舌を這わせた。自分を押さえつける力は、怖いぐらいに強いのに、その愛撫《あいぶ》はひどく優しい。

「……何してるんだ。さっさと犯せばいいだろ？」

アントンにされた時のように、乱暴に犯されるものだと思っていた。戸惑いをぶつけるように睨《にら》みつけると、ロイは顔を上げもせずに言った。

「神子《みこ》の体に、傷を付けてはなりません。生憎《あいにく》、潤滑油がないので……〝神子のを〟使わせてもらいます」

「……？」

どういうことだと聞こうとしたとき、胸元にぬるりと温かい感触がして、郁実は息を呑《の》んだ。

「っ！」

（なっ……なんで、そんなとこ……っ）

ロイがまるで赤ん坊がミルクを飲むように、郁実の乳首を吸っているのが目に入り、カアッと頬が熱くなった。男の胸など吸って、どうするつもりだろう。

「な、何してるんだ！　もう大人になったくせにそんなとこ吸って……っ、出る訳ないだろ！」

ロイはそこでピタリと舐めるのを止めた。

「……神子は本当に、何も知らないんですね」

その言い方は馬鹿にしたようなものではなく、むしろどこか嬉《うれ》しそうだった。

（……いつまで、舐めてるんだよ……）

最初のうちは何も感じず、ただ少しくすぐったいだけだったが、ロイは飽きもせず熱心に、長いこと乳首を吸い上げたり、乳輪を舌でなぞったりと愛撫し続けていた。

（……？）

じわじわと、ただくすぐったいだけではない感覚が腹の底から湧いてきて、郁実は戸惑いに瞳を揺らした。

「や、やめろ……っ、なんか、ヘン……っ」

その奇妙な感覚から逃げようと必死に身を捩るが、強い力で押さえつけられているため、少しも抵抗出来ない。きつく吸い上げられ、歯を立てられると、郁実は悲鳴のような嬌声《きょうせい》を上げて、背筋を弓なりにしならせた。

（なん、だこれ……きもち、いい……）

それは郁実にとって、未知の感覚だった。幼い頃からその手のことに縁遠かった。

精通がきて処理するようになったのも、中学も卒業するという頃になってからで、かなり遅かった。高校からは早朝から夕方まで掛け持ちのバイトに明け暮れていて、処理をする暇などなかったし、弟たちに個室を譲ってしまったため自分の部屋と呼べるようなものもなく、タイミング的にも難しかった。寝起きの忙しい時間に朝勃《あさだ》ちするのが厄介で、ほんの時折、一人になれた時に事務的に処理をしていたくらいだ。

興味がなかったというよりは、環境的に知る機会がなかった。友達もいないから、ＡＶや雑誌などを貸し借りすることもなかった。

「んっ……っ、く……っ」

未知の快楽に、我慢できない声が漏れそうになるが、歯を食いしばって耐えた。

せめてもの抵抗だった。郁実は顔を背けると、手に力を込めて握りしめ、何の反応も示さないように身を硬くしていた。

　ロイは郁実の引き結ばれた口元に、黒い皮手袋で覆われた手の指先を突っ込んだ。

「……っ」

「声、聞かせてください」

「……、だれ、が……っ、あ、あ、あぁっ、ん……っ」

「少し弄《いじ》っただけで、すごい反応ですね。ちゃんと抜いてるんですか？」

「……うる、さい……っ」

　すでに熱を持って勃ち上がりかけている性器の裏筋を指先でなぞられて、郁実はビクンッと大きく体を跳ねさせた。

　こっちの世界に来てから常に見張りがいる生活で、ほとんど処理出来ていなかった。

「そこ、やめろ……っ」

　弱い場所を執拗《しつよう》に舐め回されていることに耐えられなくなり、そう訴えるが、ロイは相変わらず、胸元に顔を埋めたままだった。

　いよいよ性器が完全に勃ち上がり、無意識に太股《ふともも》を擦り合わせているとそれに気づいたロイが、下肢の方に手を伸ばした。

「っ！　ああっ……」

　キュッと握りこまれて、白濁に濡《ぬ》れる先端を親指の腹で愛撫されると、許容量を超えた快楽に郁実はひっきりなしに声を上げた。

（きもち、いい……きもち、よすぎる……なに、これ……）

「あっ、やっ、ヘン……ッ、や、だ……っ、ロイ……助け……っ」

　人生で初めての強い快楽に、目の奥がチカチカする。いつの間にか無意識に体はのけ反り、ロイの手に自ら下肢をこすりつけるようにして、蕩《とろ》けた顔で快楽を貪《むさぼ》っていた。

　ロイはそれを、どこか恍惚《こうこつ》とした表情で見下ろしていた。

「可愛い……〝郁実〟」

　神子、ではなく名前を耳元で囁《ささや》かれた瞬間、自分でも驚くほど体が熱くなった。

「〜〜〜――――ッ!!」

　ビクンッと体が大きく跳ね、先端から派手に白濁が飛び散った。

「はぁ、はぁ……っ」

　勢いあまってロイの顔まで飛び散ったらしい。彼はそれをぺろりと舌で舐めとった。

　ロイは郁実の、あまりに早い吐精に少し驚いた顔をしながらも、嬉《うれ》しそうに言った。

「たくさん出しましたね」

「……っ」

　小さい子供を褒めるような言い方をされ、あまりの恥ずかしさに顔を背けると、ロイは郁実自身の頬にも飛んでいる白濁をキスして舐めとった。

　そして、腹にべっとりとついたそれを長い指先で絡めとっていく。

「……っ」

膝《ひざ》裏を摑《つか》まれて思い切り左右に割られると、カアッと頬が熱を持った。

「や、めろ！」

子供の頃から大事に育てていた相手に、こんなあられもない姿をさせられて、茹《ゆ》で上《あ》がりそうなぐらいの羞恥《しゅうち》でおかしくなりそうだ。

ロイが自分を見下ろしてゴクリと喉《のど》を鳴らしたのを見て、ますますいたたまれなくなった。

だが、その奥の締まりに触れられると、郁実は息を吞んで身を硬くした。

アントンにされた時の痛みが、生々しく蘇《よみがえ》る。身を竦《すく》ませて震えていると、ロイはハッとした。

ロイにとっては三年以上も前のことだ。まだ引きずっているのかと思われただろうかと思うと、情けなくなる。

だが、ロイは微かに眉根《まゆね》を寄せると、郁実の足を摑んでいた手を離し、かわりに髪を撫《な》でた。

「絶対、痛くはしませんから」

「ロイ……」

思わず見上げると、ロイは顔を逸《そ》らしてぶっきらぼうに言った。

「神子の体に傷をつけてはならないので」

額や頰にキスを繰り返し落とされていると、少しだけ安心して体が弛緩《しかん》する。

それに気づくと、ロイが指先をつぷりと体内に差し入れた。

自分の出した物で、濡《ぬ》れそぼっていたそこは、さほど抵抗なくそれを受け入れた。

「痛いですか？」

　無言で首を横に振ると、ロイはゆっくりと人差し指を動かした。

　痛みはないが、異物感や違和感はあり、それがどうしても怖い。小刻みに震えてしまう度に、ロイは手を止めてキスを落とし、郁実が落ち着くのを待った。

　ロイはやがて中指を増やし、また「痛くないか」と聞いた。

　郁実が頷《うなず》くのを確認すると、ロイは今度は内部を拡げるというよりは、何かを探るように指を動かし始める。

　やがて、ロイの指先がある部分を押したとき、郁実はズクンッと疼くような快楽を感じて背筋を震わせた。

「なっ、な、ん……っ」

　驚いて目を見開くと、ロイはニヤリと笑った。

「……ここか」

　ぐにぐにと揉《も》みこまれると、ビクビクと断続的に背筋が痙攣《けいれん》した。

「あっ、アッ、や、だ……っ、やめろ、ぉ……っ」

　先ほどよりも、もっと深い快感がこみ上げてきて身を捩《よじ》るが、ロイは指を動かす手を止めてくれない。いつの間にか指は三本、四本と増やされていて、恐怖で萎《な》えきっていた性器は、再び腹に付かんばかりに勃ち上がっていた。

　先走りがダラダラと垂れ、ロイが指を動かす度にグチュグチュという耳を塞《ふさ》ぎたくなるような卑《ひ》猥《わい》な音がする。

「うあ、ぁ……っ、い、イく……っ、また、イく、から……っ、止め……っ」

「いいですよ。イッてください」

耳朶《みみたぶ》を噛まれながらそう言われると同時に、郁実《いくみ》は吐精した。

短時間で二回も射精したことで、ぐったりとした疲労に包まれている。

生理的な涙でぼやけた視界の中、ロイを見上げると、その瞳にはギラついた情欲が浮かんでいて、ゾクリとした。

「クソ、限界……」

ロイはぽつりとそう呟《つぶや》くと、自分の性器を露出させた。

それを見て、郁実は思わず目を疑った。

すでにそれは完全に勃ち上がっていて、自分のモノとまるで違う。凶悪なサイズだ。自分以外の性器を見たことなど、数少ないが、段違いで大きい。

「む、無理だ……っ、そんなの……」

首を振って思わず後ずさったが、すぐに腰を摑まれ強引に引き戻され、押さえつけられた。

「……ダメだ。絶対逃がさない」

獣のように荒い息を吐きながらロイはそう言って郁実の足を抱えると、もう少しの余裕もないというように性急に濡れそぼったそこに自分の性器をあてがった。

「……っ」

「怖いですか？」

「怖いって言っても……犯すんだろ」

そう言って睨み上げると、ロイは当然のように頷いた。

「……俺は神子が、元の世界に逃げられなくなればなんでもいいんです」

ロイがそう言うと同時に性器が体の中に埋め込まれるように入ってきた。

「う、あぁ……っ」

よく慣らされたそこは、かろうじて裂けることはなく広がっていく。ロイは、歯を食いしばりながらも、郁実が痛みを訴えていないか確認しながら慎重に入れてくれた。

「あっ、あああ……っ！」

痛みはないものの、息も止まりそうな熱量と強烈な快感に、頭の奥が真っ白になりそうになる。

「くっ……締まる……」

中の収縮に、ロイが眉《まゆ》を寄せて呻《うめ》いた。

やがて一番太い先端が通り過ぎると、まるでたがが外れたようにズンッと一気に奥まで貫かれた。

「いっ、……〜〜――――っ!!」

声にならない悲鳴を上げ、郁実は全身を突っ張らせた。

「あっ、ぐっ、ああっ、ああ、……あ、ぁっ」

最早理性などほとんど吹き飛び、みっともなく涎《よだれ》を垂らしながら声を上げ続けた。

ロイは夢中で郁実の体を押さえつけたまま何度も何度も貫いた。

「郁実……、郁実……っ」

ふと、譫言《うわごと》のように自分の名前を呼ばれてハッとした。ロイの表情は今にも泣き出しそうだった。

涙でぼやけた視界と意識の中、郁実は無意識にその頬に手を伸ばした。

「ロイ……っ」

一度名前を呼ぶと、なぜか涙が溢《あふ》れ出した。その涙の痕《あと》に、ロイが何度もキスを落とし、やがて唇を重ね合わせる。

「んっ……う、……っ」

もしかしたらもう二度と、こちらの世界には戻れないのではないかとずっと不安だった。

一生、ロイに会えないかもしれないと思っていた。ロイと出会い、共に暮らした日々そのものが、夢だったのではないかとすら思った日々もあった。

だが今、この体の一番奥で、ロイの熱をこれ以上ないほど確かに感じている。

これはセックスではなく、暴力だ。

ロイは、神子として利用するために、自分を無理やり犯している。

そう思おうとするには、今はあまりにも幸せで、後から後から涙が零《こぼ》れてしまう。

痛みも恐怖も不思議となかった。

こんなにも気持ちいいことも、多幸感も、生まれて初めてのことだった。

5. 決意

やがて、最奥に迸《ほとばし》る熱を感じた。ビュクビュクと凄《すさ》まじい量の液が腹の奥へ注ぎ込まれていく感覚に、声もなく身を震わせる。

「あっ……ぁっ、入って、くる……ぅ……っ」

全てを体内へと吐き出しきると、ロイは荒い息を整えながら郁実の頬に流れる涙を指で払いながら少し心配そうに聞いた。

「……痛かったか？」

反射的に小さく首を横に振ると、彼は安心したように息を吐《つ》き、再び郁実の足を拡げさせた。

「えっ!?　あっ、……うっ、あぁあ……っ！」

ずるりと引き抜かれると思ったそれは、再び最奥をズンッと思い切り突いた。

「うっ、ああ、っひ、ぁ……っ、なん、で……っ」

「まだだ。こんなんで終われると思うなよ」

「む、り……っ」

――その代わり。三年後は覚悟しておけよ？　気絶するまで、グチャグチャに犯してやるから。

あの時言われた言葉を思い出し、郁実はゾクッと身を震わせた。

荒っぽく揺さぶられて、郁実は壊れた人形のようにひっきりなしに嬌声《きょうせい》をあげた。

「待て……っ、ほんとに、無理、だから……っ、少し、休ませ……ぁあっ」

待てと制止しようとする声を、荒っぽいキスで塞がれる。

「んっ、う……っ」

熱い舌が口内に入ってきて、犯すように中を蹂躙《じゅうりん》される。

激しく揺さぶられながら、郁実は涙を溢れさせて、譫言のように繰り返した。

「あっ、あぁ、んんっ！　……っ、おか、しく、なるっ」

「おかしくなれよ。そうしたら、俺がずっと……、一生、世話してやるから……」

そう囁く声は半分本気のようで、郁実はぞくりと背筋を震わせた。

「ふざけるな……っ、あっ、ああ、……あっ、や、ああああ……っ」

何度果てても、ロイは行為をやめなかった。

（しぬ……っ、こわれる……っ）

やがて限界を迎えて、ほとんどなんの反応も出来なくなった頃、ロイはようやく郁実の体から自身のモノを引き抜いた。

腹の中から、ゴポゴポと音を立てて、ロイが放ったものが溢れ出してシーツを汚していく。その卑猥な音から逃れるように耳を塞ぎたくても、もう指一本動かせなかった。

意識を完全に手放す直前、ロイが気のせいかと思うぐらいに小さな声で呟いた。

「これでもう、一生離れない……」

その声は、心の底から安堵《あんど》したような声だった。

それを聞いたとき、心の底から彼に謝りたいと思った。

（ごめん。ごめん、ロイ。そんなに不安にさせて。……一人ぼっちにして……辛《つら》い思いさせて、本当に……本当に……）

目が覚めた時、鉛のように体が重かった。

なんとか無理やり目をこじ開けると、ドロドロに汚れていた体は跡形もなく綺麗《きれい》になっていて、寝間着を着せられていた。

まるで、昨日のことは全部夢だったのではないか。ロイと、再会したことも含めて、全て。そう思うと、ハッとして郁実は叫んだ。

「ロイ！」

そう叫んだつもりだったが、声はあまりにもガラガラに嗄《かす》れていて、ほとんど吐息のような悲鳴になった。

部屋を見回すと、誰もいない。

その静けさに不安になった。

夢の訳がない。この全身に残る気怠《けだる》さも、痕も、何もかも夢ではないと物語っている。それでも不安だった。

ロイを探しに行こうとベッドから身を乗り出すと、転がり落ちてしまった。萎え切った足に力を入れてなんとか壁伝いに歩き、ドアへと向かう。

ノブを滅茶苦茶に捻《ひね》っていると、不意にドアが慌ただしく開けられ、郁実は思い切り額をぶつけて尻《しり》もちをついてしまった。

「……どうされました、神子《みこ》」

ロイだ。片手には朝食のトレーを持っていた。疑念に満ちた目で、郁実を見下ろしている。

また逃げようとしていると勘違いされただろうか。そう思いながらも、とにかく、ロイがちゃんといることに安堵した。

「……なんでもない」

立ち上がろうとするとロイはトレーを机に置き、郁実の膝《ひざ》裏に手を入れて抱え上げた。そしてそのまま、ベッドへと下ろされる。

「今日は動けないでしょう。休んでいてください」

低い声で言われると、昨晩のことを生々しく思い出してしまい、郁実はこれ以上赤くなれないぐらい真っ赤になった。

「……誰の、せいだと……」

「許せないなら、好きなだけ殴っていいですよ。恨むのも呪うのも勝手だ」

淡々と言うロイに、昨晩自分を力強く抱いた情熱は少しも残っていなかった。

まるで本当に、全て夢だったのではないかと思うぐらいだ。

昨日との差に戸惑《とまど》いながらも、郁実は言った。

「もう、朝だから……朝の祈りを捧《ささ》げないと……」

祈りはこの神殿での、唯一の仕事だった。

他に何の仕事もないのだ。それすらしなかったら、自分は一体、何のためにここにいるのか分からない。だが、ロイはバサリと切り捨てるように言った。

「祈りの儀式は形式上のことです。大した意味はありません」

「なっ……」

確かに、郁実がこの世界で真に役立つことがあるとすれば魔物の瘴気《しょうき》を消し去ることであり、郁実自身が神聖な存在という訳ではない。だがそれでも、毎日やっていたことを無意味だと言い切られると腹が立つ。

「それに、今日のその体で神に祈りを捧げるのは冒瀆《ぼうとく》かと」

そう言われて自分の体を見下ろすと、緩い寝間着から露出されている肌の至るところに、赤い痕が散っている。

「だっ、誰のせいだよ！」

顔を真っ赤にしながら睨《にら》み上げるが、ロイは気にした様子もない。ただ、少しの沈黙の後に浮かないような顔をして言った。

「どうせこれから、嫌でも働かされるんですから……せめて今は休んでいてください」

「……」

昨日、グランフェルト公が言っていた。

魔物の瘴気に苦しむ辺境に、神子の力で結界を張って欲しいと。

それ自体は、郁実《いくみ》としても尽力したいと思っている。瘴気を防ぐことで、少しでも人間と魔物の間の軋轢《あつれき》が減るなら、いくらでも力を使うつもりだ。

だが、なぜだろう。何か引っかかる。

それを聞いても、ロイは教えてくれないだろう。代わりに郁実は、ずっと気になっていたことを聞くことにした。

「ロイ。シグルドや、アマンダさんたちはどうしてる」

「……さあ？　彼らとはもう三年会ってません。シグルドは治癒士として随分名を挙げているみたいですから、元気にはしてるんじゃないですか」

「三年って……ということは、俺がいなくなってからすぐ、グランフェルトの所に行ったのか？屋敷での生活は、大丈夫だったのか？」

「神子が知る必要のある話ではありません」

そう突き放す表情は相変わらず冷たいが、昨日よりは少しだけ和らいだような気がした。

郁実が元の世界にもう絶対に戻れない体になったことで、安心したのかもしれない。

それに思い至った時、郁実は不意に、これでもう本当に二度と弟たちに会えないのだということがすとんと胸の中に落ちて来て、胸をギュッと締め付けられるような痛みと、寂しさに襲われた。

（優斗《ゆうと》……陸斗《りくと》……）

手を繋《つな》いでやると嬉《うれ》しそうに自分を見上げた小さな顔。運動会で取った金メダルをプレゼントしてくれた時の誇らしげな笑顔。一緒に内定祝いをしたときの大人になった二人の顔。ただ、楽しい時の記憶ばかりが次々と鮮明に思い浮かんだ。

もう二度と向こうの世界へ戻る気はない。それは本当だ。二人なら自分がいなくてもきっと、この先も幸せな人生を歩めると信じている。

それでも、別れの辛さだけはどうしようもない。

「……神子？」

顔を覗《のぞ》き込《こ》まれそうになり、慌てて後ろを向いた。この胸の痛みは、ロイに知られてはいけない。

手を硬く握り締めて必死に心の奥へと飲み込んで笑いながら振り返った。

「……ロイ。俺はお前のこと……本当に裏切ってないからな。それだけは、何度でも言わせて貰《もら》う」

だからいつか。

いつかまた、あの頃のように力強く抱きしめて、愛していると言ってほしい。

自分を見下ろす冷たい目に、とてもその言葉を続ける勇気は出なかったが、郁実は心の中で決意を固めた。

もう二度と、ロイを一人にしないと。

6. 信仰の神子

それから程なくして、ロイが言っていた通り、各地の村々を回り結界を張るという慌ただしい日々を送るようになった。

郁実は七年前、この世界に来た時はずっとクルムトの街で過ごしていた。戻ってきてからはずっと、神殿から出られなかったので、他の地域の事を何も知らない。

各地を巡り、実際に瘴気による被害を目の当たりにするとその被害は深刻だった。

強い瘴気に侵されると、不毛の地となる。どす黒く焼けた田畑を見れば、人々があれほどまでに魔物を恐れるのも無理はないと思うほどだった。

ただの魔物だけなら、夜の森に近寄らないようにすれば被害を抑えられるが、ロイの父のように、人間に化けられるような高い知能を持った魔物が出る地域は、さらに深刻だった。言葉巧みに騙《だま》された人々がさらわれ、弄《もてあそ》ばれた揚句に殺されるということも多い。

魔物が多く出没する森と村々の間に郁実は結界を張って回った。

長時間力を放出し続けていると、魔法がまるで層のように重なって壁になり、ほのかな光を放つ結界になる。結界が張られると、瘴気により作物が腐るのを防ぐだけではなく、魔物自体もあまり近寄ってこなくなるようだ。

確かに、郁実自身も、この世界に来たばかりの頃、森で暮らしていたが、魔物に襲われたことはほとんどなかった。おそらくそれは、この力によるものだったのだろう。

郁実は、神子として初めてやりがいというものを感じていた。

村の人々は皆、結界が張られるのを見ると心の底から安堵して、涙を流して喜んでいた。それほどまでに、魔物が怖かったのだろう。

魔物の被害を減らせれば、魔物に対する人々の恐怖も、憎しみも和らいでいくはずだ。そうなれば、半魔であるロイが生きやすい未来へとつながっていくかもしれない。

今まで自分は何の取り柄もないと思っていた。学業もスポーツも全てが平均で、これと言ってやりたいこともなかった。それが今、自分の力で少しでも変えられることがあるというのは嬉《うれ》しかった。

ただ、魔力を出し続けるというのは、非常に体力を消耗する。

シグルドが、時折重態の患者を一晩中治療すると、翌朝はひどく疲れ切った顔をしていたが、今ならそれが分かる。一つの結界を張るだけで、体が鉛のように重くなってしまうのだ。

神殿から、結界を張る村や街を言い渡されており、どこも切実な状況だということで、休みなく移動を続けて回らなければ追いつかない。

移動は馬車だが、魔物が出るような地域は道が悪いことの方が多く、ガタガタと鳴るような大きな揺れによって落ち着いて寝られず、疲れがなかなか取れずにいた。

今日も馬車の中でうつらうつらとしていると、車輪が石でも踏んだのか、ガタンッと揺れる音で目が覚めた。

「ふあっ……」

間抜けな声と共に寝ぼけた目で瞬きを繰り返した後、ロイの肩に思い切り寄りかかって眠っていたことに気づいてハッとした。

「わ、悪い……」

涎《よだれ》が出ていなかっただろうかと思わず口元に触れながら謝ると、ロイは「いえ」と冷たく言っただけだった。

彼は護衛として、二十四時間と言っていいほどいつも郁実に付き添ってくれている。もはや監視に近いと言ってもいいぐらいで、ほんの少しの間離れることも許してはくれない。それなのに、ほとんど言葉を交わすことはなかった。

ロイは昔から口数の多い方ではなかったが、話しかければ少し面倒そうに答えてくれていた。だが今は意図的に郁実と距離を置いているようで、必要最低限の会話にしか応じてくれなかった。

肌を重ねたのも、あの晩の一度きりだ。

本当に、郁実を元の世界に帰さないためだけに行われた行為だったのだろうかと思うと、時折無性に苦しくなる。

――郁実、郁実……っ。

何度も自分の名前を呼んだ切ない声や、自分を抱く腕の力強さを思い出すといつも胸がギュウッと痛くなり、体の奥が熱くなった。

もう一度、と求めてしまう。

だが彼は、郁実に指一本触れることもなく、いつも冷ややかな目で一定の距離を保って郁実と接していた。

信頼を回復したら、あのアマンダの家で暮らしていた時のような、温かくも幸せな関係に戻れるのだろうか。一体、どうしたら回復できるのか見当もつかない。自分は彼を裏切っていないのだからと、正々堂々、ただ彼に対して誠実でいることしか出来なかった。

それに、ロイの態度を見ていると、距離を置いているのは郁実が元の世界に帰ってしまったことに対する怒りだけが理由という訳でもないような気もした。

（もう……昔には戻れないのか）

膝《ひざ》の上に置いた手に力を込めて握り締めていると、ふとロイが口を開いた。

「……もう少し、寝ていたらどうですか？　顔色が悪い。散々こき使われて、お疲れでしょう」

「……え」

珍しく向こうから話しかけてきたことに、郁実はしばらく固まっていたが、やがて嬉しさにパアッと瞳を輝かせた。

「いっ、いや、いい！　お前こそ一日中護衛で疲れてんだろ。寝てていいぞ。ほら、膝貸してやるから」

シグルドの屋敷に世話になっていた頃、休みの日にロイを連れて少し遠出をすることがあった。

遊び疲れると、帰りの馬車の中で、ロイはよく郁実の膝に突っ伏して眠っていた。

膝を叩《たた》いて「さあ寝ろ！」と促すが、案の定「結構です」とそっけなく断られてしまった。

やがて、馬車が次の街へと辿《たど》り着《つ》くと、途端に街中から割れんばかりの歓声が上がった。

窓から外を眺めると、絵本のようなカラフルな煉瓦《れんが》造りの家の窓から、人々が郁実の乗る馬車を見下ろしている。

それは壮観だったが、少し恐ろしくもあった。

結界を張って回っているうちに、街から街へと郁実の噂《うわさ》は瞬く間に広がっていき、今では新しい街に辿り着く度に、熱烈な歓迎を受けるようになった。

最近では、噂に尾ひれがつき、見ると寿命が延びるとか、触ると病が治るだとか出鱈目《でたらめ》なことまでまことしやかに囁かれるようになってきたから厄介だった。

過剰に期待をされることにはトラウマがある。

その期待を裏切った時、待っているのは同じ分の苛烈《かれつ》な憎しみだ。

黒沢《くろさわ》にナイフを向けられたときのことを思い出しながら、憂鬱《ゆううつ》な気持ちで歓喜に湧く窓の外を眺めているとロイが不意にぐいっと郁実の体を自分の方に抱き寄せた。

「あまり窓に近寄らないでください。なりふり構わず神子《みこ》を襲おうとする輩《やから》がいるかもしれない」

「わ、悪い。そうだな……」

出来るだけ窓から離れると、どうしてもロイに寄り添う形になってしまう。

彼は周りに警戒しながら、郁実の腰を抱いたままだ。うるさく鼓動を鳴らす心臓の音が、聞こえてしまうのではないかとハラハラする。

歓声の声を聞きながら、馬車は目抜き通りを進み続けた。こんな騒ぎになってしまうのなら、もっと目立たない道を進んで欲しいが、神殿の馬車はいつもどの街に行っても、わざわざ一番目立つ通りを、まるでパレードのように進むのだ。

長く続く通りを真っすぐ行くと、徐々に民家が減り、田畑が増えてきた。その向こうには果てしない森が広がっている。この街はヘルズヘイムの王都、カナルガルズに近いため、一際強力な結界を張って欲しいと言われていた。

馬車が止められると、まず神官たちが降り、最後に郁実がロイに付き添われながら馬車を降りる。神に祈りを捧《ささ》げ、それから森との間に結界を張る。

街中の人々が大勢押しかけ、少し離れた所から郁実の仕事ぶりを、固唾《かたず》を呑んで見守っていた。

ただ魔法を放出するだけなら簡単だが、結界を張るのは長時間の集中力が必要となり、途中でそれが切れるとやり直しになってしまう。

（緊張するなぁ……）

これだけの期待の視線を背負っていると、そんなヘマはとても出来ない。

緊張の中、三時間程かけて魔力を出し続けて結界を張り終えると、郁実《いくみ》はびっしょりと汗をかいていた。

ぐらぐらと眩暈《めまい》がして足元がふらついたのを、ロイが支えてくれた。

だが、まだこれだけでは終わらない。あと何日か、続けて他の場所にも結界を張らなければならないため、この街には何日か滞在することになっていた。

今晩泊まる宿へと向かうために、馬車に戻ろうとしたとき、不意に「神子!!」という声がして、子供を抱えた若い女性が郁実の前に飛び出してきた。

「なんだお前は！　下がれ！」

神官たちが厳しい声で叱責するが、女性はそこから離れようとせず、ぐったりとした子供の手を摑《つか》むと、郁実に向かってその手を伸ばした。

「神子！　私の子供に触れてください。昨日から高熱が引かないんです……っ！　このままでは死んでしまいます」

「……殺されたくなかったら下がれ」

ロイが郁実の前に立ち、冷たく低い声で言った。

あまりの言い方に、郁実はそれを諫《いさ》める。子供は確かに、熱があるようだ。はぁはぁと苦しそうにしている。出会った頃のロイと同じ年ぐらいの、可愛らしい少年で、郁実は胸が痛くなった。

だが、だからと言って自分が触れたところで治せる訳はない。一刻も早く、治療を受けるべきだ。

「俺には結界を張ることは出来ても、触ったらケガや病気が治るなんてことは……」

ないと言おうとするのを、神官が遮るように声を張った。

「気安く神子に近づくな！」

「お願いです、どうか、どうか……っ」

すると、傍観していた他の人々たちも、顔を見合わせた。

「おい、なんだあれ」

「噂だが、神子に触れると病やケガが治るらしい」

「寿命が延びるとも聞いたぞ。あとは、願いが叶《かな》うとか……」

「なんだと!?」

ざわめきが広がると、他の人々も、次々と郁実の前に駆け寄ってきた。

「神子！」

「触らせてくれ！　俺は生まれつき、足が悪いんだ！」

「神子！　私の願いを叶えてください！」

人々は必死の形相で、郁実へと殺到し、手を伸ばしてきた。武器を持たない人々とは言え、大勢に囲まれて、手を伸ばされると、さすがに恐怖を覚える。

ロイは郁実を背後に隠しており、神官たちもなんとか追い払おうとするが、数が多すぎた。

やがて、後ろから伸ばされた誰かの手が郁実の体にわずかに触れた時、ロイが剣を勢いよく引き抜いた。その瞳《ひとみ》は、彼本来の燃えるような紅になっていた。

「ロイ！　やめろ！」

躊躇《ちゅうちょ》なく振り下ろそうとするのを、必死で止めようとしたその時だった。

「触っただけで病気が治る!?　そんなことがあったら、僕たち治癒師の商売あがったりだよねー」

どこからか、この場の異常な状況にそぐわないような、少しのんびりとした声がした。

7．変わらない明るさ

声のした方を見て、郁実は目を見開いた。

怒りに我を忘れていたロイも、さすがに驚いたらしくピタリと動きを止めた。ロイにとっても、三年ぶりの再会なのだろう。

ロイと同じ年ごろの彼もまた、美しく立派な青年になっていた。

体格はロイほどではないが、背丈は郁実をはるかに抜き、やはりロイと同じぐらいになっていて、あの頃の少し儚《はかな》さすら孕《はら》んだ美少年から、一本芯《しん》の通った大人の男になっていた。

それでも天から祝福を受けたような、屈託のない笑顔だけはあの頃と変わらない。

「久しぶり、郁実くん。ず――――っと会いたかったよ。……神子様なんて随分偉くなっちゃってまぁ」

甘く低い声にもまた、成長を実感して、郁実は瞼《まぶた》が熱くなった。

「感動の再会と行きたいとこだけど、今はそれどころじゃないね……」

彼は苦笑いすると、押し寄せる人々を「ごめんねー」とかき分けながら郁実に近づき、耳打ちした。

「後で宿屋で落ち合おう」

そして、高熱を出している我が子を抱えて泣き叫んでいる女性の方を向いた。

「これは大変！　ただの流行《はや》り病《やまい》だけど随分状態が悪いね。すぐ治してあげるからちょっと待ってね〜」

ぐったりとしている子供の汗ばんだ髪をぐりぐりと撫《な》でると、シグルドは白い光を当てた。

「なっ……、私の息子《むすこ》に何を！　あなた何者ですか!?」

母親が警戒して悲鳴を上げたので、郁実を取り囲んでいた群衆もそちらに気を取られたようだ。

「何者!?　え〜〜っ、ショック！　僕も神子様に負けず劣らずの有名人だと思ってるんだけどなあ。シグルド・アンドレセン。ヘルズヘイム一……いや、世界一の天才治癒師だよ！」

「シグルド・アンドレセン……!?　聞いたことがあるぞ！　アンドレセン家の一人息子で、どんな病もケガも一晩で治すという……」

「馬鹿！　そんな大層な治癒師がこんな鄙《ひな》びた街にいるか！　偽物だ！」

「でも見ろ！　あの死にかけてた子供が……っ」

高熱に魘《うな》されていた子供の顔は、みるみる血色がよくなり、呼吸も穏やかになった。体はまだ怠《だる》そうだが、それでもぱちりと大きな瞳を開けて瞬きをした。

「ほ、本物だ――――っ!!」

群衆の反応にシグルドは上機嫌に言った。

「今日は最高にハッピーな日だから無料サービスしちゃうよ。治したいとこあったら言ってね。あー、薄毛とかそういうのは僕じゃどうにもならないけ、ど……っ、ってうわああ――」

「シグルド様！　うちの坊やの虫歯も治してください！」

「俺の酒でやられた肝臓も！」

「目が悪いうちの祖母を！」

あっという間にシグルドは群衆に取り囲まれてしまった。

「神子、今のうちに」

ロイに手を引かれて馬車に促される。

シグルドが心配で振り返ると、彼は殺到した群衆たちに治癒魔法をかけながらこちらを振り返り、ウィンクして、唇だけ動かして言った。

——大丈夫。早く逃げな。

三年経《た》っても何も変わらないシグルドに郁実は涙が零《こぼ》れそうになりながら、ロイに押し込まれるようにして馬車に乗り込んだ。

宿に戻った後、郁実はシグルドが心配でそわそわとしていたが、カーテンを開けて外の様子を窺《うかが》うことはロイが許してくれなかった。確かに、泊まっている部屋が街の人々に特定されたら、厄介なことになる。

スヴェンとラルフに様子を見てきて貰《もら》ったが、シグルドを取り巻く、長蛇の列は絶えないらしい。

それはそうだろう。貧しい人々は皆、治癒魔法にかかれる機会などない。皆どこか不調があっても、民間のまじないしか受けることが出来ないのだから。

シグルドが来たのは、もう日も暮れるという時間帯になってからだった。

「お・ま・た・せー」

歌うような口調でドアを開けたシグルドは、郁実の顔を見ると、ほんの少しの間瞳を揺らして押し黙り、それから彼らしいおしゃべりな早口で言った。

「いやーびっくりしたよ。〝奇跡の神子が招喚された〟なんて国中で噂になってるから。神殿がまた別の神子を招喚したのと思ったけど、ロイが護衛についてるって耳にして、もしかしたら、郁実君が戻ってきたかもしれないってど――――しても気になっちゃって。あ、別に暇とかじゃないよ。忙しいよ。世界一の治癒魔法師だからあちこちから依頼が絶えないんだ。でもなんとか確かめたくて、次に神子が滞在するっていう街に来てみたら……本当に郁実君なんだもん。相変わらず面倒ごとに巻き込まれてるところも間違いなく郁実くんで……君は全然変わらないね。最後に会ったときのまま、綺麗《きれい》だね」

シグルドは軽口のように言っていたが、その空色の瞳には涙が浮かんでいた。

それを見たら、たまらない気持ちになり、郁実は思わずシグルドに抱き着いた。

「シグルド……！　元気でよかった！　立派になったな」

親愛を込めてぎゅうぎゅうと抱き締めると、昔とは違う感触に成長を感じて涙が溢《あふ》れた。

彼は命の恩人であり、ロイを抱えて闇の中で途方に暮れていた自分を光の世界へと引っ張り上げてくれた。

シグルドは、郁実からの力強いハグに少々面食らったようだったが、やがて溜息《ためいき》のような笑みを零《こぼ》した。

彼もまた、郁実にハグを返そうとしてくれたが、それよりも前に、郁実はロイにシグルドから思い切り引きはがされてしまった。

「……神子《みこ》に触るな」

その鋭い声に、シグルドは形のよい目を細めた。

「……全然変わってなくて笑っちゃった」

呆《あき》れたように、だが懐かしそうにシグルドは笑ったが、ロイは軽くそれを睨《にら》み返しただけだった。

「ロイ・グランフェルト。王弟殿下の秘蔵っ子。聖なる神子の護衛騎士。……僕の患者の貴族の女の子たちがよく噂してるよ。〝ロイ様〜！〟だってさ。……上手《うま》く化けたよねー。すっかり人間みたいになっちゃってさぁ。三年前、郁実君がいなくなったって大泣きしながら僕の屋敷に駆け込んできた奴《やつ》と同一人物とは思えないなーって思ってたけど、中身は相変わらずガキのまんまじゃん」

挑発的な言い方に、ロイは昔のように言い返すこともなかった。その反応に驚いたのか、シグルドは微《かす》かに目を見開いた。

「……お前、なんでグランフェルト爺《じい》さんのとこなんかに戻った訳？　僕らに一切連絡もしないで。アマンダがどれだけ心配したと思ってるの？　もうカンカンだよ」

「アマンダさんは元気か？」

郁実が思わず口を挟んでしまうと、シグルドはこれ以上ないほど深く頷《うなず》いた。

「元気元気。今度ロイに会ったら投げ飛ばすって息巻いてる。ロイの名前を新聞で見かける度に指をポキポキ鳴らしてるよ」

「そ、そうか……アマンダさんにも随分心配をかけて申し訳ない」

保護者として思わず謝りながら、咎《とが》めるようにロイを見ると、彼は心なしかバツの悪い表情をしているようにも見えた。昔から、アマンダには弱いことを思い出し、思わず笑ってしまった。

シグルドは、ロイに向かってさらに質問をぶつけた。

「郁実くんをこっちの世界に無理やり連れ戻すために、グランフェルトのとこに行ったんでしょ」

「……儀式を行ったのは神殿だ」

「またまたー。神殿を裏で操ってるのはお前の爺さんじゃん。可哀相《かわいそう》に郁実くん。せっかく元の世界に戻れたのに」

シグルドも、郁実が自らの意思であの世界に戻ったのだと思っているらしい。そのことを、どうしても否定したかった。

「違う。俺は帰りたかったんだ。こっちの世界に……。三年前も、自分の意思で元の世界に戻った訳じゃなくて、知らない男に元の世界に無理やり戻されたんだ」

「えっ……でも」

「？」

シグルドは「ううん、なんでもない」と首を横に振った。

「ちなみに、それってどんな奴に？　顔は覚えてる？」

「……分からない。仮面で顔を隠してた」

「仮面を……？　妙だな。元の世界に戻すつもりなら、顔を隠す必要なんてなくない？」

「ほんとなんだ。信じてくれ」

思わずそう訴えると、その必死さにシグルドは驚いたように目を丸くした。

そしてロイの冷ややかな表情と、青ざめた郁実《いくみ》の顔を見比べて何かを察知したようにこめかみに手を当てた。

「ごめん。そういう意味じゃないよ。大丈夫。郁実くんが嘘《うそ》つきじゃないことぐらい、僕はよーくわかってるから。疑り深いコイツと違って」

シグルドはバシンッとロイの背中を叩《たた》いて言った。昔のロイだったら、シグルドの足を踏んでやり返していたが、今は少し不快そうに眉《まゆ》を寄せただけだった。

「……よし、飲もう！」

そう言って立ち上がるなり、シグルドは別室に控えていた従者たちに指示をして、ワインの瓶やグラスを用意させた。

「……え？」

「再会の喜びに、今夜は無礼講だよ。僕らも大人になった訳だし」

「だ、ダメだ。無礼講なんて。明日も結界を張らないといけないのに……」

「んもー真面目《まじめ》だなぁ。じゃあ最初の一杯だけ付き合ってくれればいいよ。郁実くんの代わりに、こいつを潰《つぶ》すまで飲ませるから」

そう言うなり、シグルドはロイの前にグラスをやや乱暴に置き、なみなみとワインを注《つ》ぎ、郁実にも普通の量のワインを注いだ。彼のグラスには、従者がなみなみとワインを注いだ。シグルドはその細いグラスの柄を持ち上げると、郁実に向かってウィンクをしながら言った。

「再会にカンパイ？　んーつまんないな。……戻ってきた初恋にカンパイ」

8. 酒席

カンパイの合図と共に、郁実が勢いよく酒を飲んだ後に「うっ」と呻《うめ》いたかと思うと目を見開き、喉《のど》を押さえた。

ほんの一瞬、毒が入っていたのかと思った。

いつもは必ず毒見役を付けているし、自分が先に口を付けるようにしているが、シグルドから差し出された飲み物という事で油断していた。

だが、ロイ自身も飲んでみたが、特に毒は感じられない。

郁実は二、三度咳《せ》き込《こ》むと動揺したような声で言った。

「お、おい、これワインじゃないのか？」

「〝ワイン〟って何？　これはシュコーレ。シュコルの実を発酵させて作ったヘルズヘイム名産の高級酒だよ」

「つ、つよい……」

グラス半分にも満たない量で、郁実の頬はみるみる真っ赤になった。その酔い方を見て、シグルドは狼狽《うろた》えた。

「え、ええ!?　郁実くんって、もしかしてかなりお酒弱い？」

「いや、そうでもないっつーか、普通のはずなんだけど……てゆうかお前ら、なんで平気なんだよ。おかしいだろ。喉がカー――ッてなったぞ」

ヘルズヘイムの人間は寒い地方に住んでいるため、日常的に度数の強い酒で体を温める習慣があり、皆酒には強かった。

「……神子に水を」

ロイはシグルドの従者にそう指示を出し、水を飲ませたが、郁実の顔色は変わらない。

やがて、部屋には酒の肴《さかな》にと宿の夕食が運ばれてきた。郊外の宿の、精一杯に豪華な夕食だった。

「ごめんね郁実くん。そんなに弱いと思わなくて……」

「違う。俺、本当に弱くないんだ……会社の飲み会でも、酔っぱらった上司とか後輩たちの面倒見るの俺だったし……いつも、マジ全然、酔わないのに……」

恥ずかしそうに火照《ほて》った頬に片手を添えながら言うその姿は、情欲を掻《か》き立てる。シグルドもそう思ったのだろう。微かに喉を鳴らして、顔を背けた。それに対してひどく苛立《いらだ》ちが募り、今すぐ立ち上がらせてどこか別の部屋に押し込めて、隠したくなった。

「疲れてると酒の回りが早いから。神殿の奴らに、相当こき使われてるでしょ」

「……いや、そんなことはないぞ」

「何時間もかかるような魔法を連日続けるなんて、天才魔法師の僕でもやらないよ。そのうちぶっ倒れる。顔から過労のオーラが出てる。神殿の奴ら、どんだけブラック労働強いてんの？」

シグルドが、睨むようにこちらを見た。それに気づくと、郁実は慌てて首を振った。

「別に脅されて無理やりやらされてる訳じゃない。俺自身も望んでやってることなんだ」

「はー、慈善活動ってやつ？　相変わらずご立派だねぇ神子様は」

「慈善活動じゃないな。俺は、俺のためにやってるんだ」

郁実はきっぱりとそう言った。彼はここ数カ月、毎日毎日、神官たちに監視されながら馬車で揺られて寝る時間もろくになく国中を巡り、結界を張り続ける生活を、文句ひとつ言わずに続けている。

最初は、反抗する気力がないのかと思っていたが、そうではないようだ。むしろ、神殿にこもって祈りだけ捧《ささ》げていた日々よりも、少し元気になったような気がする。

「えー、でも別に神子様って呼ばれてチヤホヤされたいって訳じゃないでしょ？」

「当たり前だろ。……つーかお前らまで、俺のこと〝神子様〟って呼ぶのやめろよ」

「なんで？」

「恥ずかしいだろ。俺もうすぐ三十路《みそじ》なんだぞ」

「いいじゃん三十路の神子様。そそるよ」

「だからやめろって。気にしてるんだぞ！　マジで」

真っ赤になって片手で顔を覆い、悩まし気な溜息を吐《つ》きながらも、郁実は心から楽しそうにシグルドと話していた。

再会してから、こんなにも嬉《うれ》しそうにしている横顔を見るのは初めてのことだった。

グラスを握る手に、思わず力が籠《こ》もる。

「可愛いな～郁実くんは。やっぱり三年経っても世界一可愛い。……今、お付き合いしてる人いる？」

「……」

郁実は一瞬黙り込んだ後に、小さく首を横に振った。

「いる訳ないだろ。こんな生活してて」

シグルドはあからさまにこちらを見て、挑発するように笑った。

「へー。じゃあ郁実くん、まだ元の世界に戻れる体なんだ」

「……っ」

郁実の手が微かに震え、ちゃぷりと赤い酒が零れた。その動揺っぷりに、聡《さと》いシグルドは全てを察したように目を見開いた。

だが、彼はそれについて何も言わずに、何か強い怒りを堪《こら》えるように、密《ひそ》かに机の上で手を握り締めた。シグルドはそれから、すぐに何もなかったと言うように話題を変えて、屋敷の近況を語っていたが、一時間も経つ頃には、郁実は酒と疲れのせいかうとうとし始めた。

「郁実くん、椅子から落ちちゃいそうだよ。そろそろお開きにしようか」

黙って体を抱きあげ、ベッドに運ぼうとするが、郁実は子供のように首を横に振った。

「いやだ。せっかく久しぶりに会えたのに……」

「僕はしばらく、この街に留まるから大丈夫だよ。おやすみ。郁実くん」

そう言ってシグルドは、ベッドの上に横たえられた郁実の頬に音を立ててキスを落とした。

反射的に、その胸倉を摑《つか》み上げると、シグルドは「はっ」と鼻で笑った。

「何か文句でもあるの？」

「……神子に許可なく触るな」

「はあ？　誰の許可がいるっていうの？　ただの護衛風情が何様？」

シグルドは先ほど郁実を前にしていた時とは打って変わった剣呑《けんのん》な表情を浮かべると、どかっと椅子に座り込んで足を組み、空になったグラスにシュコーレを注ぎながら言った。

「郁実くん寝ちゃってつまんないけど、ちょうどいいや。お前に言いたいことと聞きたいことが色々溜《た》まってんだよ。座れ」

「俺にはない」

「僕にはある」

座れと脅すように言われたが、ロイは立ったまま冷たい目でシグルドを見下ろした。

彼は「まあいいや」と言って、酒を口に運びながら言った。

「……三年前、郁実くんを元の世界に戻したっていう〝仮面の男〟に、心当たりはある？」

「………」

三年前。

郁実がいなくなったことを知ると、シグルドは血相を変えてアマンダの屋敷へと馬車を飛ばして同行した。庭の雪にロイの足跡以外一切なかったことを考えても、室内で魔法によって攫《さら》われたとしか考えられないだろうという見解だった。唯一の手掛かりは、床に残されていた魔方陣だけだ。

シグルドはその陣を覗《のぞ》き込《こ》むと、瞳《ひとみ》を揺らして黙り込んだ後に呟《つぶや》いた。

『……これ、移動魔法だ。複雑すぎて詳細なことは今の僕には解読できないけど……界渡りの魔法かもしれない』

背筋がゾッと寒くなった。違う世界に行ってしまったなら、もう二度と、会えない。

『あいつは……アントンに、犯されてる。界渡りは不可能だ』

『犯されてないよ多分。あの女……ヘレンの証言からの推測だけど』

シグルドはアントンとの行為は未遂だろうと推測していた。

そのことは本来、喜ぶべきことのはずだったが、その時は不安ばかりが募った。未遂だったということは、郁実は元の世界に帰ることが出来る。

『神殿の仕業か？』

『分からないけど……こんな高度な魔法を使うのは、他に考えられない』

『なんで招喚した神子をわざわざ送り返すんだ』

『郁実くんが望んだなら、神殿は神子の命に逆らわないかもしれない。……どこかに攫《さら》われて、ひどい目に遭わされてるよりは、僕はその方がよっぽどいい』

シグルドは涙しながらも、そうであって欲しいと願っていた。郁実が傷つくことなく故郷の世界で平和に暮らせているならその方がいいと。

だが、ロイは到底そんなことは受け入れられなかった。

郁実だけは自分を裏切らないと信じていた。彼は自分を愛していると言い、一生側《そば》にいると言ってくれたのだ。無理やりどこかに連れていかれたとしか思えない。

もしこの魔方陣が本当に界渡りの魔法なら、リスペル神殿の仕業に違いなかったが、シグルドが連絡を取っても、神殿は神子《みこ》に関する一切の情報を公開しなかった。

このままでは埒《らち》が明かないと、ロイはグランフェルトの元へ行くことにした。

神殿に取り入って内情を探るには、確固たる身分が必要だからだ。

たとえ戻った途端、祖父にその場で殺されたとしても、魔物として地下牢《ちかろう》に幽閉されたとしても、どうでもいい。

郁実《いくみ》がいない世界で、生きている意味などなかった。

意外にも、祖父は涙を浮かべてロイの帰還を歓迎した。

ロイは幼少期に受けた虐待の数々を思い出すと、その全てが白々しいと思った。だが、とにかく郁実を取り戻すためにはひたすら心を殺すことに決め、跡取りのいないこの屋敷で、グランフェルトが自分を「公爵家の息子《むすこ》」として迎えたくなるような振舞いを心掛けた。

自分をここまで立派に育ててくれた人の話として、郁実のことを口にすると、案の定、アントンの父であるカールソン伯爵から何かを聞いていたのか、祖父はその話題に強い興味を示し、「孫を育ててくれた礼を言いたい」という白々しい理由から郁実の居場所を言うように言った。

ロイは郁実が失踪《しっそう》したこと、行方を追っていることも話した。祖父の力で、神殿に探りを入れたかったのだ。

郁実の失踪時にアマンダの屋敷の床に残された魔方陣の写しを見せると、祖父はそれをじっと見つめながら、不意にロイの赤い瞳を見つめ、こんなことを口にした。

『初代ヘルズヘイム王ニコラウスは半魔だったという説がある。ニコラウスは誰よりも強く、賢く、そして何より冷酷だった。次々諸外国を侵略して勝利をおさめて領土を拡げ、歯向かう者は皆殺しにし、今のこの国の礎を造った。冷酷さは強さだ。私はお前に流れる魔物の血は、人間を凌駕《りょうが》する王の素質があると思う。次期国王候補のスティーグ王子は愚鈍で人望がない。その地位を、お前が奪い取ることは、不可能ではないはずだ』

いきなり何の話だと内心苛立《いらだ》ったが、祖父が自分を殺さずに固執していた理由が分かった。彼には兄である国王に代わってこの国の実権を握るという野心がある。

『無知な人間を動かす一番の原動力がなにか分かるか？　……信仰だ。信仰は、苦痛や恐怖からの救済によって芽生える。神の教え、神の導き。そう言えば、民衆は皆喜んで金を出すし、時には命すら捨ててくれる。信仰は人を殺す大義名分にもなる。その信仰を集めるシンボルとして、神子が必要だ。まずは神子を、連れ戻さなければならない』

その言葉を聞いて、ロイの胸に初めて迷いが生じた。

祖父の元に戻ったのは、行方不明となった郁実を自分の元へ戻すためだった。たとえ、元の世界がこの世界よりもずっと豊かで、その世界の方が郁実ははるかに幸せに暮らせるとしても、シグルドのようにそれを願うことは出来ない。何がなんでも、もう一度、彼をこちらに呼んで、この腕で抱き締めたかった。

だが、こちらの世界に戻ってきたら、間違いなく郁実は祖父に利用される。

利用されつくされた先に、何が待っているのか。

魔物以上に冷酷なこの男のことだ。ろくな末路は用意されていないだろう。そんな世界に呼び戻すことに自分の中にあるわずかばかりの良心が咎《とが》めた。

『……私を育ててくれた彼が神子とは限りません』

思わずそう言うと、祖父は少し驚いた顔をした後に笑った。

『髪の色も目の色も、現れた日も、全てが神子の条件と一致している。他にはいないだろう。何より、瘴気《しょうき》を防げるなんて能力、神子以外に考えられん』

『しかし……』

『なんだ？　魔物のお前が、育ててくれた人間に恩義を感じているのか？　捨てられたというのに』

『…………捨てられた？』

祖父は魔方陣の写しを見ながら言った。

『この魔法は、神子本人にしか使えない界渡りの移動魔法だ。穢《けが》れのない体という条件はあるが。……お前に何も言わずに元の世界に戻った』

嘘だ。そんな魔法を使えるなんて、一度も言っていなかった。

そう思い、思わず取り繕うのも忘れて祖父を睨《にら》みつけると、彼はロイの背中を押し、ついてくるように言った。階段を下りていくと、途中でロイは足を止めた。

地下室だ。

子供の頃ずっと、閉じ込められていたあの忌まわしい場所。足を止めていると、祖父が振り返って笑った。

『安心しろ。お前をここにぶち込む気はもうない。お前にはこれから、十分に働いて貰《もら》わなければならないのだからな』

そう言って祖父が地下室の重い鉄扉を開けた。すると、中から獣のような声が聞こえた。

『うう……うう……あ、ああ……』

魔物が閉じ込められているのかと思った。祖父がカンテラに火を点《つ》け、檻《おり》の中を照らした。中を覗き込むと、痩《や》せた老婆のような女性が蹲《うずくま》っている。

『愛《いと》しい我が娘。……お前の母だ』

『……？』

子供の頃、自分を殺そうとした母は、毒々しくも美しかった。

それが今は、見る影もない。

『お前が失踪してから、お前が自分を殺しにくる妄想に取《と》り憑《つ》かれている。ようやく舞い込んだ縁談も全て破談になって精神を病み、ついにこんな姿になってしまった』

『母、上……』

カラカラになった喉《のど》から声を絞り出した。すると、母が勢いよく顔を上げた。

ロイの姿を見て、落ちくぼんだ目を見開き怯《おび》えたように後ずさったが、やがてわなわなと口を震わせた。

「バケモノ!!　バケモノ!!　死ね！　お前のせいだ!!　全部、お前の!!　返せ！　私の人生、返せよ!!」

檻の奥から、ロイを睨み上げてまるで悪魔のような形相で叫ぶ。

美しかった母の面影はもうなかった。

「なんで生まれてきたんだ!!　何度も何度も殺したのに!!」

変わり果てた母の姿に思わず言葉もなく立ちすくんでいると、祖父は囁《ささや》くようにロイに言った。

「……お前みたいなバケモノを、誰が愛すと思う？」

「……」

「よく考えなさい。人間はお前を愛さない。……だから、反対に、利用してやればいい。お前には、人を殺《あや》めても何の罪悪感も持たない残忍な父親の血が流れているんだ。その強さを利用しろ」

「……ッ」

ロイは何も言わずに踵《きびす》を返して地下を後にした。

だが、それから毎晩、地下からまるで呪いをかけるように響く、母の声に悩まされた。

祖父がわざと地下の扉を開けたままにしているのだ。ロイに聞かせるために。

シネ、シネ、と何度も罵《ののし》る憎しみの声が聞こえてくる。

――人間はお前を愛さない。

そんなことはない。郁実は自分を愛してくれた。

だが、祖父の言ったことが本当なら、郁実はロイを置いて元の世界に帰ったということになる。

帰りたかったのなら、最初からそう言えばいい。

愛している。一生側にいる。そう言ってキスをした口は、自分を欺《あざむ》いていたのだろうか。

そう思うと、彼に対して抱えている巨大な愛の全てがドミノ倒しのように憎しみへと変わっていくような気がした。

(殺してやりたい……)

どこまでも追いかけて、あの細い首を締めあげた後、自分もまた喉を切って一緒に死ぬ。そういう生々しい夢を何度も見ては、夜中に汗だくになって飛び起きた。

(……ジジイの言うことの方が嘘に決まっている)

分かっているのに、疑り深い魔物の特性が郁実を疑った。祖父に嘘を吐《つ》かれても、何も感じないが、郁実に嘘を吐かれることだけは耐えがたい。その恐怖から、疑うことが止《や》められない。

たとえ郁実が自分を置いて元の世界に戻っていたとしても、彼を殺そうなんて考えは、狂気じみている。

彼はもう、十分に自分を愛し、育ててくれた。

そう思わなければと思うのに、暴力的な思想は膨れ上がっていった。

もし、郁実が自分の意思で元の世界に帰ってしまったのだとしても、何か理由があるはずだ。

きっとすぐに戻って来てくれる。

縋《すが》るような思いでそう願っていたが、それから一年経《た》っても、二年が経っても、彼は戻ってくることはなかった。

雪のように降り積もる猜疑心《さいぎしん》と憎しみに葛藤《かっとう》していたが、どちらにしろ祖父の考えはもう止められなかった。いや、本気になれば、それこそ祖父を殺してでもすれば、止められていたのかもしれない。

だが、ロイにはそれが出来なかった。

たとえこの世界が地獄に繋《つな》がっているとしても、もう一度彼をこちらに引きずり込みたい。そのためになら、悪魔に魂だって売れる。

祖父は神殿にもう一度神子招喚の儀式を行うように何度も迫り、圧力をかけた。

神官長は初め、それをずっと断り続けていた。元々古《いにしえ》の儀式であるし、その儀式に使う魔石は莫《ばく》大《だい》な量となる。二度目はないと。

失敗する確率の高い儀式に、貴重な資源を使う訳にはいかない。神官長は、冷静で敬虔《けいけん》ないかにも神官らしい神官だった。

だが、金を使ったのか口で丸め込んだのかは分からないが、ある時急に、神官長は考えを変えて神子を招喚することに同意した。

その報《しら》せを受けると、ロイは郁実の護衛騎士になることを祖父に申し出た。

郁実が再び逃げ出さないように見張るため。何年も一緒に過ごした自分なら、神子は油断して心を開き、なんでも話すだろう。神殿の機密情報も祖父に流せる。

祖父にはそう言って説得した。

半分は本心だった。二度と郁実を逃がしたくないから見張りたかった。

そしてもうひとつ、密《ひそ》かに、郁実のことを一番近くで守りたいという思いもあった。

彼に対して募る疑念と憎しみはあったが、それでも自分以外の人間に彼を傷つけられたくなかった。

「……じゃあ、郁実くんが言ってた仮面の男っていうのは嘘だってこと？」

それまで黙って話を聞いていたシグルドが不意に口を開いた。

「……あれから俺も調べてみたが、確かにあの魔法は、ジジイの言う通り瘴気を防ぐのと同じぐらい特殊な魔法だ。界渡りなんて、そもそも神殿の神官たちですら大がかりな儀式でも使わない限り不可能だ。神子にしか使えないと考える方が妥当だ」

「でも、郁実くんは違うって言ってる。大体そんな魔法、使えるなんて言ってたことないし。郁実くんの言葉を信じるなら、彼をこの世界から排除したいと狙っている奴《やつ》がいるってことだ。それを放置しておく方が危険じゃない？」

「……放置なんてするか。探りは入れてる」

「……へ？」

「ジジイが神殿と結託して神子を擁立しようと画策してるとしたら、一番厄介に思うのは、国王だろう。王室が抱えてる魔導士なら、あんな魔法が使える可能性もなくはない。……かなり低いけどな」

ロイは声を潜めて言った。このことは、今まで誰にも言わずにいた。

この男のことは気に食わないが、郁実《いくみ》のことに関しては信用できる唯一の人物だ。シグルドは目を見開き、パチパチと瞬きを繰り返した。

「な、なんだ。お前てっきり、郁実君に置いて行かれて逆恨みしてるのかと思ってたら……信じてたのか」

「信じてない。誰のことも。郁実は神殿に招喚された後も、何度も脱走していた。……ただ、少しでも可能性があるものは、疑って調べることにしてるだけだ」

シグルドはしばらくの間黙って瞳《ひとみ》を揺らしていたが、やがてポツリと言った。

「……お前郁実君のこと、抱いた？」

「…………」

ロイは何も言わなかった。その無言を、シグルドは肯定と捉《とら》えたのだろう。椅子を蹴《け》って立ち上がり、ロイの胸倉を乱暴に摑《つか》み上げた。

「じゃあどういうこと？　郁実くん、付き合ってる人いないって言ってたけど……まさか元の世界に帰さないっていう勝手な理由だけでレイプしたんじゃねーよな？」

温厚な彼らしくない粗野な口調に、彼の激しい怒りが滲《にじ》んでいた。

「……だったらなんだ？」

そう言うと、彼は思い切りロイの頬を殴った。それも、何度もだ。

三年前まではひ弱なパンチだと思っていたそれは、かなり強烈で、すさまじい怒りが込められている。唇の端が切れて出た血を拭《ぬぐ》おうとしたが、それよりも前にシグルドが再びロイの胸倉を摑み上げ、続けて頬を何度も殴った。

「お前を殺してやる」

「出来もしないこと言うなよ。人間のくせに」

〝バケモノ〟でもない彼に、そんなことは出来ない。するとシグルドは心底軽蔑《けいべつ》したように笑った。

「……お前、怖いんだろ。郁実くんのことを信じるのが。信じて傷つくのが怖いんだ。魔物のくせに。情けない奴！」

「違う」

そんなことじゃない。それ以上に恐れていることがある。

ロイは掴み上げていた腕を振り払うと、今度はシグルドの胸倉を掴み、思い切り殴った。彼の体は大きく吹っ飛び、壁に激しくぶつかった。誰がどう見ても、それは人間離れした力だった。

「痛っ……」

シグルドは血が流れるこめかみに治癒魔法をかけながらこちらを睨んだ。ロイもまた、シグルドに近づくと胸倉を掴み、怒りをぶつけるように睨みつける。

「お前みたいにヘラヘラした野郎には一生分からねーよ。魔物の血が流れてないお前には分からない。好きな奴を、殺すかもしれない恐怖なんてな！」

信じて裏切られた時、この猜疑心が暴走して、憎しみでいつか郁実を殺してしまうのではないか。

郁実を殺す夢を見る度に、いつも恐怖していた。

血まみれになったソフィア。精神を病んだ母親。

郁実もきっと、いつかああなってしまう。

自分という化け物から、郁実を守りたい。

それなのに、彼から離れることに耐えられない。

裏切られても心が壊れないように、疑って、疑って、憎しみ抜いた。

こんなことをシグルドに話すなど、自分もまた、相当酔っているのだろうか。

「お前……本当に……めんど」

めんどくさい奴。シグルドが、おそらくそう言おうとしたときだった。

「めんどくさいやつ！」

「!?」

大声に驚いて振り返ると、寝ていたはずの郁実が、いつのまにかベッドから出て立ち上がっていた。

彼の顔はまだ赤く、明らかに酔いが残っている。その上半眼で、寝ぼけてもいるようだった。

突然のことに驚いて、摑んでいたシグルドの胸倉を離してしまった。シグルドもまた、ぽかんと口を開けていた。

郁実はふらふらとロイの近くまで歩いてくると、背伸びをして胸倉を摑みながら言った。

「何度でも言うが俺はお前を人殺しにはしない。教育方針だからな。だから絶対、お前に殺されたりしない。生憎《あいにく》俺は、図太いし、生命力が強いから殺されても生き返ってやる」

「ちょ、郁実くん？　酔ってる？　大丈夫？」

「それに……万が一殺されかけたとしても……」

郁実はそこで、シグルドの背中をパシッと叩《たた》いた。

「シグルドが助けてくれる！　なにせシグルドは、治癒成功率百％の天才だからな！」

パシパシと背中を何度も叩かれたシグルドは、「ええ……？」と戸惑《とまど》いながらも頬を赤くしていた。

「安心して、殺したきゃ殺してみろ。……だから頼むから、またいつか……」

郁実はそこで微《かす》かに俯《うつむ》いて言葉を途切れさせたが、しばらく沈黙したあと、「寝る！」と大声で宣言し、ベッドに戻って勢いよく布団を被《かぶ》って眠ってしまった。

二人はしばらくポカンとしていたが、やがて数秒経たずに規則正しい寝息がし始めると、シグルドが笑い始めた。

「はは……やっぱ郁実くん最高」

そしてしばらく黙り込んで郁実を愛《いと》おしげに眺めていたが、やがてパシンと両手のひらを合わせて言った。

「僕、しばらく神子専属の治癒師としてお供しようかな。神子様専属なんて、誉《ほま》れ高いし」

「は？　そんなこと、神殿が許すはずがねえだろ」

「だからお前がどうにかしてよ。グランフェルトじいちゃんのコネ使えば捻《ね》じ込めるでしょ～？」

彼の顔は笑っていたが、声は真剣だった。

「見張ってやるよ。僕がお前を。郁実くんをこれ以上少しでも傷つけないように。郁実くんは傷つくことに慣れすぎてて、覚悟も決めてるけど、僕はこれ以上一つの傷も負ってほしくない。……世界中で誰よりも幸せになるべきだって思ってるから。……これから郁実くんを狙う人は増えると思う。王様サイドもきなくさいし、一人より二人で守った方がいいでしょ」

「………勝手にしろ」

「勝手にするよ。勝手に口説く。郁実くん、今フリーだしね」

「……」

「何その殺し屋みたいな顔～。〝ただの護衛〟くんに僕らの恋を止める権利ないからね？」

ギリ、と拳《こぶし》を握り締めていると、シグルドは埃《ほこり》を払って立ち上がった。

「じゃ、お肌に悪いしそろそろ部屋に戻って寝るわ。グランフェルトじいちゃんにお手紙よろしくね」

そうしてウィンクをすると、彼はひらひらと手を振って部屋に戻ってしまった。

静かになった部屋で、ロイは郁実のベッドの近くの椅子に腰かけた。顔の赤みは随分引いていて、ぐっすりと眠っているようだ。

その優しい寝顔を、ロイは飽きずに長い間眺めていた。

白い頬にそっと手を伸ばして、途中でピクリとその手を止める。

――見張ってやるよ。僕がお前を。

ロイは長いこと考え込んでいたが、やがて羊皮紙を取り出すと、郁実の静かな寝息を聞きながらガラスペンを手に、手紙を書いた。

9．手乗りの魔物、リルゼル

翌朝、郁実は激しい頭痛に悩まされながら目を覚ました。

（グラス半分も飲んでないのに、恐るべし……シュコーレ……）

こめかみを押さえていると、目の前にスッとグラスと薬草の粉末が差し出された。顔を上げると、ロイが立っていた。彼も相当量のシュコーレを飲んだというのに、平然とした顔をしている。

「……シグルドが、朝起きたら神子《みこ》に飲ませるようにと」

「ありがとう」

苦い粉末を冷たい水で流し込むと、郁実は頭痛の向こうに昨夜の記憶の断片を思い出した。

「な、なあ。俺昨日お前らに酔って絡み酒しなかったか？」

元の世界で会社員をしていた時、飲み会の場で酔《よ》い潰《つぶ》れた上司や先輩の世話がひどく大変だったから、自分は絶対に酒に飲まれて迷惑をかけないようにしようと思っていたのに。

うっすらと残る記憶の中には、明らかに困惑した様子の二人の記憶が残っている。一体何をしでかしたのかとハラハラしながらロイを見上げても、彼は案の定余計な私語の会話には応じてくれない。

「……シグルドに聞いてくる」

そう言って彼が泊まっている隣室に行こうとしたとき、シグルドが「おっはよ～」と景気のいい挨拶《あいさつ》をしながら部屋に入ってきた。

「郁実くん。昨日はすごかったねー」

「……やっぱりか？」

「うん。僕に抱き着いて〝シグルド様世界一かっこいいー〟って頬ずりしてた」

「なっ……」

（そんなの、セクハラじゃないか）

真っ赤になっていると、ロイが派手にその背中を蹴った。

「痛っ」

「ちょっ、ロイ！　なんてことするんだ！」

「……この男の言ってること、全部嘘ですよ」

「そうなのか？」

ほっと胸を撫《な》でおろしていると、ロイが淡々と言った。

「一度起き上がって何か叫んでいましたが、またすぐ寝てしまいました」

「………」

どちらにしろ、予想以上の奇行に閉口してしまう。

「酔ってる郁実くん、可愛かったよ」

「………」

「あれー？　今度は否定しないんだぁ。ロイも昨日の郁実くん可愛かったって」

「はあ？　言ってねーだろそんなこと」

　ムキになってシグルドに言い返すロイを見て、郁実は妙に懐かしい気持ちになった。

「お前ら、朝から喧嘩《けんか》すんなよ」

　過去に口癖だった言葉を、思わず口にして笑ってしまった。ずっと、ロイが別人になってしまったような気がして寂しかったけれど、久しぶりに昔のロイを見たような気がした。

（また〝郁実〟って名前を呼んで欲しいんだけど……）

　名前で呼んでくれたのは、あの晩だけだ。そのことを思い出すと、背筋にゾクッと甘い痺《しび》れが走った。

　あの晩以来、一切求められていないから、行き場のない熱に郁実はここ最近密《ひそ》かに悩んでいた。自分で処理しようにも、いつも誰かしらに見張られている生活なのでどうすることも出来ない。

「郁実くん？　顔赤いけど、まだ酔ってる？」

　ズイッと顔を近づけられてシグルドに覗《のぞ》き込《こ》まれ、少しやましい気持ちからますます真っ赤になってしまった。

「え!?　いや、酔ってない！　酔ってないぞ」

「うわー。真っ赤っ赤。やっぱ僕の顔面偏差値最強だな～」

　嬉《うれ》しそうに言ったシグルドの襟首をロイが摑み上げ、思い切り引きはがした。

　物凄《ものすご》い勢いだったせいか、ふっとばされたシグルドは壁に激突し、郁実は思わず子供の頃のようにロイを叱ってしまった。

朝食を摂り、身支度を整えると、郁実《いくみ》は昨日張った結界の内側、森の中に少し入ったところにも二重になるように結界を張りに行った。

神官とロイに混じって、なぜかシグルドも同行している。

「僕は今日からしばらく、神子様専属の治癒師になったんだ」

「え!?」

「もう許可も取ってあるよ。ロイがね」

「ロイが……?」

不思議に思って見上げるが、彼は相変わらず、表情一つ変えずに歩いている。

二人の間に何があったのかは分からないが、シグルドが同行してくれるのは、郁実にとって何よりも喜ばしいことだった。

昨日は物凄いギャラリーに囲まれてしまったが、今日は森の中だったせいか、見に来る人々はいなかった。結界を張り終えて昨日と同じくフラフラの状態で、馬車に戻ろうとしたとき、不意にロイが郁実の手を引いた。

「?　どうした、ロイ」

「魔物の気配がします」

「……え？」

同行していた神官たちに激しい動揺が走った。

郁実はロイの後ろに隠されてしまったが、一体どこにいるのだろうと辺りを見回した。すると、二メートル程先に、手に乗るほどの大きさの黒い不気味な肉塊のようなものがもぞもぞと蠢《うごめ》いているのが見えた。

「……リルゼルだ」

郁実が呟《つぶや》くと、シグルドが感心したように言った。

「よく知ってるね。郁実くん。僕、なんの魔物なのか分からなかった。……ていうか、よく見たらめちゃくちゃグロい。動物の内臓っぽい」

シグルドが、「ぼくこういうの無理〜」と言いながら両手で目を覆った。

〝神子〟と呼ばれる存在になってから、郁実は馬車の移動時間などに、魔物についての勉強を続けていた。

魔物と共存できる世界、というのは大げさだが、そういう未来を目指している郁実はロイ以外の魔物のこともよく知る必要があると思っている。

リルゼルは森に住む最弱の魔物で、そのグロテスクで醜悪な見た目から必要以上に恐れられているが、色々な物に化けて森を通る人間をそそのかしたり、悪戯《いたずら》をすることはあるものの、基本的には害の少ない魔物だ。日本の妖怪《ようかい》で言うと化《ば》け狐《ぎつね》だとか化《ば》け狸《だぬき》を、グロテスクにしたようなものだろう。毒なども持っていない。

予想外に小さいこと。そして、害がないということに神官たちは安心したのだろう。一番近くにいた神官が、ロッドの先でリルゼルを小突いた。

「やめろ！」

郁実は慌ててロイの後ろから飛び出し、神官をどけてリルゼルの前にしゃがみ込んだ。

「……やっぱり、こいつケガしてる。それもひどいケガだ」

両手で水をすくうようにそっと、リルゼルを持ち上げた。

「神子！　おやめください！」

「げええ……ちょっと郁実くん、やめときなって！　グロすぎー……」

「神子。ソレを俺に渡してください」

ロイが咎《とが》めるように言って剣を引き抜こうとしたので郁実は慌てて首を横に振った。

「こいつは無害だ。毒の牙《きば》も持ってないし……、瘴気《しょうき》はちょっと出すけど。危機に瀕《ひん》して自分の身を守るときだけだ。……て、あれ？　瘴気出さないな。お前、大丈夫か？　もし俺が悪い奴《やつ》だったらどうするんだよ」

「ギィ……ギィイ……」

警戒心のない奴だと思いながら、傷口を見る。何か鋭利な刃物でめちゃくちゃに切り付けられたようだ。警戒してないのではなく、瘴気を出す体力もないのかもしれない。

「傷口を見る限り、結構古いね。半年以上前かも」

シグルドが両手で覆った隙間からちらちらと見ながら、治癒魔法師らしく傷口の状態を言い当てた。

「半年前!?」

そんなに経《た》っているにしては随分傷痕《きずあと》が生々しい。ということは半年間もこんなケガを負ってここに蹲《うずくま》っていたのだろうか。

そういえば、数カ月前に隣町の隊商がこの道を通ったという話を聞いた。その時に、こんな惨《むご》たらしい傷を負わされたのだろうか。

リルゼルが人を襲ったという例はほとんどない。返り討ちにしたのではなく、弱い魔物だからといって一方的に鬱憤晴《うっぷんば》らしに使われたのかもしれない。

幼い頃、人間に寄ってたかって暴力を振るわれていたロイの姿を思い出し、郁実は瞼《まぶた》が熱くなった。

「人間だったら致命傷だけど、魔物だから、なかなか死なないんだろうねえ。生命力が郁実君並みだから」

「……？　どういう意味だ？」

失礼な物言いに思わずジトッと睨《にら》みつけると、郁実は手の中で呻《うめ》き苦しんでいる黒い塊を見つめて言った。

「シグルド。こいつのケガを治してやってくれないか？」

「……は？」

「ええ？」

ロイとシグルドが、同時に怪訝《けげん》そうな声を上げた。

「神子。魔物から民衆を救うはずのあなたが、魔物を助けたとなれば、民衆に示しがつきません」

神官たちが口々にとんでもないと窘《たしな》めたが、郁実は引かなかった。

「今この森には俺たち以外、誰もいないだろう。頼むシグルド。治癒費はきちんと払う」

「いや、別にお金はいいんだけどさぁ。なんでまた魔物を……しかもグロいし……やだなぁ」

ギィ……ギィ……と不気味な声で鳴くリルゼルを見て、シグルドは心底嫌そうに顔を顰《しか》めながらも、治癒魔法をかけてくれた。リルゼルの傷口はみるみる塞《ふさ》がり、出血は止まった。

「はい。治療終了。少なくとも痛みはもうない……と思う。郁実くんに感謝しろよ。内臓くん」

「シグルド。ありがとう」

郁実はリルゼルを獣などに見つからない、木の陰に下ろした。そこら中に木の実も落ちているし、食べ物には困らないだろう。

「……じゃあな。もう人間に見つかるなよ」

そう言って最後に頭を撫でようとすると、ロイに手首を摑《つか》まれて止められた。

「軽々しく触らないでください」

「……お前さぁ、肉の塊にまで嫉妬《しっと》するとかちょっとヤバいよ」

シグルドがやや引いた様子で茶化すが、ロイは構わず魔物の黒い血で汚れた郁実の手を無心に拭《ふ》いていた。黒い皮手袋の感触が素肌に触れると、どうしてもあの夜のことを思い出してしまい、郁実は思い切り手を振り払ってしまった。

「い、いいから。自分で拭く」

その剣幕に、ロイは少し驚いた顔をしながらも、黙って郁実に布を渡した。

（変だ俺……こんな、欲求不満みたいなの）

今までの人生で、こんなことは一度もなかった。

バイトや仕事が忙しくて自分で処理が出来ない日が続いたこともあったが、だからと言って、こんな風に満たされずに悶々《もんもん》とすることはなかった。

赤くなった顔を必死に俯《うつむ》けて、郁実は速足で歩き出した。

残響だろうか。

リルゼルの「ギィ……ギィ……」という声が、森を抜けてもいつまでも耳に響いていた。

10．一時帰還

森に結界を張り終えて、神殿に戻ることになった。

ここまで巡った街の状況を、一度詳しく神殿に伝えるためという名目だが、本当の理由はシグルドから過労のドクターストップがかかったことだ。

神官たちの中には、このまま神官長に言われた通り、次の街へ向かうべきだという声もあったが、ロイの言った一言で皆押し黙った。

——神子《みこ》と神官長、どちらの立場が上か分からないのか？

久しぶりに神殿の建つヤルン島に上陸したとき、妙にホッとした。

郁実にとってこの世界での故郷は、シグルドの屋敷のあるクルムトと、ロイと二人で過ごしたリーメルの街だが、それでも久しぶりに定住できる場所に帰ってくると安堵《あんど》からドッと疲労感が押し寄せてきた。

途中で帰ってきてしまったことで神官長から何か言われるかと思ったが、港に出迎えてくれた彼は聖職者らしい微笑《ほほえ》みを浮かべて出迎えてくれた。

「……お疲れ様です。神子」

神官長と共に出迎えのため港にずらりと並んだ神官の中には、見慣れない若者が何人か増えていた。

「彼らは？」

ロイが怪訝そうな表情を浮かべて聞くと、神官長は微笑みを崩さずに言った。

「神子の活躍ぶりに魅せられて、新たに神官見習いに志願した若者たちです。近年、神官志望の若者が減っていたため、喜ばしいことです。皆しっかりとした家柄の者たちですよ」

「信じられない……神子様だ」

「僕は今日、死んでもいい」

（……うっ）

期待に満ちた恍惚《こうこつ》とした視線と囁《ささや》き合う声に、郁実は心の中で呻いた。

神官の多くは、家族とも故郷ともほとんど生き別れに近い状態になる。このリスペル神殿に務める神官たちも、一生をこの島の上だけで終える者がほとんどだった。

つまり、神官になるというのは人生が百八十度変わるということだ。そのきっかけが自分だと思うと、郁実は鉛を飲み込んだように胸が重くなった。

必要以上に神格化されるのは、怖い。実際はそれほど大した人間ではないと分かったら、彼らはどう思うのだろう。

なんとか卒なく挨拶《あいさつ》を済ませると、郁実はロイとシグルドと共に早々に神殿へと戻ろうとした。

その時だった。

——サクマサン。ヤットミツケタ。

港に打ち寄せる波音に混じって、微《かす》かに、そう囁《ささや》く声がしたような気がした。

おそらく聞き間違えだと思うが、ゾッと鳩尾《みぞおち》が冷える感覚がした。

この世界で、郁実のことを「佐久間」と呼ぶ人は一人もいない。

「佐久間さん」

自分をそう呼ぶ心当たりは、元の世界の一人だけだった。

『佐久間さん、いるんでしょ。佐久間さん。ねえ、僕のことを好きな癖に、どうして無視するんですか？』

『あーそうか、僕に構われたいのか。なるほどねえ、可愛いなぁ』

『佐久間さん？　ねえ、僕もそろそろ我慢の限界ですよ』

『オイ佐久間ぁ！　いい加減出てこいっつってんだろーが！　ブッ殺すぞ‼』

「神子！」

ロイに肩を揺すられて、郁実《いくみ》はハッとした。思い出しただけで、微かに手が震えている。

そうだ。しっかりしろ。黒沢《くろさわ》がこの世界にいる訳がない。

「……悪い。疲れてるみたいだ」

「ほらー、だから僕が散々言ったでしょ？　今日はゆっくりお風呂《ふろ》に浸かって早く寝なきゃだめだよ？　僕と一緒に」

ロイが恐ろしい形相で睨んだが、シグルドは予《あらかじ》め、殴られない位置にパッと飛びのいていた。

「……悪いな、シグルド。明日ヤルン島とリスペル神殿を案内するから。ロイと一緒に」

「え～～可愛いガイドさんと二人きりがよかったなぁ」

「可愛いガイドさんは悪いけどいないぞ。ここは女人禁制の島だからな」

「いや……あのね？　うん。もういいや」

「？」

海風に乱れた髪を直しながら、神殿へと戻る。その間、ロイがじっとこちらを見つめていた。


シグルドを部屋に送り届け、ロイと共に久しぶりの自室へと戻ってくると、若い神官が郁実の部屋を整えてくれていた。その顔には見覚えがあった。先ほど、港で出迎えてくれた新入りの神官たちの中にいた一人だった。

少し内気そうな青年で、他の神官たちがヒソヒソと郁実について囁きあっている中、一人でじっと郁実のことを見つめていた。

「神子様、お待ちしておりました。コニーと申します」

「ありがとう、コニー」

部屋を整えてくれた礼を言うと、コニーは少し緊張気味に話し始めた。

「神子様のお世話をすることができるなんて、ほ、本当に光栄です。僕は、全てを捨ててここに来ました。この命は全て、神子様に捧《ささ》げるつもりです」

「……ありがとな。でも、自分の命は、自分で大事にしろ」

「いいえ、この命は、もう神子様のものなんです」

真剣な顔で言われてどうしたものかと思っていると、郁実はふと視界の下の方でモゾモゾと動くものに気づいた。

（ん？）

ちらりと下の方を見て仰天した。ロイが持ってくれている郁実の荷物から黒いものがはみ出ている。

リルゼルだ。

荷物に紛れて密《ひそ》かについてきていたのだ。どうりで森を離れた後もどこからともなく「ギィ……」という声が聞こえるような気がすると思っていたら。

「お、お前、いつのまに……っ」

「どうされました……？」

コニーが不思議そうに首を傾《かし》げた。

「い、いや……なんでもない」

ここは神殿だ。見つかったらどうなるか分からない。

神官は殺生を禁じられている。神殿での殺しは、人間・動物問わず御法度だが、一つだけ例外があった。

島の北岸にある大渦に、儀式をした上で人を落とすことは「殺人」にはならず、「魂を神に捧げる」という扱いになる。昔から、この島で重大な罪を犯した神官や、生《い》け贄《にえ》を必要とするような儀式を行う際には、あの渦に落とされたらしい。

　郁実はリルゼルを慌てて荷物から引っ張り出すと自分の服の胸元に押し込んで隠した。

「ギイィ……」と鳴く声を「しっ」と黙らせる。

「神子。神衣のお着替え、お手伝い致します」

「え？　あ……いや、自分で着替えるから」

「しかし……神子の身の回りの世話は、私の仕事です」

　コニーに迫られ、思わず後ずさると、ロイが不機嫌な声で言った。

「神子の着替えは俺の仕事だ。お前は部屋に戻っていろ」

　ロイがそう言って睨《にら》みつけると、コニーはやはり気が弱いらしく、ビクッと怯《おび》えた顔をしてそそくさと部屋から出ていってしまった。

「ロイ。あんな言い方をするな」

　咎《とが》めるように言うと、ロイは少しバツの悪い顔をしたが、郁実をジッと見つめながら言った。

「神子。何を隠しているのですか？」

「え？」

「先ほどから様子がおかしいでしょう。それに、ここは神殿なのに、〝同族〟の気配がするんですよ」

　ロイが剣に手をかけながらそう言ったので、郁実は慌てて後ずさった。

「ま、待て。今出すから……」

そう言って郁実が胸元を開けると、その途端に胸からリルゼルがピョコンと顔を覗《のぞ》かせた。

「リルゼルだ。ついてきちゃったみたいなんだ」

ロイは郁実の胸元を見ると、驚愕《きょうがく》に目を見開いた。

「……は？　ずっと……神子の胸の中にいたんですか？」

「いや、神官に見つかるとやばいから、さっき服の中に隠した。おかげでベトベトだ」

ナメクジでも這《は》ったように黒い粘液のついた胸元を見せながらそう言うと、ロイが物凄《ものすご》い怒りの形相で郁実の胸からリルゼルを引っ張りだし、剣を引き抜いて斬ろうとした。

「やめろって！」

慌ててリルゼルを取り返し、後ろ手に隠す。

「それをどうするつもりですか？」

「どうするも何も……神官たちに見つかったらやばいだろ」

「確実に、崖《がけ》から海に捨てられるでしょうね」

「次また街に出るときに森に帰すとして、それまではこの部屋に閉じ込めとくしかないだろう。……誰にも言うなよ？」

「………」

「この部屋にいる間は、〝リル〟って呼ぼう。餌は野菜とかを食べるみたいだから、俺のメシを少し分けてやる。な、リル」

そう言って指先でつんつんとつつくとリルは「ギイ」と鳴いた。

「……今すぐ風呂の用意をしますから、服を脱いでください」

ロイはそう言うなり、手を引いて郁実をバスルームに押し込み、魔法で湯を沸かした。

「あ、ああ」

昔はロイの前で衣服を脱ぐことなどなんの躊躇《ちゅうちょ》もなかったが、あの晩、体の関係を持ってからは意識するようになってしまい、頬が熱くなる。

（……ロイはもう、なんとも思ってないんだろうな）

それを思うとツキツキと胸が痛み、ぼんやりとしながら服を脱ごうとしていると、ロイはやけに苛立《いらだ》っていて、郁実の服に手をかけて脱がせ始めた。

「！　自分で脱げる！」

だが、ロイは郁実の服を脱がすのを止《や》めない。やや手荒なその手つきに、あの晩のことを思い出し、不意に体が熱を持った。

（や、やばい……）

自分の体に起こった変化に気づくと、郁実は焦り、脱がされそうになる服を引っ張り返した。

「風呂はあとで入る！」

「いいから、早く服を脱いであの魔物に這われたところを全部洗い流せ！」

必死に抵抗はしたものの、力では敵《かな》わず神衣は無理矢理脱がされてしまった。

「……っ」

11. 元の世界からの呼び声

ロイに手首を摑《つか》まれていたため、露《あらわ》になったその場所を隠すことも出来ない。

当然、彼も郁実の下半身に視線を落とすと驚いたように目を見開いた。

あまりのショックに、カアアッと耳まで赤くなった。

脱がされた神衣をロイの顔面にぶつけるように押し付けて視界を塞《ふさ》ぎ、逃げるようにバスタブに入る。俯《うつむ》いたまま無心にゴシゴシと体を洗うが、ロイはまだバスルームに立っている。いつもなら入浴中は、外で待っていてくれているのに。

何か言いたげな無言の視線に耐え切れずに郁実は言った。

「生理現象だ。……毎日毎日旅続きでずっと周りに囲まれてて、抜く暇がなかっただけだ。神殿に帰ってきたんだから、一人にしてほしい。せめてバスルームから出てってくれ」

ロイは護衛としての任務を全うしているだけだ。

そう思いながらも、見られたくなかったことを見られてしまい羞恥《しゅうち》とショックで取り乱していた。

「もういやだ……全然プライバシーもない……っ、逃げ出さないかずっと見張られてて、少しは自由になりたい……」

いい年して情けなくも涙までこみ上げてくると、ロイは珍しく狼狽《ろうばい》したようだった。

「悪い。疲れてるんだ……。ごめん。少しだけ、一人にしてくれ」

「手伝いましょうか」

「……？」

一瞬、理解が遅れて瞳《ひとみ》を揺らして見上げると、ロイは顔を逸《そ》らした。

「いえ。すぐ……出ていきます。部屋の前にいますから、何かありましたら、すぐに呼んでください」

そう言って慌ただしく出て行こうとしたその手を、郁実は咄嗟《とっさ》に掴んだ。

「……手伝ってくれ」

懇願するように潤んだ瞳で見上げると、ロイがごくりと喉《のど》を鳴らした。

彼は黙って手に石鹸《せっけん》を付けると、リルが入っていた胸元を念入りに洗うように揉《も》み、すでにツンと尖《とが》った乳首をきゅっと摘《つま》んだ。

「ああっ……」

上擦った声は、バスルームに反響してしまい、郁実は反射的に手で自分の口を押さえる。

長いこと欲求不満だった体は、どこも敏感になっている。

ロイが完全に勃《た》ちあがっている郁実の性器に手を伸ばすと、焦《じ》らすように陰嚢《いんのう》を撫《な》で回し、裏筋をなぞる。それだけで、みっともないぐらいに先走りがだらだらと零《こぼ》れた。

「すごいな……」

ロイは感心したようにそう呟《つぶや》き、今度は陰茎を緩く擦《こす》った。

「んっ、あっ、……っ、あっ、〜〜〜ーっ!!」

足がピンと伸び、郁実は大きくのけ反り、白濁をロイの手の中にまき散らした。少し擦られただけだったのに、情けない程あっけなく達してしまった。

「……っ、ん、あ……っ」

未《いま》だに余韻で体がビクンと痙攣《けいれん》する。郁実はしばらく焦点の定まらない目でロイを見上げていた。

彼の手は郁実の放ったものでべったりと汚れていて、黙ってそれを洗い流してしまった。

どこか事務的な雰囲気に、郁実は胸がツキンと痛くなった。

これで〝性欲処理〟の手伝いが終わってしまう気がして郁実は思わず言った。

「ロイのも……処理してやる」

「は……?」

ロイは目を見開いたが、それに構わずに手を伸ばした。その部分に触れると、熱を持って膨らんでいることが分かり、泣きたくなるほど嬉《うれ》しくなる。

ズボンの前をくつろげて、性器を取り出す。相変わらず凶悪な大きさに思わず息を呑《の》み、体の奥が疼《うず》いた。郁実《いくみ》はそれを手に持つと、横髪を耳にかけて先端を口に含んだ。

「んっ……う……っ」

「……っ、神子《みこ》……」

アントンに無理やり咥《くわ》えさせられたことがあったが、自分から舐《な》めるのは初めてのことだ。

上手《うま》いやり方が分からずに必死に舐めるが、下手《へた》くそに違いない。

あの時、喉の奥に無理やり突っ込まれて物凄く苦しかったが、アントンは気持ちよさそうにしていた。

思い出すと、胃の中から苦い物がこみ上げてきたが、ロイのものだと思うとどうにか気持ちよくしてやりたいと思った。必死に喉奥まで入れようとすると、大きすぎるそれにどうしてもえずいてしまう。

ロイは慌てて郁実の顔を押し返した。

「馬鹿、無理するな！」

「でも……こうした方が気持ちいいだろ？」

とろりとした目で上目遣いに聞くと、手の中で、ググっと性器が大きくなり驚いた。

「わっ……」

「別に、無理しなくても、気持ちいいですから……」

少し照れくさそうにロイが言った言葉に嬉しくなり、はむっと先端を口に含んでちろちろと舐めた。

「んっ、ン、……っ、おおきい……」

舐めながらそう呟くと、ロイが「やばい……」と吐息のように漏らした。

「神子、口離してください。穢《けが》してしまいます」

「だいじょうぶ……出していいぞ」

そう言いながら、先端をじゅっと音を立てて吸うと、苦い物が突如喉の奥に広がった。想像以上の量に郁実は思い切りむせてしまった。

「ごほっ、ごほっ……」

「神子、大丈夫ですか？」

「ごめ、大丈夫……」

飲み切れなかった白濁が口の端を伝い落ちて行く。それを拭《ぬぐ》っていると、不意に下肢に刺激が走り、郁実はビクッと背筋を震わせた。

「な、に……っ」

「また勃ってますよ。ここ。俺の舐めて興奮しました？」

揶揄《やゆ》というよりは嬉しそうに言って、ロイが再びその場所を慰めようとしたので、郁実は反射的に腰を引いた。

「いいんですか？　このままで」

「ちがう、次は……後ろがいい」

消え入りそうな声で、後ろを弄《いじ》ってほしいと懇願すると、ロイは驚いたように目を見開いたあと、ニヤリと笑った。

「……後ろがいいなんて、神子は、才能がありますね」

「……っ、うるさい」

　からかわれたことに仕返しをするようにロイの性器の根本をグッと力を込めて握り締めてやると、彼は「痛っ」と顔を顰《しか》めて舌打ちした。

「……バスタブの縁に手を突いて、尻《しり》をこちらに向けてください」

なんとも恥ずかしい体勢だが、理性を挟む余裕はなかった。

言われた通りの体勢を取ると、ロイは郁実の希望通り後ろに指を入れた。

「……っ!?」

前回は探り探りだったのに、ロイはもう郁実の弱点の場所を寸分違《たが》わず覚えたようで、最初から容赦なくその場所をグリグリと責めたててくる。

「ろ、ロ、イ……っ、あっ、や、だ……っ、あ、ああ……っ」

ガクガクと足を震わせて首を横に振る。

「後ろを弄って欲しいって言ったでしょう？」

ひどく意地の悪い言い方だった。急所を掴んだ仕返しだろうか。

気づいたら四本の指でぐちゃぐちゃと掻《か》き回され、郁実は立っていられなくなってしまった。

縁を持つ手にも力が入らず、いつのまにか上半身を預けてしがみつくような体勢になっていた。

必然的に尻が高く上がってしまい、ひどく恥ずかしい恰好《かっこう》だ。

「ロ、イぃ……っ」

「なんですか？」

「いくみって呼んで……」

するとロイは、急に黙り込んで手を止めた。

「じゃないと、後ろでイケない……」

涙声でそう言うと、ロイはしばらく黙り込んだ後に言った。

「……気持ちいいか？　郁実」

素直に答えるとロイは優しく郁実の濡《ぬ》れた髪を撫で、耳元で囁《ささや》くように言った。

「きもち、いい……っ」

「イッていいぞ」

促されると、堪《こら》え性《しょう》もなく背筋をブルッと震わせて再び白濁をドクドクと吐き出した。

「は、ぁ……っ」

「たくさん出したな。郁実」

優しく褒めるような甘く低い声がバスルームに響き、郁実はふわふわとした幸せな気持ちに包まれながら余韻に浸り、濡《ぬ》れた睫《まつげ》毛を震わせた。


（……なんであんなこと手伝わせちゃったんだ）

湯を張り直したバスタブの中、郁実は膝《ひざ》を抱えて穴があったら入りたいような気分になっていた。

ロイは気を遣ってくれたのか、バスルームを出て一人にしてくれた。

（……ロイ、優しかったな。名前も呼んでくれたし）

郁実は撫でられた頭に無意識に触れた。いつか誤解が解けたら、〝愛してる〟と言い合える関係に戻れるだろうか。

この半年余り、郁実は神子として十分に務めを果たしてきたと思う。

脱走など一度もしたこともないし、休みなく働いた。それは自分のためでもあったが、ロイにもう一度信じて欲しかったからという思いもあった。

シグルドのおかげかもしれないが、最近少しだけ、ロイの表情が柔らかくなった気がする。

（……そろそろ出るか。リルにメシやらないといけないし）

立ち上がろうとしたとき、ふと、バスルームの扉がコン、とノックされたような気がした。

ロイだろうかと思いながら目を向ける。

だが、ドアの向こうから聞こえてきた声は、ロイではなかった。

——佐久間《さくま》さん。

「……っ」

一瞬で、バスタブの湯が氷水に変わったかのように、ゾッと寒気がした。

「……くろ、さわ……？」

震える声で名前を呼ぶと、どこからともなく笑い声が漏れた。

——覚えてたんだぁ。やっぱり僕のこと、好きなんじゃないですか。

しっかりしろ。黒沢《くろさわ》がこの世界にいる訳ない。来られる訳がない。

元の世界で追い詰められていた時に、よくこの手の幻覚は見ていた。どこにいても黒沢が現れるので、次第に彼の幻覚を見るようになっていた。

だが、さすがに世界が違うのだから、いる訳がないだろう。そう自分に言い聞かせていると、不意にバスルームのドアがガンッと苛立《いらだ》たし気に蹴《け》られた。

「ひっ……」

びくりと肩を震わせると、静寂の中でバスタブの湯がちゃぷちゃぷと音を立てた。

ロイを呼びたいのに、金縛りにあったように声が出ない。

――僕を好きなのになんで他の男とセックスしてるんですか？　しかもあの男、魔物じゃないですか。神子のくせに……。

「黒沢、なんで……」

――僕の存在を誰かに喋《しゃべ》ったら、あの男が魔物だって、神殿の人間たちにばらしますよ。

「だ、誰に、ばらすっていうんだ。お前は……こっちの世界にはいないはずだ」

そう言うと、不意に黒沢の声がしなくなった。バクバクと鳴る心臓を押さえながらも安堵《あんど》していた時、再びドアの向こうでうっとりとした声がした。

――……生まれ変わっても愛してます。佐久間さん。あなたにもう一度会うためなら、命すら惜しくなかった。

郁実はしばらくの間呆然《ぼうぜん》としていた。

（生まれ変わっても……？）

その時、ドンドンとバスルームの戸を叩《たた》く音がして、驚きのあまり飛び上がってしまった。

黒沢かと怯《おび》えながらバスルームの隅に身を寄せると、ロイの声がした。

「神子？　大丈夫ですか？」

随分長い間浸《つ》かっていたから、ロイが心配しているようだ。その声に心の底から安堵した。

「あ、ああ……ごめん。もう出る」

力の入らない足をなんとか叱咤《しった》して湯から上がり、服を着てバスルームを出ると、ロイが郁実の顔を見て訝《いぶか》し気に言った。

「……どうかなさいましたか？」

「……ロイ。この部屋今誰かいたか？」

「神官たちが、夕食の用意をしていましたが……」

ロイがそう言ってテーブルを指差すと、その上には食事が並べられていた。

「他に誰も来なかったか？」

「はい。……何か不審なことでもありましたか？」

（じゃあやっぱり、幻覚……だったのか？）

「神子？」

幻覚だったにしろ、黒沢のことをロイには話した方がいいかと思ったが、彼に言われた言葉が胸に引っ掛かった。

――誰かに喋ったら、あの男が魔物だって神殿の人間たちにばらしますよ。

ロイはずっと人間の姿をしている。昔のように、郁実の前でだけでも元の姿に戻ることはない。

彼が魔物だと神殿に知られたらどうなるだろう。グランフェルトが庇《かば》うのだろうか。いや、きっとそんなことはあり得ない。

「……なんでもない。少しのぼせただけ」

「ならいいんですが。大分、その……無理を……」

ロイが何か言いかけた時、「ギッ！」と鳴く声がした。

声のした方を見てみると、ロイの腰に下げている短剣の鞘《さや》の中からぴょこんとリルが顔を覗《のぞ》かせていた。

「リル、ロイが預かっていてくれたのか？」

「神官が夕食の準備をしている間だけですが。……見られたらマズイでしょう」

少し照れくさそうに言うロイに、郁実は思わず笑みを零《こぼ》した。

おそらく、神官たちが来た時に慌てて剣を抜いて鞘に相当無理矢理突っ込んだようだ。大分変形している。

窮屈そうに鞘の中から飛び出すと、すぐにリルの変形は直り、元の球体に戻ってテーブルの上に飛び乗った。

「……はは、じゃあ。夕食にしようか。リル。俺の分、少しやるよ」

魔物のくせに、草食なのだ。

「神子の食事を減らす必要はありません」

「え？」

「神官たちに……手配させました。神子が、小鳥に餌をやりたがっているからと言って」

またしても照れくさそうにロイが小皿を差し出した。木の実やフルーツなどが載っている。リルはすぐにそれが自分の分だと分かったのか「ギッ！」と声を上げてズリズリと這《は》っていき、むしゃむしゃと食べ始めた。

「ロイ」

「？」

「……ごめんな。リルのために色々気を回して貰《もら》って」

「いや、別にそいつのためじゃ……」

「ありがとう」

微笑《ほほえ》んで礼を言い、ふわりと軽いハグをした。恋愛的なハグではなく親愛のハグのつもりだったが、嫌がられるかもしれないと、すぐに体を引いた。恐る恐る顔を上げると、ロイは無表情のまま石化したように固まってしまっていた。

予想以上の無反応に少し傷つきながら、郁実《いくみ》はリルと並んで食事の席に着いた。

「あっ、こら、リル！　それはロイのご飯だろ！」

リルがあっという間に餌を食べつくし、ロイの食事まで食べようとし出したので、郁実は慌てて取り上げて自分の分のサラダを分けてやった。

そんなことをしていたから、彼の白皙《はくせき》の頬が、少しだけ赤くなっていることに気づかなかった。

12. デート日和

ヤルン島は一キロ四方もないぐらいの小さな島だ。

人口の九十九%が神官で、何人《なんぴと》たりとも神官長の許可がなくては上陸出来ない。

俗世から完全に遮断された、まさに神の島。

「……って本で読んで、一体どんな神秘的な島なんだろうって思ってたんだけど。こうして歩いてみると普通の綺麗《きれい》な島だね。観光地って感じ」

「ああ。何にもないごくふつーの島だぞ」

郁実が少し眩《まぶ》しそうに手でひさしを作りながら、島を見渡して言った。今日は、このヤルン島を、郁実が案内してくれると言う。

「でも、郁実くんと二人でデートなんて嬉《うれ》しいなー。いい天気だし！　いつも目を光らせてるこわーい番犬もいないし！」

雲一つない青空を見上げながら歌うように言うと、郁実が少し珍しそうに首を傾《かし》げた。

「……ロイの奴《やつ》、急な用事ってなんなんだろうな」

「さあ？　どうでもいいよ。いないにこしたことないし！」

そう言って笑いながら、シグルドはちらりと背後を見た。建物の物陰から刺すような強い視線を感じる。

（まあ、ふっつーに後ろにいるんだけどね……）

郁実は護衛騎士であるロイか神官のお供がなければ神殿内でも自由に歩くことは出来ない。

基本的には一日中ロイがついているが、郁実はロイが席を外すほんの僅《わず》かの間も神官たちに取り囲まれていて、一人の時間がまるでなかった。

あれでは精神的に参ってしまうだろうと思っていたが、案の定、昨日限界を迎えた郁実が泣いてしまったらしい。

怖い物など何もないというような不遜《ふそん》なロイも、郁実の涙にはめっぽう弱い。

そういう訳で今日、ロイは少し離れたところから付いて来ているようだ。今のところ、郁実は気付いていないらしい。

「そういえば、郁実くんと二人きりで出かけるのって初めてだよね」

「そうだな。大体ロイと三人だったから」

ロイにとって郁実は保護者だったのだから当たり前のことだが、彼らが二人きりで出かけることはよくあるのに、シグルドは必ずロイと三人なのでよく不貞腐《ふてくさ》れていた。

二人で出かけようと誘っても、郁実はロイを一人屋敷には置いていけないと言っていた。

だが今日は、初めて彼を独り占めできる。

（後ろにはいるけど……会話までは聞こえないでしょ）

四方を海に囲まれているから、常に海風と波の音が絶えない。いくらあの男でも、小声で話す内容までは聞き取れないだろう。

「案内って言っても、この島は神殿ぐらいしかないんだけどな」

郁実が苦笑しながら申し訳なさそうに言った。

ヤルン島は南側に港があり、港から北側に向かって坂が続き、頂上に要塞《ようさい》のように神殿が聳《そび》え立《た》っている。確かに、それ以外は何もなさそうだ。

「いーのいーの。僕はみんなの憧《あこが》れの神子《みこ》様を独り占めする時間が欲しいだけだから」

「だから、神子っていうのやめろ。ただのオッサンだろ」

「郁実くんは綺麗なお兄さんでしょ。出会ったときと全然変わらないもん。アマンダが前に〝郁実の肌はずるい〟ってぼやいてたよ」

そう言うと、郁実は照れくさそうにはにかんだ。

本当に、昔から何も変わらない。笑ったときにきゅっと弧を描く形のいい唇も。控えめな小さな黒子《ほくろ》も。その綺麗な笑顔を見る度に、子供の頃から無性にドキドキした。

「そ、そうか？　俺まだ〝お兄さん〟で行けるか？」

「ヨユーヨユー。なんなら僕たちと同じぐらいに見えるよ」

「……お前ってほんと、いつも嬉《うれ》しいこと言ってくれるよなぁ」

郁実はそう言いながら下に向かって手を伸ばした。

そして、そこにあるはずの小さな頭がないことに気づくとハッとして恥ずかしそうに手を引っ込める。

彼は未《いま》だに、シグルドたちが子供だった頃の癖が抜けないようだ。

あの頃と違い、シグルドはもう郁実の身長をはるかに抜いていた。

「基本、神殿内の案内になるけど、島に一カ所だけすごいスポットがあるから案内する」

「なになに？　デートスポット？　一緒に鳴らすと結ばれる鐘とか？」

「そんなもんある訳ないだろ。ここは女人禁制の島だぞ」

呆《あき》れたように笑いながら、郁実は石段を上り始め、北岸へと向かっていった。階段はかなり急で、少し上っただけですぐに息が上がり始めてしまった。

「あー……なにこれきっつ」

なんとか階段を上り切り、膝《ひざ》に手を置いてぜえぜえ言っていると、郁実が「情けないぞ」と笑った。シグルドよりもずっと細身の彼だが、この半年の旅で大分足腰が鍛えられたらしい。

「治癒士は魔力＞＞＞＞体力だもん」

よろよろとしながら歩いていると、郁実が慌ててシグルドの体を支えた。

「ここから先、すぐ崖《がけ》になってるから、足元に気を付けろよ。ほら」

そう言って郁実は、小さい頃混雑した人混みを歩いた時のように、手を差し出そうとしてハッとした。

「あっ。悪い……なんか、お前らが大人になった所を見てないから、ついまだ子供の時みたいに扱っちゃうんだよな」

ごめんごめんと、バツが悪そうに彼が手を引っ込めようとするのを、反射的に掴《つか》み返してしまった。

郁実の手はあの頃と変わらず、冷たくてスベスベしていたが、自分の手が大きくなったせいか、やけに小さく感じる。

「シグルド？」

手を繋《つな》いだまま黙っていると、郁実が不思議そうに首を傾《かし》げた。

「えー崖!?　こわーい。僕高所恐怖症なんだよ～郁実くん、手握ってて～」

「お前なぁ。いくつになったと思ってるんだ」

繋いだ手を見て、郁実が少し呆れたように笑った。幼い子供に向けられるような優しい眼差《まなざ》し。

少し切なくなり、シグルドはそっと手を離した。

それに背後から感じる殺気がすさまじく、せっかく二人きりなのに、乱入されても面倒だと思ったからだ。

郁実は崖の少し手前に行くと、下を覗き込みながら言った。

「ここだ。ここがヤルン島の北の果て。〝魂の墓場〟だ。ここに落ちたら、二度とその魂は生まれ変わらないって言われてる。だから、足滑らさないように気を付けろよ」

そう注意されながら覗き込んでみると、胃がひゅっと浮くような感覚がした。

ゴウゴウと凄《すさ》まじい音を立てて、海が巨大な渦を巻いている。

「うわー……これ無理。眩暈《めまい》がしちゃう。さすがの僕も、ここから落ちた人は助けられないなぁ」

「だよな。俺もここ苦手で、あんまり来ないんだよ」

「……それにしても、魂の墓場かぁ。ここが観光スポットだったら駆け落ちカップルの心中場所として有名になりそうだね。ある意味、永遠に一緒にいられる訳だ」

よく見ると、崖の至るところには苔《こけ》むした墓碑のような物が建っている。足を滑らせて落ちたのか、それとも突き落とされたのか。

どちらにしろ嫌な予感しかせず、シグルドは背筋を震わせた。

他の神官たちもあまり寄り付きたくない場所なのだろう。辺りは閑散としている。

「あんまり気持ちのいい場所じゃなくてごめんな。でもここは、足元注意の面も含めて一度見せておいた方がいいと思って」

「なかなかスリルがあって面白かったよ。知ってる？　一緒にスリルを味わうと、カップルの絆《きずな》が深まるんだって。ここはやっぱり、いいデートスポットかもね」

ウィンクをしながら言うと、郁実は「シグルドのそういう、前向きなところ好きだな」と笑った。

その後は、神殿内の案内だった。神官たちの居住空間や聖堂など、賑《にぎ》やかな場所を一通り案内すると、最後に郁実は一番のお気に入りの場所に連れていってくれると言った。

長い廊下をずっと道なりに歩いていくと、徐々に人の気配がなくなっていく。

「何々？　どこに僕を連れていく気？」

「内緒だ」

人差し指を立てて、郁実は少し悪戯《いたずら》っぽく笑った。

（なんかエロいことが起きる予感……）

ドキドキしながらシグルドはついていったが、途中、廊下の奥の方から大きな怒声があがった。

「なんでお前みたいなグズが神子の世話係なんだよ！」

神官たちが一人の内気そうな若い神官を取り囲んで罵声《ばせい》を浴びせ、殴《なぐ》る蹴《け》るの暴行を加えている。

「……なにあれ？　集団生活にありがちなイジメってやつ？」

その問いかけに郁実の返事はなかった。もう一度神官たちが拳《こぶし》を振り上げ、若い神官の顔を殴ろうとしたとき、郁実は「コニー！」と叫んで走り出していた。

「郁実くん!?」

神官の振り上げた手はコニーと呼ばれた青年に振り下ろされることはなく、その前に立った郁実の頬に振り下ろされた。バキッという鈍い音が少し離れた場所に立つシグルドの耳にも届く。

郁実を殴ってしまった神官は、サアッと顔を青ざめさせた。

「なっ……神子!?　なぜ……っ」

「お前らこそ、何やってんだ」

郁実は切れた口の端を拭《ぬぐ》いながら、神官たちを睨《にら》みつけた。

「お、お許しを……っ」

「神子にケガを負わせるつもりなどなく……っ、神官長にだけは、どうか……」

彼らはぶるぶると震えながら言った。神官長。昨日港の出迎えでチラッと見た限りでは温厚そうな男に見えた。

だが、大の男たちがこんなにブルブルと震える程恐れているということは、何か裏があるのだろうか。

「神官長には言わないでおいてやる。ただし、今回だけだ。もう一度こんなことをしたら、即刻神官長に言う」

「は、はい！　二度としません……っ」

神官たちはそう言って逃げるように走り出した。

「神子様……」

コニーはその場にへたり込んだまま、郁実を見上げていた。

「大丈夫か？」

郁実が手を伸ばすと、コニーは呆然《ぼうぜん》としながらもその手を掴まずに頭を床にこすりつけて土下座をした。

「も、申し訳ありません……」

「おっ、おい……」

「神子様のお顔を傷つけるなんて……許されることではありません」

「大げさだな。お前が殴った訳じゃないし、事故だろ。大した傷じゃないから気にするな。それより、お前大丈夫なのか？」

長い前髪で表情は見えないが、コニーは聞こえないぐらいの小さな声でボソボソと言った。

「……僕が神子様の世話係になったことが気に入らないみたいで」

「でも、だからって暴力はおかしいだろ。今後も続くようなら神官長に相談した方がいいぞ」

郁実《いくみ》の言葉に、コニーは自嘲《じちょう》気味に笑って言った。

「神官長は、僕みたいなグズなノロマの言うことなんか、耳も貸しません。……僕みたいなものまで助けてくれるのは、慈悲深い神子様だけです」

その時、十五時を知らせる鐘が鳴った。

神官たちは日中、三時間に一度、礼拝をする。

コニーは深くお辞儀をすると、名残惜しそうに郁実を振り返りながら聖堂の方へと戻って行った。

13．初恋は実らない

コニーが立ち去ると、途端にその場は静寂に包まれた。郁実は少し気まずげに口を開いた。

「わ、悪いな。変なところ見せて」

「……郁実くん。いいから顔診《み》せて」

「これぐらいなら自然に治るから大丈夫だ。あとで自分で薬草塗っとく。この間リルも治して貰《もら》ったし」

「いーから！」

思わずぐいっと両手で顔を摑んだ。口の端に滲《にじ》んだ僅《わず》かな血を見て、頭にカッと血が上る。

（僕が嫌なんだよ）

その一言は飲みこんだ。

「……そんな顔で部屋に戻ったら、あの神官が殺されるよ。ロイに」

顔を摑んだまま、有無を言わさずにそう言って治癒魔法をかけた。この程度の傷なら、魔力はほとんど使わずに治せる。だが、少しでも傷痕《きずあと》が残ることが許せず、全力で治癒魔法をかけた。

頬の腫《は》れと共に傷痕を跡形もなく治すと、郁実は殴られた場所を手で摩《さす》りながら言った。

「ごめん。ありがとう。シグルド」

「別にー。僕は郁実君の専属治癒師なんだから当たり前でしょ。つーかさ、神官同士の争いごとは、放っておけばよくない？」

「……口喧嘩《くちげんか》なら俺も放っておくけど、暴力だけは苦手なんだ」

確かに、郁実は昔から暴力が苦手だった。よほど何か、深いトラウマがあるのだろうと思う。

「僕だってイヤだよ。郁実くんが誰かのために痛い思いするところ見るの。今回は事故だったけど……郁実くんにはいつも、笑顔でいてほしいんだ」

「……そうだな。ごめん。……ありがとう、シグルド」

「で、郁実くんのお気に入りの場所っていうのは？」

妙に照れくさい気分になって話題を切り替えると、郁実は思い出したように廊下の奥を指差した。

「あ、ああ。すぐそこだ」

そうして廊下を少し歩くと、急に明るい光が差し込んだ。苔生《こけむ》した古いガゼボが置かれた小さな中庭だった。

「ここ。ちょっと歩くけど、いつも人がいなくて静かなんだ。それに綺麗《きれい》だろ？」

色とりどりの草花が咲いており、忘れ去られたような静かで美しい場所だった。ガゼボの椅子に腰かけると、世界中でたった二人きりになったような気分になる。

「部屋から、クッキーと飲み物持ってきたんだ」

彼は嬉《うれ》しそうに言って、腰に下げていた鞄《かばん》からお菓子やら水筒やらカップやらを取り出して並べた。

「ピクニックじゃん。さすが郁実くん。準備がいいね」

「一度やってみたかったんだ。ここでピクニック」

「ロイはここ、来た事ないの？」

「いや、護衛に付いて来てはくれるけど、ピクニックには付き合ってくれないんだよ。〝俺は結構です〟って」

「うわーつまんない男ー。僕なら喜んで付き合うよ」

「ほんとだよなぁ全く。昔はもっと可愛かったのに。お前ら遠出するといっつも、俺が持ってきたオヤツをめぐって争ってたよなぁ」

　思い出すと少し気恥ずかしい、幼少期の思い出だ。郁実のオヤツを賭《か》けた争いは、男同士の仁義なき戦いだった。

「……ねえ郁実くん」

「？」

「ぶっちゃけ今、ロイとはどういう関係なの？」

「なっ……なんだよ急に」

「いいじゃん。せっかくお菓子とお茶もあるし、恋バナしよーよ」

　恋バナってと、郁実は言葉に詰まりながらも、寂しそうに言った。

「……ただの、護衛騎士と神子っていう仕事のパートナーだ」

「またまたぁ」

「本当にそうなんだ。もうずっと、必要最低限の会話しかしてないぞ」

「でも郁実くんはあいつのこと好きなんでしょ」

「…………」

長い沈黙だった。

心のどこかで願ってしまう。自分にとってロイは子供同然だとか、家族だと思ってるとか、彼がそう言ってくれるのを。

だが、その願いもむなしく、郁実は頬を上気させて微《かす》かに頷《うなず》いた。

そのほんの微かな肯定に、胸がチクリと痛んだ。

「やっぱり～郁実くん、マジで趣味悪っ」

「う、うるさいな！　つーか、シグルドはどうなってんだよ？　アマンダさんと」

声を潜めて真剣に言われて、シグルドは盛大に飲んでいたお茶を噴き出した。

（そ、そうだ……郁実くん、僕がアマンダのこと好きだって思ってるんだ……）

「……ごめん、僕の好きな人、アマンダじゃないからね？」

「え!?」

「そりゃアマンダは僕にとってとても大事な人だけど、家族だから」

「……じゃ、じゃあ今は別に好きな人がいるのか？」

「あー、うん、まあ」

「誰？」

「内緒ー」

「なんだそれ、ずるいぞ。俺の事、悪趣味って言って」

「だって僕のシュミは世界一いいし。ま、見込みのない恋だけどね。……初恋って、実らないって言うじゃん？」

「……そうか。じゃあ、俺と一緒だな」

郁実が少し、顔を曇らせた。郁実にとっても、ロイは初恋だったのだろうか。だとしたら意地悪なことを言ってしまったと後悔の念が湧いた。

「……郁実君は悪趣味だよ。なんであんな臆病者《おくびょうもの》好きになっちゃったの？」

「臆病者……？　ロイが？」

「そうだよ。あいつが郁実くんと向き合わないのは、〝怖い〟からだよ。あんな弱い奴《やつ》、好きになっても郁実くんが傷つくだけだ」

話していると、フツフツとロイに対して怒りが湧いてきた。

「ほんと信じらんない。僕は好きな人に悲しい思いも寂しい思いも絶対にさせないよ。毎日キスしまくるし、毎晩愛し合う。好きな人が笑顔でいられるように、ありとあらゆる方法を考える。だからなんであいつが……いつまでも郁実君を放っておくのか理解できないし、郁実くんがなんであいつなんかが好きなのかも分からない」

思いのほか、真剣な声が出た。

（やば……マジになっちゃった。郁実くん引いてんじゃん）

引いているというより驚いているようだった。

何かフォローの言葉を言わなければと思うが、こんな時に限って思いつかない。やがて郁実は、綺麗に微笑《ほほえ》んで言った。

「シグルドの恋人になる人は、きっと世界一幸せになれるだろうな」

「……」

シグルドは思わず拳《こぶし》を握り締めた。

中庭は、箱庭のように静かで、この気持ちを打ち明けるには、今しかないと思った。

「郁実くん、あのさ。僕の好きな人は……」

その時、不意に郁実の鞄の外ポケットからピョコッと黒い何かが顔を覗《のぞ》かせた。

一瞬何か分からなかったが、まじまじと見て、シグルドは飛び上がった。

「ぎゃ――――っ、なんであのグロ肉塊がここに!?」

「リルだ。森からついてきちゃったみたいで、今俺が保護してる」

そう言いながら、郁実は友達でも紹介するようにそっと鞄からリルを取り出してシグルドに見せてきた。

「うえええ……よくそんなの触れるね。ドロドロしてるし」

「ドロドロは、ノレルの葉で包むと止まるんだ。ほら、鞄にも服にも全然染みてないだろ？」

リルにはまるで洋服を着せられているかのように、赤いノレルの葉が巻かれていた。

確かに、どこにもあの黒いドロドロ粘液はついていない。

「そ、そうなんだ。随分詳しいねえ」

「ああ。魔物のことならなんでも聞いてくれ。結構勉強したからな」

「それって、あいつのために？」

「……違う。俺のためだ」

郁実ははっきりそう言うと、「さっきの話の続きだけど」と静かに話し始めた。

「俺さ、ロイの本当の姿が好きなんだ。角《つの》も真っ黒でカッコイイし、牙《きば》とか、真っ赤な目とか……全部。いつか太陽の下を、本当の姿のあいつと歩いてみたいって思ってる。だってあいつは人間じゃなくて半魔なんだ。魔物でもあるし、人間でもある。どっちも否定したくない。あいつが怖がってるっていうなら、何をそんなに怖がってるのかちゃんと理解したい。一番の理解者になって、世界で一番あいつを幸せに出来るのは俺なんだって、自信を持っていれば……初恋が実らないなんてこと、……絶対ないって信じられるんだ。……って、うわっ!?」

シグルドは思わず郁実を抱き締めていた。無性に、ただ黙って抱き締めたくなったのだ。

「し、シグルド？　どうした」

「いや、郁実くんの恋人になる人も、世界一の幸せ者だなって思ってさ」

「そ、そうか？」

「もうほんとさぁ、今まで郁実くんを傷つけた奴ら、マジでぶっ殺したいよ。僕、こんだけ治癒能力があるんだから、逆の能力もあればよかったのにね～。……ま、それは、お前に任せるか」

「え？」

郁実は「お前？」と不思議そうに顔を上げ、そこに立っていた人物に驚いたように目を見開いた。

「ロイ!?」

ロイは殺意を滲ませた目でシグルドを見ると、首根っこを摑《つか》み、思い切り郁実《いくみ》から引きはがした。

今この場に郁実がいなかったら、派手にぶん殴られていたことだろう。

「郁実くん、こいつずっとストーカーみたいに後つけてたの気づかなかったっしょ」

「え!?　はぁ!?　いつからだ？　どこにいたんだ」

郁実は動揺のあまり真っ赤になり、勢いよく立ち上がってキョロキョロと辺りを見回した。

「最初からだよ～。マジ挙動がヤバい人すぎてずっと笑っちゃいそうだった」

「なっ、なんで普通に一緒に来ないんだよ」

「郁実くんが一人になれる時間を作ってあげたいんだってさ～」

するとその瞬間、今までだんまりを決め込んでいたロイがあからさまに焦った顔をした。

「てめえ……っ、ふざけんな！」

「ロイ。お前……昨日俺が言ったこと、気にしてたのか……？」

「…………」

照れくさそうに無言の肯定をしたロイに、郁実は頬を緩ませた。

それは、自分には決して見せたことのない表情だった。

——世界で一番あいつを幸せに出来るのは俺なんだって、自信を持っていれば……初恋が実らないなんてこと、絶対ないって信じられるんだ。

そんなことはない。世の中は不条理な事だらけだ。

こちらがどれほどそう想っていても、相手もそうとは限らないのが現実だ。

だがそれでも、〝実らない〟とは断言はできないような気がした。

(だって、やっぱどう考えても郁実くんを世界で一番幸せに出来るのは僕だもん)

「シグルド？　どうした？」

「んー？　なんでもないよ。郁実くんの趣味が、早くよくなるといいなって思ってただけ」

「なんだと!?」

怒る郁実を見てアハハと笑いながら、妙に晴れやかな気持ちになった。

初恋は実らないなんてことはない。

一点の曇りもない快晴を見上げていると、なぜか無性に、そう信じられるような気がした。

14．狭いベッド

僅《わず》か十日間の神殿での休息期間を終え、明日から再び、旅が始まる。

「どう考えても、半年以上ぶっ続けで働いて休みが十日って短くない!?　ブラックすぎない？　ドクターストップですこんな労働」

シグルドが、港に停泊している船を睨《にら》みながら叫んだ。

確かに、もう少しだけ疲れを癒《い》やしたい気持ちはあったが、郁実は神殿を離れられることに安堵《あんど》もしていた。

この十日間、神殿内を歩いているとどこからともなく視線を感じるような気がしていた。

ここに、黒沢《くろさわ》がいるのかもしれない。そんな訳はないと思うようにはしているものの、不安で仕方がなかった。

「……それだけ魔物の被害が深刻なんだろ」

そう諭すが、シグルドは納得できないというように首を捻《ひね》った。

「でもさぁ、今までこの世界は神子《みこ》様なしでずーっとやってきた訳じゃん？　神子招喚の儀式だって、古《いにしえ》の慣習扱いだった訳だし。魔物に侵略されつつ、なんとか生き抜いてきた訳じゃない？　なんでそれが急に、一刻を争う深刻な事態になる訳？」

「……魔物の被害が増えてるんだ」

ロイが珍しく、会話に口を挟んだ。

どういうことだと聞き返そうとしたとき、背後に何か嫌な気配を感じてゾクリとした。

振り返ると、そこに立っていたのは神官長だった。

「神子様。こちらにおられましたか」

彼は相変わらず、本音の読めない笑みを浮かべて言った。

「明日の出発前に一つお耳に入れておいた方がいいことがありまして」

「……なんでしょうか？」

「最近、神官たちの間で話題になっていることがあるんです。神子が……魔物と通じているというとんでもない噂です」

「え……」

「当然、事実無根でしょう。ですが、神子を心から信じている民たちにこんなことが知れたら暴動が起きてもおかしくないですから……。噂の出所を探り早々に対処します。神子も、くれぐれも誤解をまねくような行動はお慎みください」

それだけ言うと、神官長は「では」とにこやかに言ってその場を去った。

「な、何今の……？」

神官長の姿が見えなくなると、シグルドが怪訝《けげん》な顔をして言った。

「魔物って……ロイのこと？　それとも、郁実くんが腰に下げてる肉塊くん？」

「……根も葉もない噂だ。ロイはずっと、この神殿で一度も魔物の姿を晒《さら》したことはないし……リルも、神官たちの目に触れたことはないはずだぞ」

そう言いながらも、郁実は内心ドキドキしていた。

——僕の存在を誰かに喋《しゃべ》ったら、あの男が魔物だって、神殿の人間たちにばらしますよ。

黒沢がああ言っていた。

「神子？　何か他に心当たりが？」

ロイに顔を覗き込まれ、郁実は反射的に首を横に振った。これは黒沢からの警告かもしれない。黒沢のことをロイに話したら、彼の正体も本当にばらされてしまうかもしれない。

『あなたの全てを見ています』

昔、元の世界にいた時、黒沢からそういう手紙を貰《もら》ったことがある。それはきっと、大げさではなく本当に見られているのだ。黒沢は、郁実の全ての行動を把握していた。

「……なんでもない。明日からの旅で、リルが生きる環境に適した森を見つけたら、なるべく早く、自然に帰してやろう」


前回の旅はヘルズヘイムの南部を中心に回っていたため、今回は北部を中心に回った。

森が多いせいもあるかもしれないが、北部の方が被害は深刻で、魔物が森から村まで出てきて、人を襲ったという事件が絶えない。至るところに、退治された魔物の首や死体が山積みになっている村もあった。

その晩、訪れたのはヘルズヘイム北東部にある辺境の村マルカル。

元々人口の少ない村だったが、魔物に侵されてからはますます寂《さび》れ、交易商もほとんど訪れないらしい。

到着が夜遅くになったため、結界を張るのは明日になるが明かりも少なく、いかにも寂しげな村だった。

「うわぁ、今夜の宿はやばそうだ！　幽霊屋敷じゃん」

馬車から降りて今夜宿泊予定の宿を見上げたシグルドが、額《ひたい》に手を当てて苦笑しながら言った。

「こらシグルド。失礼なこと言うな」

「ごめんごめん」

確かに、いかにも幽霊が出そうな雰囲気がある。薄暗い明かりは点《つ》いているものの、中に人が住んでいるのかすら疑わしい。

「……？」

郁実はふと、人の視線を感じて振り返った。だが、背後にいるのはずらりと並んだ神官たちだけだった。

「どうしたの？　郁実君。幽霊見ちゃった？」

「見る訳ないだろ」

黒沢のことで敏感になっているのだろう。あの絡みつくような視線がずっと、トラウマになっている。

「怖かったら、僕のベッドに入ってくるといいよ。幽霊はイチャイチャするといなくなるらしいから、朝まで僕と……いってえええ!!」

シグルドが突然片足を押さえてピョンピョンと飛び跳ねた。その隣にはロイが恐ろしい顔をして睨みつけている。

宿の内部は意外ときちんとしていた。

用意された部屋も、広くもなく、上等とも言えないがきちんと掃除が行き届いているようだった。簡素なベッドとテーブル。それから、窓際に置かれたチェストに一輪挿しが置かれ、薄紫色の花が生けられていた。

(なんかこの部屋、シグルドの屋敷で働いていたときのあの部屋を思い出す……)

ベッドに入ると、ますますあの部屋を思い出した。ただでさえ少し狭い使用人ベッドにロイが無理やり入ってきて、ぎゅうぎゅうになって眠っていた時のことが懐かしくなった。

再会してからは、一度も同じベッドで眠ったことがない。

あの頃と似たベッドで一人眠ることに少し寂しさは覚えたものの、旅の疲れもあってすぐに寝入ってしまった。神殿では、黒沢のこともあり、あまりよく眠れなかったのだ。

目が覚めた時、辺りは真っ暗だった。

あまり深夜に目覚めるということがないため、郁実は戸《と》惑《まど》ったが、ドアが「コン、コン」とノックされる音を聞いた。

「……？　シグルドか？」

呼びかけても返事はなく、ただノックされる音だけが響く。

まさか、シグルドが言っていたように幽霊だろうか。不気味に思っていた時だった。

——佐久間《さくま》さん。

「………っ」

郁実は慌てて布団を頭から被《かぶ》った。

——起きてるんでしょ？　なんでいつもそうやって僕を困らせるんですか？

「……っ、困らせてるのはお前だろ。一体、何が目的なんだよ」

——佐久間さんと一緒に死ぬことです。それが一番、確実にあなたを手に入れられる。

「何を言って……」

ギィイ……というドアが開く音がして、ゆっくりと足音が近づいてくる。

怖くて布団の中から顔を出せなかったが、隣のベッドにロイが寝ていることを思い出すと、郁実はハッとした。

黒沢は、ロイのことも殺そうとするかもしれない。

そう思うと、慌てて布団を撥《は》ね退《の》けた。

ベッドから転がり落ち、隣のベッドで眠るロイの元に這《は》ったまま近づこうとしたとき、肩を思い切り掴まれた。

「……っ」

殺される。そう思って目をきつく瞑《つむ》った。

「何してるんですか」

「え……？」

マッチを擦る音がして辺りが急に明るくなった。ロイがランタンを手に、怪訝な顔をしてこちらを見ていた。

顔を上げてみると、変わった様子はない。

郁実《いくみ》は一人、床に倒れていたようだった。

「ご、ごめん。なんか……変な夢見てた、のかも」

「夢？」

「ドアが開いて誰か入ってきて……殺されそうになる夢……」

ロイはしばらく沈黙した後にベッドから立ち上がり、ドアを開けた。廊下の左右を確認し、部屋に戻ってきた。

「誰もいません」

「やっぱり夢か……幽霊だったのかもしれない。……明日も早いのに、騒いでごめんな」

そう言って額に手を当て、もう一度ベッドによじ登り、毛布を被った。

随分生々しい夢だった。

（あー……もういい年なのに、怖い夢見てベッドから落ちるとか小学生かよ）

未《いま》だに震える手を摩《さす》りながら、どうにか眠りに戻ろうとする。連日魔法を使っていて疲れていた。

しばらくして、ギシリとベッドの軋《きし》む音がして毛布が捲《めく》られた。

「え？」

モゾモゾとベッドに潜りこんでくる感覚には身に覚えがある。

「ろ、ロイ……？」

背中を向けたまま、そう聞いてみるが、答えは帰ってこなかった。やがてしばらくの沈黙の後、ロイが歯切れ悪く言った。

「もし、夢じゃなかったら困るので……」

郁実は背中を向けたまま、喉《のど》を鳴らし、頷《うなず》いた。この窮屈なベッドがひどく懐かしくてたまらなくなって、振り返り、ロイに抱き着いた。

「シグルドが、こうすると幽霊いなくなるって言ってたから」

「………」

ロイは何も言わなかったが、手を振り払われることもなかった。

顔をくっつけていると、ロイの心音が聞こえてくる。半魔の鼓動は人間よりも早いのだろうか。

「……なあ、ロイ。この間さ、出発前に〝魔物の被害が増えてる〟って言ってただろ？　あれどういうことだ？」

「……これまで魔物被害が少なかった村まで、被害報告が上がっているようで……この二年程で、魔物被害の報告が各地で増えているんです。まだ調査中なので、何か分かったら知らせます」

「……そうか。分かった。俺も……調べてみる」

狭いベッドの中で心音を聞きながら一緒に眠っていると、徐々に先ほど夢で見た黒沢の不安が和らぎ、眠気に襲われた。

うつらうつらとしながら、郁実はほとんど寝言のように言った。

「全部さ、全部終わったら……魔物の被害がある村全部に結界を張って、ひと段落したら……一緒にアマンダさんに会いに行こう」

「……」

「俺、またいつか……昔みたいに、ロイと二人で暮らしたい。あの家で……ずっと……」

ロイが郁実の前髪を指で梳《す》きながら何か囁《ささや》いた。

聞き取れなくて、聞き返そうと思ったのに、それよりも先に、郁実は再び眠りの中に落ちていってしまった。

15. 魔物の襲来

深夜、郁実は「魔物だ――――っ!!」という悲鳴で目が覚めた。

慌てて飛び起きようとしたが、金縛りにあったように身動きが出来ない。いつの間にか、ロイの腕が回されて抱きすくめられていたのだ。

一体、何年振りだろう。なつかしさと照れくささで頬がカアアッと熱くなったが、外の喧噪《けんそう》を聞いてそれどころではないとハッとした。

「ロイ、ちょ、放せ！　緊急事態だ！」

「うるさい……おとなしく寝てろ郁実……」

そう言ってギュウギュウとさらに力を込めて抱きしめられる。寝ぼけているようだ。

郁実の護衛として就くようになってから、ロイはとても眠りが浅かった。

眠るときも剣を手放さず、微《かす》かな物音でもすぐに警戒して起きていた。だから今夜は久しぶりによく眠れているのだろう。そう思うと、起こしたくはなかったが事態が事態だ。

「起きろー！」と叫びつつ、頬を摘《つま》むと、ロイはハッとして目を覚まし、咄嗟《とっさ》に剣を掴《つか》んだ。

「……神子《みこ》？」

「魔物が出たみたいだ！　行くぞ！」

郁実は寝間着に羽織り物だけの恰好《かっこう》でロイと共に廊下に出た。シグルドもまた、眠そうに目を擦《こす》りながら「何事～？」と隣の部屋から顔を出す。

外に出てみると、村長の家の前が騒がしかった。門番らしき男が、腹から血を流して倒れている。

「うわー、モツごと持ってかれちゃってるじゃん。よく即死しなかったね。君ラッキーだよ。死んじゃったら僕でも治せないから」

シグルドがそう言いながら、男の破れた腹に手を翳《かざ》し、急速に治していく。

男が一命をとりとめたことが分かると、郁実はホッとして農具を構えた村人たちに聞いた。

「魔物はどこですか!?」

「幸い、瘴気《しょうき》は出されず……農具でめちゃくちゃに殴ったら森へ逃げていきました」

「……どんな魔物でした？」

「大きなネズミのような魔物でした。月に何度か襲ってきます」

「その魔物が襲ってくるようになったのはいつ頃からですか」

「つい……最近です。それで、神子様に来ていただくように神殿に使いを出しました」

「何か、きっかけがあったんですか？　例えば、魔物を怒らせたとか……」

「いえ、特に心当たりは……」

（最近多いな、こういうの）

ロイも急増している魔物による被害について調べてくれているが、今のところ原因不明だ。

こういう貧しく小さな村では、特に多かった。

それまで森から魔物が出てくることはなかったという地域でも、人間が襲われている。

（魔物が狂暴化してる？　でも何のきっかけもなく、そんなことある訳ないよな……）

原因が分からない以上、再び襲ってくるかもしれない。郁実たちは朝日が昇るまで、森の方を見張っていることにした。

結局、夜が明けても魔物たちが姿を現すことはなかった。

午後から、予定通り結界を張ることになっていたが、その前に村長が昨晩の礼にと、昼食をご馳《ち》走《そう》してくれた。

貧しい農村では、人並みの食事を用意してもらうだけでも大変だろうと思うのだが、パンにスープに肉にと、なかなか豪華な食事だった。

「ロイ？」

ロイが、食事を前にしても手を付けず、何かを気にして辺りを見回していたので、郁実は声をかけた。

「いえ」

「？　そうか」

「ギィ、ギィ……」

食べ物の匂いにつられたのか、鞄《かばん》の中でリルが小さく声を出した。

郁実は周りを確認すると、僅《わず》かに鞄の蓋《ふた》をずらした。

リルは利口で、顔を出さず、鞄の底で大人しくしている。物欲しげな顔でこちらを見ているので、自分の分の食事を少し分けてやろうとすると、隣にいたロイが、エルシャというニンジンに似た食べ物をフォークで刺し、リルの口に放り込んだ。

「ロイ……お前……」

彼は郁実が作る料理はなんでも残さず食べてくれたが、エルシャだけは子供の頃から嫌いなようだった。

目の前のロイはこれ幸いとばかりに、次々とエルシャをリルの口に入れていく。

ただ、昔一度ケーキにして出してみたら、ひどく気に入ってぺろりと食べてくれたことがあった。エルシャ入りだぞと後から教えると、信じられないという顔をしていたのが、今思い出してみてもおかしくて頬が緩む。

（……またエルシャケーキ、作ってやりたいな）

リルはロイのエルシャを食べつくしても、まだ何か食べたいようだった。郁実の皿にはもう、リルが食べない肉しか載っていない。

「……ああ、そっか。これの匂いか？」

ポケットから白い花を出して、リルの口に入れると、それに気づいたシグルドが笑いながら言った。

「郁実くん、何でそんな雑草の花ポケットに入れてんの？　花冠でも作るの？　可愛い～」

「そんなことするかよ。……あの魔物が昨晩現れた場所の周辺に落ちてたんだ。この花、ネリーって言うんだけど、茎の部分だけ食べるって特殊な食べ方してるのが気になって。でっかいネズミっぽい見た目って言ってたし、この辺りの森に生息する魔物は、〝アルテネア〟かもしれない」

「アルテネア？」

「……アルテネアなんて魔物、俺でも聞いたことないですが」

ロイが怪訝《けげん》な顔で言った。

「珍しいからな。人前に出ることも襲うこともほとんどないし、森から出ることもほぼないから、人の口にも上らないレアモンスターなんだ。生息地域は少ないけど、アルテネアがいる森は人間にとっては平和なんだ。人を襲わないし、人を襲う魔物を追っ払ってくれるからな。リルと同じぐらい無害だ。見た目もカピバラさんみたいで可愛いんだぞ」

ロイが「カピバラサン？」と、聞き慣れない言葉に眉間《みけん》に皺《しわ》を寄せた。

「でも、思いっきり昨日、人間を襲ってたじゃん？」

「だから変なんだ。それに、魔物の中では非常に珍しいんだが、アルテネアは昼間に活動する。普通、森って夜に魔物の鳴き声でうるさくなるけど、昨日の夜、森の方は静かだっただろ？　あの森はアルテネアの縄張りの可能性が高い気がする。村の人たちも、最近になるまでは全く襲われなかったって言ってたし。こんな森の近くで暮らしているのに……」

「郁実くん、よく勉強してるねえ。すっかり魔物博士になって……」

シグルドに感心したように言われ、早口でマニアック知識を披露してしまったことに、少し恥ずかしくなった。

「と、とにかく……アルテネアが真夜中に活動して森から出て、人間を襲うってなんか変なんだよな。違う魔物なのかもしれないけど」

「神子。そのことで話が……」

ロイが何か言いかけたその時、家の前が再び騒がしくなり、人々の悲鳴が上がった。

おそらく、魔物がまた来たのだろう。

弾《はじ》かれたように立ち上がり、外に出た。魔物は夜に現れた時とは違い、二匹いた。

「やっぱりアルテネアだ！」

郁実は叫んだ。間違いなかった。

だが、だとしたらどうして、人を襲いに来るのかが分からない。

「バケモノ！」

村の男たちが農具や弓、短剣を持ってアルテネアに襲い掛かる。

「やめろ！　危険だ！」

昨日の夜は村人たちに殴られると、すぐに森に逃げたようだが、アルテネアは本来夜目の利かない昼行性で、昼は機敏に動く。案の定、攻撃をかわし、襲い掛かってきた男たちに強い黒炎を浴びせた。

迫りくる黒い炎に、村人たちが悲鳴を上げる。

「やばい……っ」

郁実《いくみ》は慌てて前に出て、最大出力で結界を張った。

「神子様！」

「そうだ！　俺たちには神子様がついていてくださる！」

「いいから、早くこっちに来い！」

高揚している人々を、結界の内側に来るように促す。

アルテネアは、それでも全てを焼きつくすような強い黒炎を放っていたが、やがて諦《あきら》めた。だが、それでも怒りが収まらないのだろう。こちらに突進してきた。

結界に阻まれていてもなお、無理やり中に入ってこようとする。

（物凄《ものすご》く怒ってる……なんでだ？）

アルテネアは温厚な魔物だ。それがここまで怒るなんて考えられない。

「黒炎は神子様が抑えていてくださる！　こちら側から毒矢でやっちまえ！」

「待て！　やめろ殺すな！　何か理由があるんだ。人間を襲う理由が。殺したら、何も分からない！」

その時、アルテネアはいよいよ結界を破って郁実に向かって鋭い爪を振り下ろした。慌ててそれをかわそうとすると、ロイが郁実を庇《かば》うように前に出て、剣でその爪を弾き返す。

そのまま、アルテネアのげっ歯類特有の剝《む》き出《だ》しになった大きな前歯を剣で思い切り打った。折れはしないもののかなりの痛みはあっただろう。ギャッと悲鳴を上げて後ろに退いた。

「……ありがとうロイ。殺さないでくれて」

「別に………」

「……よし。今の内に、村人を安全な場所に退避させ……て……」

その時、ヒュンッという音がして、背後から何かが飛んできた。それはアルテネアの目や、体中に突き刺さり、すさまじい悲鳴が上がった。それでも村人たちは、魔物への攻撃を止《や》めない。倒れたアルテネアに群がり、農具でめちゃくちゃに殴り始めた。

「ギャアアアアアッ」

「やめろ！　もう十分だろ！」

やがて、二匹のアルテネアは血まみれになって泡を吹き、倒れてしまった。

シグルドが慌てて近づいて確かめたが、二匹とも、すでに死んでいた。

「…………」

そのあまりに無残な死体を前に、郁実はその場にへたり込んだが、同時に歓声が上がった。

「ついに殺したぞ！　瘴気を防ぐ、神子様の加護があったからだ！」

「隣町の奴《やつ》らにも、自慢してやろう」

神子様万歳と異様な熱気に湧く中で、ロイが青ざめてうなだれている郁実の腕を摑み、引っ張り上げる。

16. おぞましき真実

村人が、尚《なお》も死骸《しがい》を足蹴《あしげ》にしようとするのを、ロイが無言で止め臙脂《えんじ》のマントを脱ぐと、死んだアルテネアの上に、それをかけてやった。

「ありがとう……ロイ」

力なく礼を言うと、村長が、村人たちをかきわけるようにして、郁実の元に近づいてくるのが見えた。

それに気づくと、ロイが早口で郁実に耳打ちした。

「神子《みこ》。先ほど昼食を摂った時……〝同族〟の匂いがしました」

「え？」

「最初はリルの匂いかと思いましたが、もっと強い、違う匂いです。……あの屋敷、何かあるかもしれません」

ロイが耳打ちを終えて体を離すのとほぼ同時に、村長が郁実の前に立った。

「神子様。この度はなんとお礼を申し上げたらよいか……本当に、ありがとうございます」

「いえ……何もしてないので……」

「とんでもない。黒炎を防げない限り、我々は魔物を倒せなかった。今晩、お礼にささやかな宴《うたげ》を催します」

「こんな貧しい村で、随分羽振りがいいな」

ロイの刺すような言葉に、村長はほんの一瞬顔を歪《ゆが》めた後に笑顔になって言った。

「当然のことです。神子様には、最大限の感謝を示したい」

「……ありがとう、村長。……でも、その前に人目を避けて話がしたい。屋敷に行っても構わないだろうか」

郁実が言うと、村長は少しの間沈黙した後、頷《うなず》いた。


屋敷に入るとロイは途端に顔を顰《しか》め、案内されるよりも前に屋敷の中へと入っていった。

本来なら、こんな無礼は許されないのだが、ロイの横顔になにか確信めいたものがあり、郁実は止めなかった。

「あっ、ちょっと……っ！」

村長が慌てたようにロイを止めようとするが、彼は迷いなく屋敷の奥へと進んでいく。

郁実も慌てて小走りに、後を付いて行った。

「待ちなさい！　勝手に中に入るのは、いくら護衛騎士殿でも無礼ではないか!?」

「苦情は神殿に言ってください」

「なっ……」

ロイは階段を見つけると地下に下り、踊り場で少しだけ足を止めた。まるで、見たくないものを前に躊躇《ちゅうちょ》しているようだった。

「……神子はここで待っていてください」

「いや、俺も行く」

正直、嫌な予感に足が竦《すく》んだ。

地下は血なまぐさい匂いが充満していた。

薄暗い石牢《いしろう》のような部屋には鉄製の檻《おり》が置かれていて、中にはけがを負わされて身を寄せ合って震えているアルテネアの子供たちがいた。

「なんだ……これ……」

「こいつらを使って、わざと村を襲わせていたのか？」

「…………」

「おい、言えよ!!」

ロイに胸倉を摑《つか》まれると、村長は青ざめていた顔を不意に真っ赤に染め上げた。拳《こぶし》は握り締められブルブルと震えている。

「あんたら神殿の連中のせいだろ」

「………？」

「あんたらが言ったんじゃないか。金をやるからそうしろって！」

「え……？」

「魔物にわざと村を襲わせて、神子を呼んで助けて貰《もら》う。そういうくさい芝居をしろと言ったのは、お前らだろう」

郁実は呆然《ぼうぜん》としたまま、無意識に首を横に振った。村長は郁実の反応に、意外そうに笑った。

「……なんだ、お膳立《ぜんだ》てだけしてもらって、神子は何も知らなかったっていうのか？」

「村中……みんなグルなのか？」

「まさか。知っているのは私だけだ。神官長から、直々に手紙を貰った」

村長はしばらく沈黙した後、青ざめている郁実を見てニヤリと笑い、さらに信じられない言葉を続けた。

「貧しい村はみんなやってる。金がある街なんかは、逆に神殿に寄付金をたんまり搾り取られてるけどな。神子様が来るのは名誉なことで、箔《はく》がつくんだって言われて……。だが、金のない村には神殿が手紙を送ってくるんだ。応じれば金が貰える。その金欲しさに、魔物が滅多に出ない貧しい村は、大人しい魔物をわざと焚《た》きつけて、村を襲わせてた。そうすれば神殿が、金を出してくれるって言うんだからな。そうやって、〝神子の奇跡〟を信じた馬鹿な村人たちが、皆、ますます神子を信仰するようになる」

郁実の脳裏に、魔物の死体が積み上がった村や、無残に殺されたアルテネアの死体がよぎった。

そして今、この檻の中で傷つけられ、怯《おび》えた無数の目。

受け止めきれない言葉に、郁実は足元からその場に崩れ落ちそうになった。

眩暈《めまい》にふらつく体を、ロイが支える。

（そんな……それじゃ俺は毎日……なんのために、ずっと……）

もちろん、本当に魔物に苦しんでいた村もあっただろう。だが裏で、こんな恐ろしい事が行われていたなんて。

嗚咽《おえつ》なのか嘔気《おうき》なのか。どちらか分からないか、口を押さえて俯《うつむ》いていると、そんな郁実に村長は詰《なじ》るような目を向けた。

「何が神子様だ。〝インチキ〟のくせに」

ロイが剣に手をかけて勢いよく引き抜くと、村長は「ひっ」と声にならない悲鳴を上げる。

「わ、私を殺すのか……？　神殿の人間が人殺しを？」

「問題ない。お前は人じゃない」

ロイがそう言って剣を喉元《のどもと》に突き付けた。村長の首から一筋の血が垂れる。

止めなければならないのに、声が出なかった。だが、ロイはその剣を刺すことはなく、乱暴に鞘《さや》に納めた。

長いこと、郁実は言葉を失くして立ち尽くしていたが、やがて檻の中に目を向けて言った。

「シグルドを呼んでこよう。こいつらのケガを治して貰わないと……。それから、一度神殿に戻ろう。神官長に、事実を確認しないといけない」

それから、すぐに馬車を引き返して神殿に戻った。

帰りの道中、郁実は誰に話しかけられても、ほとんど言葉を返すことが出来なかった。

港に着くと以前と同じように、神官長が神官たちを連れて出迎えた。

「神子。どうして引き返されたのです？　あなたを求める人がいるのですから、旅を続けなければ」

笑ってはいたが、少し責めるような口調だった。

今はそれに、何か言い訳したり、怒りをぶつけられるような心境ではなかった。

「……話したいことがある。後で部屋に来てくれ」

それだけ言うと、郁実は拳を握り締めて神官長の横を通り過ぎた。

（まだ分からない。こんなこと、何かの間違いかもしれない）

そう願いながら神官長を待っていると、夕暮れ時に、彼は一人で郁実の部屋にやって来た。

ロイは警戒心を滲《にじ》ませ、すでに剣に手をかけて立っていた。

神官長はまるで番犬のように敵意を剥き出しにしているロイに苦笑しながら、ゆったりと椅子に腰かけた。

「それで、話というのはなんでしょう？」

何を考えているか分からないその顔に少し緊張しながらも、郁実《いくみ》は村での出来事を全て話した。

人を襲わないはずの魔物を、無理やり怒らせて村を襲わせていたこと。そしてそれは、村長が神殿から金を渡されてやったことだと言うこと。

はぐらかされると踏んでいたが、神官長はあっさりとそれを認めた。

「ええ。村の長《おさ》に手紙を出したのは事実ですよ。……何か問題が？」

なんでもないことのように言った彼に、郁実は怒りを露《あらわ》にした。

「なんでそんなこと……どうかしてるぞ」

「魔物による深刻な被害が出ている地域は、この国全土ではありません。森に近づきさえしなければ、滅多に魔物の被害に遭わない村もたくさんあります。我々としては、神子の力を広めるよい機会になりますし、貧しい村は一時金を貰って財政を建て直せる。理に適《かな》ったことだと思いませんか」

「ふざけるな！　わざと魔物に村を襲わせるなんて……それでケガをした人もいるし、たくさん魔物が殺されてるんだぞ！　むごい殺され方だ！」

「魔物が一匹でも多く減るなら、いいことじゃないですか」

「……っ！　大体こんなこと、詐欺と一緒じゃないか！　人間だって、魔物に襲われて死ぬかもしれないんだぞ」

「大事を成し遂げるために、小さな犠牲はつきものです」

「大事……？」

「ロイ殿が一番詳しいかと思います。どうぞロイ殿に聞いてください。その方が神子も信用できるでしょう」

「……？」

なんのことか分からずに瞬きを繰り返す郁実に、神官長は笑いかけた。

「……では、私はそろそろ、仕事に戻らなければならないので失礼します」

神官長はそう言うと、部屋を出ていってしまった。二人きりになった部屋で、郁実はロイに詰め寄った。

「どういうことだ？　ロイ。まさかお前、全部知ってたのか？」

「…………虚偽の被害報告や、魔物に村を襲わせていたことまでは知りませんでした」

「じゃあ、あいつが言ってた〝大事〟ってなんなんだよ」

　ロイが関わっているなんて信じたくない。

　彼の服を掴んで悲痛な声で尋ねると、彼はしばらくの間沈黙した後、郁実から目を逸《そ》らして言った。

「……おそらくですが、祖父のことです。祖父は、このヘルズヘイムの実権を握りたがっている。……だから、祖父は神殿と手を組むことにしたんです。神子の力を利用して、信仰心を高め、神殿に寄付と権力を集めようとしている。神子の護衛騎士を務めることで……祖父の〝息子《むすこ》〟としている俺自身への注目も集められる」

　ああそうか。

　郁実はようやくこの半年余り自分がしてきた〝仕事〟の実態を把握すると、ロイの服を掴んでいた手を離して項垂《うなだ》れた。

（……この国の人々を救うため、なんて、ただの大義名分だったんだ）

　馬鹿みたいだ。

旅の本当の目的を疑いもせず、毎日、限界まで魔法を使って各地を回り続けた。魔物と人間が、互いに傷つけ合うことなく過ごせる未来に繋《つな》がると信じていた。

中には本当に魔物に困っていた村や町もあっただろう。だが一体、どこまでが本当だったのだろうか。

「……なんで？　なんで、教えてくれなかったんだ」

おかしくもないのに、半笑いを浮かべながら言った。

「……………」

「言ったら……俺が〝逃げるから〟か？」

ロイは何も言わなかった。

「……っ、お前、どこまで俺を信用してないんだよ！」

そう叫ぶと、郁実はドアを塞《ふさ》ぐようにして立つロイを突き飛ばして走りだした。

「神子《みこ》！」

慌ててロイが追いかけてくるが、夢中で走って逃げた。今はただ、一人になりたかった。

神官たちが何事かと振り返るが、構わずに走り、階段を駆け上がる。

「はぁ……、はぁ……」

全て階段を駆け上がった先にゴウゴウという轟音《ごうおん》が聞こえた。北岸だ。下に大渦が見える。

恐ろしくていつも避けていたその場所に、今は誘われるように来てしまった。

するとすぐ近くから、視線を感じた。絡みつくような視線を。

(……黒沢《くろさわ》だ)

郁実はそう確信した。

だが今は少しの恐怖も湧かなかった。それ以上にただ、心が粉々に打ちひしがれていた。

「……昔からどうしても上手《うま》くいかないんだ、俺は。その時自分が正しいと信じたことを必死にやったつもりで、全部が空回る」

独り言のように言った声に、すぐ背後で黒沢が答えた。

「あなたの愛が、全部嘘《うそ》で塗り固められた偽善から来る愛だからですよ。自分が愛されたいから、周りを愛してるふりをしてるだけだ」

「……そんなつもり……なかったんだけど、でも、お前の言う通りだったのかもな」

幸せになってほしいと願う気持ちは本当だった。それすらも偽善だったのだろうか。

――あんなに思わせぶりな態度を取ってたくせに！　俺のこと好きだから仕事手伝ってくれてたんじゃないんですか!?　ただ哀れんでただけか！　裏切りやがって！

「全部が中途半端だからです。だから、誰からも信用されなくて憎まれる」

――郁兄《いくにい》がうざいから家を出たんだよ。

――……俺がこの世で一番許せないのは、あなたみたいな一見天使のように優しい顔をして甘い言葉を吐く人間の〝裏切り〟なんですよ。

「どうすれば、いいんだ。俺は。どうすれば信じて貰える？　上手くいく？」

背後にいる黒沢に、前を向いたまま、縋《すが》るように問いかけた。足下の崖《がけ》にぽたりぽたりと涙が落ちる。

「教えてあげましょうか」

「教えてくれ。頼む……もう、嫌なんだ。何もかもが」

すると、すぐ耳元で囁《ささや》き声がした。

「死ね」

同時にドンッと背中が押され、郁実の体がふわりと崖に投げ出された。

17．信じられない

不気味な大渦を眼下に、郁実は最初にこの世界に来た時のことを思い出した。

マンションから飛び降りた時のことだ。

あの時はマンションの三階からだったので、最悪大けがで済むと思ったが、結局、けがを負うことすらなく、この世界へと迷い込んでいた。

だが今、眼下の大渦は命の終着点に見えた。魂すら生まれ変わらない、完全な死が待っている。

手を伸ばせばまだ、崖の端を摑《つか》めるかもしれない。それなのに、なぜか手を伸ばせなかった。

放り出された体が、落下していく。不思議と、スローモーションに感じた。

走馬灯のように、幼い頃のロイの姿がよぎる。彼は泣きながら何かを叫んでいた。

――ずっと側《そば》にいるっていったのに、嘘つき！

彼の人間に対する強い不信感も孤独も、その全てを拭《ぬぐ》い去《さ》ってやりたかった。

だが、結局、その約束を果たすことは出来ず、最後まで信じてもらうことはできなかった。

（ごめん、ごめんな。ロイ。でも俺……もう）

宙に放り出された一瞬の浮遊感の後、急速に体が落下する感覚に目を瞑《つむ》ったその時、誰かが郁実の手を摑み、物凄《ものすご》い勢いで崖の上へと引っ張り上げた。

そうして、抱きかかえられたたまま崖から引き離される。何があったのか分からずに顔を上げると、蒼白《そうはく》な顔をしたロイと目が合った。

「馬鹿!!　何をやってるんだ!!」

「ロイ……」

自分の体を抱いている彼の腕は、ぶるぶると震えていた。

「突き落とされた」

「……嘘だ。周りには誰もいなかった」

「じゃあ、自分で飛び降りたってことにしておけよ。……何を言っても、お前は俺のこと、信じられないんだろ」

声を震わせながら、郁実は続けた。

「でも、俺だってもう……誰も信じられない。……何もかも……」

崖の向こうを無意識に見つめながら言うと、ロイが呆然《ぼうぜん》と目を見開き、抱きしめる手に力を込めた。

「郁実……ごめん。ごめんな……」

「……」

ロイの謝る声を聞きながら、郁実はそれでも、崖の向こうから目が離せなかった。まるで誰かが立って、手招きをしているような気がした。

するとロイが、そこから目を背けさせるように、郁実の顔を両手で摑んで自分の方を向かせ、真剣な顔で言った。

「お前があの〝墓場〟に落ちたら俺も落ちる」

「何、言って……」

「一人で生きるぐらいなら、二人で死ぬ」

一人にしないでくれと、ロイは嗄《かす》れた声で言った。

「…………馬鹿なこと言うな。俺はそこに落ちるつもりなんてない。突き落とされたって言っただろ。……本当に、信用がないな」

「……向こう側に行きたそうな顔をしてる」

「…………」

郁実はそれを完全には否定できなかった。

「信じて貰《もら》えないのって辛《つら》いんだよ。……愛してる相手なら尚更《なおさら》。それでも……自分が相手を信じられたら、まだ希望が持てた。いつか自分もまた、信じて貰えるって思って頑張れた。……でももう、何も分からない。疲れたんだ」

魂が抜けたような、どこか他人事《ひとごと》のような淡々とした口調でそう語ると、ロイが焦った様子で両手に力を籠めた。

「悪かった。……本当は信じてるんだ。三年前のことも……」

「……嘘吐《つ》くな」

「嘘じゃない。三年前、郁実を元の世界に戻したのは、おそらくオーグレン……国王の宮廷魔導士だ」

「………？」

「本当はずっと、郁実が嘘を吐いてないって分かってた……でも、どうしても信じきれなくて調べ続けて……最近、ようやく正体を摑めてきた」

「……ふ、ふざけんな！　じゃあなんで……っ、俺がずっと、話しかけても……返事すら、しないで……俺のこと〝神子〟って、他人みたいに……ずっと……」

心臓が、まるで摑まれたように苦しくなって、涙を溢《あふ》れさせると、ロイが「ごめん」と繰り返した。

「怖かったんだ」

「怖かった……？」

「郁実《いくみ》がいなかった三年間、郁実を殺す夢を何度も見た。俺を捨てて行ったかもしれないって思うだけで、憎くて仕方なくて、夢の中で何度も何度も、この手で首を絞めて殺した」

郁実の頰に添えられた手が、震えているのが分かった。

「郁実が帰ってきた後も、……万が一にも、郁実が嘘を吐いていて、また俺を置いていこうとしたら、本当に俺は郁実を殺してしまうんじゃないか。そうじゃなくても、その可能性があるだけで……またいなくなる前に、いっそ殺して、一緒に死にたくなる。俺は……疑り深くて冷酷なバケモノだから……これ以上、郁実を愛したら、愛した分だけ、殺したくなるんじゃないかって、……怖かった」

「ロイ……」

――怖かった。

青ざめた顔で語られたその言葉に、郁実はハッとして目を見開き、長いこと沈黙していた。

ゴウゴウという、崖の向こうから聞こえる轟音《ごうおん》が、まるでノイズのように耳に入る。

そのノイズの向こう側で、ふと、優斗《ゆうと》の言葉を思い出した。

――……郁兄《いくにい》は俺たちと父さん違うから分かんないだろうけど、俺と陸斗《りくと》は、あのやべーDV親《おや》父《じ》の血が流れてるんだぞ。怖いじゃん。もし一緒に暮らして、彼女殴っちゃったら。

「……お前やっぱり、俺のこと何も信じてないな」

「え……」

ロイがたじろいだように瞳《ひとみ》を揺らす。

「……思うだけなら、何思っても自由なんだよ。そんなの、人間だってみんな一度ぐらいあることだろ」

「………そう、なのか？」

ロイが信じられないというように目を見開いた。

彼は幼い頃から〝バケモノ〟と呼ばれてきた。

だから普通以上に、自分の中の暴力性を恐れてしまうのだ。ずっと育ててきたのに、どうしてその苦しみに気づいてやれなかったのだろう。優斗の時もひどく後悔した。

だが、同じように、ロイの本当の苦しみも、まるで分かってやれていなかった。

「そうだよ。お前だけが特別じゃない。俺を殺したいって思うことがあってもそれはお前がバケモノだからじゃない。実際にその一線を越えるかどうかだ。お前はそのことも不安に思ってるかもしれないけど……暴力は伝染するもので、血で受け継がれるものじゃない。お前は俺が育てたんだ。だから大丈夫だって……俺を信じて欲しい」

「郁実………」

「……どうしても、俺の言葉が信じられないか？」

ロイはしばらく黙り込んだ後、黙って首を横に振り、郁実をきつく抱き締めた。

その力強い抱擁に胸の痛みが、少しずつ和らいでいく。

再び自分を信じてくれる日までいつまでも待つ。そう思いながらも、ずっと苦しかった。

大渦の轟音も、少しだけ耳から遠ざかったような気がした。

どれほど抱きしめあっていただろう。ロイが耳元で囁いた。

「郁実」

「？」

「〝突き落とされた〟って、誰にだ？」

「………」

「郁実の言うことを……信じたい。でも本当に、お前の周りには誰もいなかった。じゃあ、お前を突き落としたのは誰だったんだ？」

「それは……」

黒沢《くろさわ》のことを、誰かに話したら、ロイが魔物だと神殿の人間にばらされてしまう。

だが、ここで話さなければ、ロイはまた郁実を信じられなくなるだろう。

それはもう、嫌だった。

「話したら……ここから逃げないといけなくなる。お前はグランフェルトの名前を捨てることになるかもしれない。それでもいいのか？」

ロイは少し驚いた顔をしたが、すぐに真剣な顔で頷《うなず》いた。

「当たり前だ。俺がジジイの元に戻ったのは、郁実を取り戻すためにも、守るためにも……力が必要だと思ったからだ。その名前を守ることで、郁実を守れなくなるなら……そんなものは今すぐ捨てる」

きっぱりと言われた言葉に、郁実は心から安堵《あんど》して涙ぐんだ。

前世から引きずる、長い影のようなその存在。

ずっと一人で抱え込んでいた黒沢のことを話せる。

それだけで、まるで鉛つきの足枷《あしかせ》が外れたように、心が軽くなった。

18. 本当の姿で

部屋に戻ってきて鍵《かぎ》をかけると、郁実はソファに腰かけ、ロイにも並んで隣に座るように促した。

郁実の手は、話を始める前から微《かす》かに震えていて、ロイは落ち着かせるように自分の手を重ね合わせた。

しばらく沈黙した後、「どうやって話せばいいかな」と郁実は少し気まずげにしながらその怖《お》じ気《け》が走るような話を始めた。

仕事先で出会ったという〝黒沢〟という男の執拗《しつよう》なつきまといや恐喝。

郁実は言葉を選びながら、経緯だけを簡単に淡々と話していたが、それでも聞いているだけで吐き気と怒りを通り越した殺意が芽生えた。

実際はもっと、おぞましいものだったのではないかと思う。

「……こっちの世界に来たとき、やっと逃げられたって正直ほっとしたんだ。元の世界に戻った時、またあいつが来るんじゃないかと思ってたんだけど、来なかった。それを不思議に思ってたんだけど……」

その先の言葉を続けることを、郁実は一瞬躊躇《ためら》った。

「……もしかしたら、あいつもこっちの世界に、来たのかもしれない」

「え？」

「この間、一度神殿に戻ってきたことあっただろ？　あれ以来……時々、あいつの声がするようになったんだ。俺の頭がおかしくなったんじゃないかって思ったけど……でも、何回も聞いてて、さっきも黒沢に、崖《がけ》から突き落とされそうになった」

「その〝声〟は何て言ってるんだ？」

「俺を殺して、一緒に死ぬって……それしか一緒になる方法はないからって」

ロイはその言葉に閉口した。黒沢の考えていることが、突き詰めてみれば自分と似ていたからだ。

「それから、黒沢の存在を誰かに話したら……ロイが魔物だってことを、神殿の人たちにばらすって言われた。……だからずっと言えなかったんだ。この話も、どこからか聞いてるかもしれない。あいつは全部、見てるから……」

そう話す郁実は心底怯《おび》え、震えていた。

ロイはその肩を摩《さす》ると立ち上がって部屋中を見回し、人が隠れられそうな場所全てを確認した。

「大丈夫だ。誰もいない。……それに、この会話を聞いて正体をばらされたところで問題ない。元々、何かあった時のためにお前と一緒に島を出るルートは確保してある。……あと、あの馬鹿も連れて行ってやるか」

シグルドの間の抜けた顔を思い出しながら言うと、郁実は驚いて長い睫毛《まつげ》をぱちぱちと上下させた後に「頼もしいな」と笑った。

「……ただ、そのバケモノは追いかけてくるだろうな。……そういうのは、死ななきゃ治らない。

死んでも治らないかもしれない」

　ロイは確信を持って言った。

　なぜなら、自分がそうだからだ。郁実がもし自分を嫌がって逃げたとしても、命がある限り、どんな手を使っても探して連れ戻そうとするだろう。

「バケモノから逃げるには、殺すしか手立てはない」

「……ロイ」

　郁実がそれはダメだと言うように首を横に振った。

　ロイはアントンの一件の時から、不思議でならなかった。

　人間は〝バケモノ〟だと認識した相手は、躊躇《ちゅうちょ》なく殺す。それはタブーとされないのだ。だが、どうしても郁実はそれを許さない。

「人間の心のないような奴《やつ》を、どうして殺しちゃいけないんだ。殺さなきゃ、郁実が殺される。俺はそれだけは我慢できない。そんなことになったら、そのバケモノも、ジジイも、神殿の連中も皆殺しにしても足りない」

　苛立《いらだ》ちながら、語気を荒らげる。

「相手がどんな奴でも一緒だ。その一線を越えたら、またロイは苦しむことになるぞ。あんな奴のために、お前が苦しむのを見たくない」

　郁実はそう言った後、「……それだけじゃないな」と零《こぼ》した。

「お前が苦しむのを見たくないのは本当だけど……それだけじゃなくて、苦手なんだ。子供の頃から暴力が」

郁実は、躊躇いながら言った。彼の幼少期の話は、今まで聞いたことがなかった。

ロイに気を遣ってか、彼は元の世界の話自体、ほとんど口にしなかった。

「その理由を……聞かせてくれないか？」

促すように手を握って聞くと、彼は長いこと躊躇したあとに、まるで膿《うみ》を吐き出すように苦し気に言った。

「子供の頃、父さんが、母さんによく暴力振るってた。……その暴力は母さんに感染《うつ》って、今度は母さんが俺を殴るようになった。あんなに優しかった母さんが変わったのが怖くて仕方なかった。俺にも感染ったんじゃないか。いつか弟を殴りだすんじゃないかって怖くて……でも自分は強いから大丈夫だって言い聞かせてた。……本当は、図太いだけで弱い人間なんだ、俺は。目の前で誰かが殴られたり、ましてや殺されたり……そういうのを見ると息が出来ないぐらい苦しくなる。……こんな世界で、何平和ボケしたこと言ってんだって話だけど……どうしても嫌なんだ。だから、ギリギリまで、他の方法を探りたい」

勝手な理由でごめんと、郁実が項垂《うなだ》れる。その理由を聞いて、ようやく納得できた。相手など関係なく、あらゆる暴力が、郁実の心の傷痕《きずあと》に触れるのだということが。

「……分かった。他の方法を考える」

他に手段はないという葛藤《かっとう》の中で頷くと、郁実が「ありがとう」と微笑《ほほえ》んだ。

彼の頬には、未《いま》だ乾かない涙の痕《あと》がある。それを拭《ぬぐ》いもせず、項垂れていた。

きっとこれが、彼の一番深い部分にある傷痕なのだろう。

郁実はそれを、ずっと誰にも見せなかった。子供の頃のロイには、決して見せてくれなかった傷痕。

それをついに、自分だけに打ち明けてくれた。

悲しくて怒りが湧いて、自分を含め、彼にこんなに深い傷痕を付けた人々を憎みながらも、郁実に対する愛《いと》おしさが溢《あふ》れた。

誰よりも、大切にしたいと思った。

ずっとひどい態度を取ってきたのに、今更、どの面下げて彼に〝愛してる〟と言えるだろう。

だが今、なりふり構わず無性にそれを伝えたかった。

先ほど郁実《いくみ》が崖から落ちるのを見た時、必死で走って手を伸ばした。あと一歩でも遅かったら、間に合わなかっただろう。

郁実が死ぬ。

そう思った瞬間、後悔が怒濤《どとう》のように押し寄せた。

何の落ち度もない彼を、どうしても信じられずに疑って、ずっと悲しませていたこと。

〝愛している〟と伝えなかったこと。

「……郁実」

「？」

ロイは黒炎を纏《まと》わせると、それを一瞬で解き、魔物の姿に戻った。この姿に戻るのは三年ぶりだった。

久しぶりに、〝本当の姿〟を見せると、郁実は大きく目を見開き、息を呑《の》んだ。

郁実の揺れる黒い瞳に、角《つの》を生やした異形の姿が映る。

「ロ、ロイ……」

「本当の姿で言いたかったんだ」

「……？」

「愛してる」

郁実は一瞬、何を言われたか分からないというように固まっていたが、次の瞬間、ぶわりと大粒の涙を目に溜《た》めた。

「……な、なんだよ……今更……もう、すっかり忘れてたのかと思ってたぞ」

19. 愛の証明

「忘れる訳ないだろ」

そう言って抱きしめようとすると、郁実はその腕を振り払い、ひどく怒った声で言った。

「忘れたと思うに決まってるだろ！　お前に会いたくて、やっとこの世界に戻って来られたのに……っ、あんな冷たい態度取られて」

涙ながらに言われて、抱き締めようとする腕を何度も払いのけられる。

その怒りに触れて、ロイは何も言葉が出てこなかった。臆病《おくびょう》な自分は、どれだけ彼を傷つけてしまったのだろう。

「本当に……悪かった」

言葉を尽くしても謝罪しきれないが、それでも謝ると、郁実は怒った顔のまま首を横に振った。

「信じない。今更急に、愛してるなんて……」

「い、郁実……」

自分で遠ざけていたのだから自業自得だ。最初に拒絶したのは自分なのだからショックを受ける資格もない。そう思いながらも呆然《ぼうぜん》としていると、郁実は立ち上がってベッドの端にドサッと腰かけた。

「……本当に愛してるっていうなら、証拠に今すぐ俺にキスしろ」

「……え？」

予想外のことを求められ、驚いていると、郁実は「はやく」と促した。

動揺しながらも、身を屈《かが》めて頤《あご》をそっと摑《つか》み、唇を重ね合わせ、何度も角度を変えて繰り返した。

「んっ……」

少し苦しそうに唇が開けられたその隙に、熱い舌を捻《ね》じ込むように差し入れる。

「んっ……ん……」

舌を絡ませ、卑猥《ひわい》な音を立てながら吸い上げると、郁実の体は何度もビクッと震えた。しばらくの間、夢中になって貪《むさぼ》っていると、

「ロイ……」

「？」

「キスだけじゃ、証拠にならない」

頬を赤く染めて郁実が言った言葉の意味を、一瞬、呑み込むことが出来なかった。

やがてそれに思い至った時、心臓がドクンと脈打った。

（いいのか……？）

過去に無理やり、彼を犯した時の記憶が、苦々しく蘇《よみがえ》ってくる。

——お前が今からしようとしてることは、ただの暴力だ。……あいつと、アントンと同じだ。

郁実を二度と、元の世界に帰したくない。

そんな身勝手な理由で、彼が一番恐れている暴力を振るってしまった。彼はアントンに犯されておらず、あれが初めての行為だったのに。

自己嫌悪に苛《さいな》まれ、それから指一本触れることは出来なかったが、郁実を抱いたときのことが忘れられなくて、ずっと、頭がおかしくなりそうだった。

言葉を失くしたまま黙り込んでいると、郁実は傷ついたように眉《まゆ》を寄せ、焦《じ》れたように言った。

「嫌ならいい」

「嫌な訳、ねえだろ。……いいのか？」

ロイの躊躇の意味を、郁実は理解したのだろう。

「……言葉は信用できないから。口で言ってることが必ずしも本音じゃないってお前が教えたんだぞ」

「？」

覚えがなくて、眉を寄せると、郁実は頬を染めて言った。

「あの時……お前は無理やり俺を犯したけど……でも、ずっと優しかったから。ショックだったけど、でも……あの行為のおかげで、ロイが本当に、心から俺を憎んでる訳じゃないって分かって少しだけ希望が持てたんだ。だから今度も……証明してくれよ。言葉以外で」

ロイはゴクリと喉《のど》を鳴らして頷《うなず》いた。

郁実が、その行為を望んでくれていることが、信じられないぐらいに嬉《うれ》しい。

恐る恐る純白の神衣に手をかけ、一糸纏わぬ姿にさせた。

すでに、彼の胸の突起はぷっくりと勃《た》ち上がり、熱を持って珊瑚色《さんごいろ》に色づいている。バターを溶かしたような色合いの肌との対比がひどく淫《みだ》らだった。

「………さっきのキスで感じたのか？」

そう指摘すると、郁実は真っ赤になってこちらを睨《にら》みつけた。

「……っ！」

「郁実って、そういうこと全然興味ありませんっていう顔してるくせにエロい体だよな」

子供の頃は、シグルドから借りた官能小説を郁実にバレるのが気まずくて、ベッドの下に隠していたぐらいだった。それぐらい、彼は清廉に見えたのだ。

「そ、そんなこと、ない」

絡みつくような視線から逃れるように、郁実が身を捩《よじ》って隠そうとしたので、肩を掴んで止めた。

「……俺の親父《おやじ》は色情魔なんだ。俺にもその血が流れてる。……エロい方が嬉しい」

そう言いながら、期待しているように尖《とが》った胸の突起を唇に含み、舌の先でチロチロと舐《な》めた。

「んっ……あ、ん……や、ぁ……っ」

初めて押し倒した時、胸はあまり感じなかったようだったが、今は少し舐めただけで甘い声を上げる。片方を指先で弄《もてあそ》びながらいつまでもその部分を飽きずに吸っていると、もどかしそうに郁実が腰を揺らした。

「すげえな。先走りでタマの方までどろどろ」

「そういうこと、言うな……っ」

「ごめん、可愛くて……」

途端に真っ赤になった耳があまりに可愛くて、謝りながらついキスを落としてしまう。

先走りで濡《ぬ》れた色素の薄い陰茎をゆるく扱《しご》くと、濡れて色づいた先端が顔を出した。

「んっ……、あ……っ、……う、ぅ……っ」

自分のグロテスクな物と比べると、随分小さく思えて愛おしかったが、それを言ったらさすがに怒られるだろうと口に出すのは控えた。

やがてソレが完全に勃ち上がり、先走りがシーツまで濡らしてしまうと、ロイは手を止めた。

「郁実はこっちのほうが好きなんだよな？」

確認するように濡れた後孔を指の先でつつくと、郁実は真っ赤になって目を逸《そ》らしながらも小さく頷いた。

（……まずい。エロすぎる）

正直、先ほどからすでに、股間《こかん》がきつくなっていた。

今すぐにでもこれを捻じ込みたいという危険な衝動に駆られるが、痛い思いをさせてはいけないと堪《こら》えながら、指を入れて内部を拡張していく。

「あっ、あっ、やっ……、あああっ」

二本の指で、すっかり覚えた彼の弱点を押しながら、何か別の生き物のように絡みつく内壁を拡げていると、郁実が切ない声を上げた。

「……ロイ、も、いいから……ぁっ、い、れて……っ」

「馬鹿。まだ全然慣らしてねーよ」

「だい、じょうぶ……っ、だから……っ」

「大丈夫じゃねーよ。痛いだろ」

彼がとても我慢強い性格なのは知っている。本人も頑丈なのが取り柄と笑っているぐらいだ。

暴力を何よりも恐れているのに、強いから大丈夫だと言って、いつも誰かのことを庇《かば》って人一倍傷ついていた。もうこれ以上、少しも痛い思いをさせたくなかった。

「いたく、てもいいから……っ、我慢、できない」

「痛くていい訳ないだろ。あんま煽《あお》んなよ、どうなっても知らねえからな」

しがみつかれて「入れてくれ」と懇願され、引きちぎれそうになる理性の糸を必死につなぎ留めながら、ロイは慎重に郁実の秘部を慣らした。

ようやく、慣らし終わると、ロイは性急に郁実の太股《ふともも》を抱え上げ、すでに腹につく程勃ち上がっているモノを掴み、郁実の後孔に押し当てた。

最後の理性で、一番太い先端だけは、裂けないように慎重に入れた。

「う、あぁ……っ」

先端が前立腺《ぜんりつせん》をゴリゴリと抉《えぐ》ると、郁実はその強い刺激に目を見開き、背中を弓なりに反らせて身悶《みもだ》えた。内部の蕩《とろ》けるような熱い感触は極上で、それだけで達しそうになる。なんとか堪えながら息を吐き、奥まで進めた。

その時、本能のままに突き動かしたい衝動と興奮を上回る、多幸感に包まれて、泣きそうになった。

「郁実……っ」

シーツを必死に掴んでいる郁実の手を取り、指を絡めてキスをする。

「んっ……、ん…っ」

「腕、俺の背中に回してくれ」

頬を撫《な》でながらそう囁《ささや》くと、彼は微笑《ほほえ》んで頷き、抱きついた。

「ロイ……っ」

耳元で切なく名前を呼ばれると、ますます愛おしさが募り、ついに理性の糸が切れ、夢中でキスをしながら思い切り最奥を突き上げてしまった。

「ん、んん……っ、ううぅ――――っ」

唇を塞《ふさ》がれたまま、郁実はびくんっ、と大きく体をのけ反らせた。

「あっ、あ……っ、ロ、イ……ッ、ろ、いぃ、好き……っ、だい、すき……っ」

「俺もだ、郁実、愛してる……」

言葉は愛の証拠にはならない。そう言われたけれど、どうしても伝えたくてそう囁くと、内部がギュウッとしまり、郁実の足の指が丸まった。

「うっ……」

ロイは低く呻《うめ》くと、そのまま最奥に白濁を放った。

「あぁ……っ、熱……い……っ」

ドクドクと止まらない白濁が注ぎ込まれ、身を震わせる郁実《いくみ》は、凄絶《せいぜつ》なまでに綺麗《きれい》で、見とれるように眺めてしまう。

まだまだ、熱はとても収まることはないが、このまま興奮に任せて立て続けに犯したら郁実は壊れてしまうかもしれない。魔物と人間では、体力も、体の強度もまるで違う。

一度引き抜き、少しだけでも冷静を取り戻そうとしたとき、郁実の足が、ぎゅっとロイの腰を挟み、切ない声で言った。

「ぜんぜん、足りない。ロイ……、もっと、愛して……」

「……」

理性の糸が切れる音が、比喩《ひゆ》ではなく本当に聞こえたような気がした。吐き出して萎《な》えたばかりのはずの性器が、みるみる硬くなっていく。

（壊したくないのに……）

大事に、優しくしたいのに、もう無理だった。

「郁実のこと、壊しちまうかもしれない……」

不安を口にすると、郁実は涙で濡れてキラキラと輝く目を細めて笑い、ロイの角《つの》を撫でて言った。

「いいよ、壊しても。今が、一番幸せ、だから……」

「俺も……幸せだ」

泣き出しそうな顔で、ロイは郁実の体を抱え上げ、夢中でキスをしながら、何度も突き上げた。

その愛《いと》おしい体が限界を迎えて意識を手放してしまうまで、その白昼夢のような幸せを貪り続けた。

20．賭《か》けに出る

自分が心から愛している人の寝顔は、何時間でも、いや、何日でも見ていられる気がする。

すやすやという安らかな寝顔ではなく、疲労困憊《こんぱい》と言った具合で、無理させてしまったことを後悔するが、それでも、最後まで応えようとしてくれたことが嬉しかった。

郁実の体は、どちらが放ったものか分からないぐらいに白濁にまみれていた。

まだ火照《ほて》った肌に、白が散っている様子はひどく淫らで美しく、いつまでも眺めていたかったが、このままにしておくのは可哀相《かわいそう》だ。

湯で濡らした布で郁実の体を拭《ふ》いていく。

また興奮して襲ってしまわないように出来るだけ事務的に冷静に行っていたが、内部から自分が吐き出したものがゴポリと出てきたのを見た時は、さすがに興奮してしまい、自分で自分を慰めるハメになった。

時間をかけて体の全てを清めて寝間着に着せ替え、脱がせたままにしてしまった神衣を拾い上げると、ポケットから小さなノートのようなものが落ちた。

「……？」

拾い上げようとすると、偶然開かれたページには、郁実の字でびっしりと魔物についての知識が書かれていた。

彼は、旅の間ずっと暇を見つけては魔物の書物を読み漁《あさ》り、勉強していた。眠い目を擦《こす》り、少しでも多くの魔物のことを理解しようとしていた。

彼は真剣に、神子《みこ》としての務めを果たそうとしていたのだ。

その想いを踏みにじられたのだと思うと、神殿や、その裏にいる祖父に対して強い怒りが湧く。

「……ん……、ロイ？」

「郁実……目、覚めたのか？」

おそらく寝ぼけているのだろう。幼い子供のようにこくんと頷いたが、やがてしばらくしてボッと頬を赤くしながらそろそろと毛布の中に潜り込んでしまった。

（ヤッてる最中は結構大胆なこと言うくせに、終わると急に恥ずかしがるんだよな……）

「なあ、伝わった？」

「??」

「俺が郁実をどれぐらい〝愛してる〟かってこと」

「……」

郁実は毛布の中で芋虫のようにモゾモゾと動いた。

「何だよ伝わってないのか？　じゃあ伝わるまで、一週間ぐらいぶっ通しでヤろうか」

そう言うと、郁実は慌てて毛布から顔を出し「殺す気か！」と叫んだ。

「伝わったよ……」

照れくさそうに郁実はそう言った後、少し不安げに言った。

「……お、お前には、伝わったのか？　俺の気持ち」

「……ああ。伝わった。……すごかったな。郁実の脚力」

腰にぎゅうぎゅうと絡みつく足のせいで、けっこう動きづらかったが、それだけ必死に愛してくれていることが嬉しかった。

「う、うるさいな！　いちいちそういうこと言うな！」

そう言って郁実は、またしても毛布に籠城《ろうじょう》しようとしたが、ロイの手にしているノートを見ると「あっ」と声を上げた。

「え？　あ、ああ……悪い。これ、神衣のポケットから落ちてて……拾っただけだ」

中身も見てしまったため、後ろめたく思いながら渡すと、郁実は恥ずかしそうにそれを受け取った。

ノートをパラパラと捲《めく》る辛《つら》そうな顔に、ロイは胸が痛くなった。

「寄付金集めも権力の道具にされるのも別にいいよ。それがきっかけで救われる人々がいるなら別にいいと思う。でも、そのために、わざと魔物に村を襲わせたり、無害な魔物まで殺されるのは許されない。俺はこのことを、告発したい。公にしないなら、もう神子の務めは果たせない」

「郁実……」

告発などしたら、祖父も神殿も、間違いなくただではおかないだろう。

ロイは、郁実を神子として過ごさせることが一番安全だと思っていた。

祖父がどれだけ冷酷な人間でも、彼に神子として利用価値があると判断すれば、手出しはしないだろう。

そしていずれ祖父が死んだとき、自分はこのまま人間の振りをして跡を継ぎ、彼が築いた権力を手にすることが出来る。それだけの力を手に入れれば、完璧《かんぺき》に郁実のことを守り、自由にしてやれるはずだと信じていた。

だが、自分が想像していた以上に、祖父も神殿も〝バケモノ〟だった。

郁実のことも、この先どうするつもりなのか本気で分からない。

自分の正体がバレることなどどうでもいいが、それとは関係なく、ここを離れた方がいい。

だが、逃げたら間違いなく祖父は郁実を追いかけ、捕まえようとするだろう。

周りの全てが敵に回るかもしれない。そう思うと、下手《へた》な手は打てなかった。

郁実を今、唯一自由にする方法があるとするなら、祖父と神官長を暗殺することしか思い浮かばなかった。

だがそれは、郁実が最も忌避したい解決方法だ。

黙り込んだロイに、郁実は続けた。

「魔物の瘴気《しょうき》を防ぐ能力を、もっと違う形で生かしたい。魔物と人間の共存は難しいかもしれないけど、本当の姿のロイと……町を歩いて、普通に生活したいっていう夢を諦《あきら》められないんだ」

「郁実……まさか、そのために魔物の勉強を？」

「……なんだよ。まさか俺が魔物博士になりたくて勉強してるとでも思ってたのか？」

呆《あき》れたように言う郁実を、ロイは思わず抱き締めていた。

この世界に、郁実ほど自分を愛してくれる人間はどこにもいない。

長いこと抱きしめていたが、ロイは覚悟を決めて言った。

「なあ郁実……カナルガルズに行かないか？」

「カナルガルズって、王都か？」

「ああ。さっき言っただろ？　郁実を元の世界に戻したのは、おそらくヘルズヘイム国王が抱えている宮廷魔術師、オーグレンだろうって」

「あ、ああ……」

「国王たちが郁実を邪魔に思った理由ははっきりとは分からない。神子を手に入れることで、国王と仲の悪い神殿が力を持つのを厄介に思ったのかもしれない。だがどっちにしろ、邪魔だと思うなら殺す方が簡単だし、確実だ。なのにオーグレンはわざわざ高度な魔術を使って郁実を元の世界に帰した。そう考えると、王もオーグレンもそこまでの極悪人じゃないのかもしれない。少なくとも、俺のジジイよりは。それに、お前を元の世界からつけ狙ってる奴《やつ》がこの神殿の中にいるなら……一刻も早く離れた方がいい」

「……そう、かもしれないけど。……え？　まさか」

「そうだ。賭けにはなるが、国王側につくんだ。ジジイを敵に回して神殿を告発するなら、それしかない」

翌朝。

神官の目を逃れるように、郁実が気に入っている神殿の果てにある中庭の東屋《あずまや》に、シグルドと三人で集まっていた。

「どうしたの？　郁実くん、朝っぱらからこんなとこ呼び出して。愛の告白？」

郁実はリルに朝食の残りの野菜を与えながら、シグルドの冗談に即座に首を横に振り、辺りを見回すと耳元で囁いた。

「カナルガルズに行こうと思うんだ。シグルドも来てくれないか」

「ええっ、カナルガルズ!?　王都じゃん。いきなりなんでまた」

「声が大きい！」

郁実が窘《たしな》めるようにシグルドの頬をムニッと摘《つま》むと、その瞬間、奴はまるで溶けるように嬉《うれ》しそうな顔をした。そんなことは幼い頃からの日常茶飯事だったというのに、今朝《けさ》はこれまでにない凄《すさ》まじい怒りが湧いてくる。

反射的に郁実の手を掴《つか》み、思い切り引きはがすと、物凄《ものすご》い勢いだったため、シグルドの頬も一緒に限界まで伸びてしまった。

「ぎゃ――――っ痛いっ！」

「何するんだよロイ！」

「いきなり何なの!?　怖いんですけどー」

頬を押さえながらこちらを見るシグルドを殺意を込めて睨《にら》みつける。

「シグルドごめんな。頬大丈夫か？」

「……うん。なかなかキョーレツだったけどまあどっちかっていうと幸せな痛みだからこれは治癒しないでいいや。それにしても……魔物くんたら急にどうしちゃったの？　魔物っていうより狂犬じゃん」

「うるさい。次郁実に触れたら殺す」

「なにその理不尽！　あれ？　ていうか〝郁実〟……？」

〝神子〟から呼び方が急に変わったことに、シグルドが訝《いぶか》し気に首を捻《ひね》った。

「も、もういいだろ！　本題に入るぞ」

郁実《いくみ》が頬を少し赤くしながら、事の経緯を説明した。

元の世界に居た時から黒沢という男に狙われていること。この神殿内にいる可能性が高いこと。

それから、神殿が裏で行っていた悪事のこと。それらを暴くためにも、国王の側につきたいこと。

シグルドはそれらを黙って聞いていたが、郁実が話し終えると、怒りに顔を歪《ゆが》ませた。

「……何だそれ、あり得ないな。元々、ここの連中、郁実くんを酷使しすぎてて気に食わなかったけど……つーか、その〝クロサワ〟って奴、普通にキモすぎるんだけど」

激昂《げっこう》ではなく、いつになく冷たい声だった。日頃飄々《ひょうひょう》とした男の、強い怒りが感じ取れた。

シグルドはしばらくの間、氷のような表情で沈黙していたが、やがて深い溜息《ためいき》を吐《つ》いて言った。

「ただ、あの王様……割と事なかれ主義者だよ」

「会ったことがあるのか？」

郁実の言葉にシグルドは曖昧《あいまい》に頷《うなず》いた。

「お父様が主治医をしてるからね。悪い人じゃないけど頼りにはならない。周りの臣下が優秀だからなんとかなってるって感じ。息子《むすこ》の王子もパッとしないからねえ。確かに、ロイの方が次世代の王として人気出そうってグランフェルト爺《じい》さんが一発逆転狙うのも分からないでもない……ってぐらい。つーか、ロイも名目上は甥《おい》っ子《こ》なんだから会ったことあるでしょ？」

「ああ。騎士学校を卒業したとき一度だけな」

確かに、人畜無害そうだが頼りにならなそうという点ではシグルドに同意した。

「周りの臣下が優秀だ。そこに賭けるしかない。他に郁実の安全を確保しながら、告発する手立てはあるか？」

「……ないね。僕としてもここを出るのは賛成だ。いや、大賛成だよ。……で、決行はいつ？　次また旅に出た時、神官たちの目を盗んで抜け出すの？」

「いや、今話した内容も、どこかで筒抜けになってる可能性はある。旅に出た時にはもう、逃亡防止に厳戒態勢が敷かれてる可能性があるし、追手が来た時に馬車じゃ逃げきれない」

「うーん、でも、ここは絶海の孤島だよ？」

「どうするかは当日に話す。さっきも言った通り、筒抜けになってる可能性があるからな」

気のせいかもしれないが、先ほどから視線を感じるような気がした。だが、どれだけ警戒しても周りには誰も見当たらない。この視線が郁実のことを狙っている〝黒沢《くろさわ》〟なのだろうか。

「ロイ」

郁実が鞄《かばん》から、紙とペンを取り出した。

「今夜三時――ここで」

走り書きに、シグルドが黙って頷いたのを確認すると、ロイはメモを引きちぎり、手のひらの上に載せて黒炎を出し、消滅させた。

手短に話を終えて立ち上がると、部屋に戻ろうと歩き出した。

郁実の歩き方は一見普通だがどこか不自然だ。昨日のダメージがかなり残っているようで、早足では歩けなさそうだ。本人もそれを意識しているのか、俯《うつむ》いて顔を赤くしている。

(やばい。ムラムラする)

劣情を堪《こら》えて、さりげなく郁実の体を支えてやっていると、シグルドが目ざとく言った。

「郁実くん、足捻《ひね》った？　顔も赤いし……熱ある？　治してあげよっか？」

そう言って、足に向けて魔法を放とうとしたシグルドに、郁実は慌てたように首を横に振った。

「あ、あ……違うんだ。いや、おっさんだから、腰ちょっとぎっくりやっちゃって」

「腰？」

「そ、そうなんだ。……はは……は……ゆっくり休めば、その、治るから……」

真っ赤になりながら、しどろもどろに言う郁実を見て、シグルドはしばらく首を捻っていたが、やがてハッとしてこちらを見やった。

「〝郁実〟って……まさか」

「シグルド？」

硬直したまま黙り込んでしまったシグルドに、郁実が不思議そうに声をかける。

「ふーん………そっか。なるほどね」

「な、なんだよ？」

意味深な物言いにたじろぐ郁実に、シグルドはにっこりと笑って言った。

「おめでとう。それは治さない方がいいね。幸せな痛みだろうから」

「は、はあ？」

郁実の顔が、これ以上赤くなれないぐらいに赤くなった。

それを見て、シグルドはなんともいえない切ない笑みを浮かべて言った。

「……もし、少しでも幸せじゃない痛みをそいつに負わされたら、すぐに僕のとこ来なよ。百％で治してあげるからさ」

21. 脱出

真夜中三時。

神殿は静まり返っていたが、石の床では音が反響し気を付けて歩かないとかなり響く。

ギィ、ギィというリルの鳴き声は、とても小さいが、今日はやけに大きく聞こえた。

「いいこだから、静かにしてくれ。自由になったら、お前が住みやすい森もちゃんと探してやるから」

郁実が鞄に入れたリルの頭を指先で撫《な》でながら、必死に宥《なだ》める。

「……で？　どうやってここを出るの？　港は二十四時間見張りがいるし、僕泳げないよ。郁実くんだって〝腰痛〟のせいで泳ぐの無理でしょ」

「………」

「誰が泳ぐなんて言った？」

ロイは呆れたようにシグルドを一瞥《いちべつ》すると、暗い廊下を進み、ある場所で足を止めた。そして壁の一部を押すと、ズズ……という音を立てて開き、下へ続く階段が現れた。

「……こんなところに、隠し扉があったのか」

郁実が驚いて言った。

「大昔は敵国から攻め込まれた時要塞《ようさい》として使われた時期もあったらしいからな。そういうとき、逃げ込めるように、あちこち仕掛けがされてるんだ」

左右を気にしながら、階下に下りると、地下の暗い部屋に、檻《おり》が無造作に置かれていた。

黒獅子《くろじし》の体に黒い翼の魔獣が、檻の中で眠っている。カンテラに火を灯《とも》して郁実たちに見せると、魔獣は「くあぁ」と欠伸《あくび》をして目を覚ました。

「っ！　この魔獣は……」

郁実には見覚えがあったのだろう。それを見るなり驚愕《きょうがく》に目を見開いた。

神殿に挨拶《あいさつ》に来た貴族たちに神子《みこ》の力を見せるためだけに捕まえられ、檻に閉じ込められていた魔獣だった。

「あいつら、死ぬまでここで餓死させるつもりだったみたいだ。地下にずっと閉じ込められてた。同族の匂いがするから、それを辿《たど》ってたら偶然ここを見つけたんだ。餌をやって世話をしていたら、完全に懐柔は出来なかったけど、まあ、命の恩人のよしみで背中ぐらいには乗せてくれそうだ」

「よかった……お前、生きててくれたんだな」

郁実が嬉しそうに目を細め、まだ少し眠そうにしている魔獣の背中を撫でた。

「待って。こ、この背中に乗って飛んでくの？　僕、高所恐怖症なのに？」

「この魔獣ルゲラは一日二千キロ飛べる。カナルガルズまで半日足らずで着く」

ルゲラは檻から出してもすぐには暴れたりしなかった。ロイやリルから魔物の血の匂いがして、落ち着くのかもしれない。

そっと連れ出して階段を上がり、神殿に戻る。

ここからは、見回りをしている神官に見つかる可能性があるため、迅速に発《た》たなければならない。

ロイはルゲラを中庭に出した。ここからまっすぐ、空に飛び立てば、捕らえられることはないだろう。

三日月に照らされて、思いのほか明るく、早いところ乗るように促すと、シグルドが恐る恐る乗り、その後ろに郁実が乗った。

「……おいちょっと待て。お前は一番後ろだろ？」

これでは郁実が、シグルドに抱きつく形になってしまう。

だからと言ってシグルドが郁実に抱きつくのも許し難い。一番後ろしかあり得なかった。

揉《も》めていると、郁実が焦《じ》れたように言った。

「順番なんてどうでもいいだろ。早く乗ろう」

「「よくない」」

シグルドと声が被《かぶ》った。

「僕高いとこ無理だもん。一番内側かつ郁実くんが後ろにいてくれないと無理」

彼にとっては人生最大の失恋をしたばかりなのだからひどく落ち込んでいるだろうと思ったが、なんとも諦《あきら》めの悪い男だ。

「じゃあお前は置いてく」

「こら、ロイ！」

不毛な争いを続けていたとき、ふと気配を感じ、ロイはシッとシグルドを黙らせた。

淡い月光に照らされた足元には長い人影が伸びている。

「……誰だ？」

「神子……なぜ魔獣なんかと……どこに、行かれるんですか」

逆光で顔は見えなかったが、そのボソボソと喋《しゃべ》る独特の口調で誰かすぐに分かった。

「コニー……」

魔獣の背に乗ろうとする郁実を、コニーが青ざめた顔で見つめていた。警戒して剣を抜こうとすると、郁実がそれをそっと止めた。

「コニー、頼む。見逃してくれ」

郁実の懇願にコニーは呆然《ぼうぜん》として、ふらふらとした足取りでこちらに二、三歩近づいて言った。

「神子が神殿から逃げ出すなんて……それも、魔獣なんかに乗って……信じられない。なぜですか？」

「……神殿のやり方に、納得できないからだ。全てが悪いとは言わない。けど……どうしても俺には看過できないことがある」

「……そんな……神子のために、僕は神官になったのに……命も捨てる覚悟で、神子様を信じてたのに……僕にはもう、神子様しかいないのに」

「ごめんな、コニー……でも俺は、そんな大層な人間じゃないんだ」

「そんなはずはない。神子はずっと、この国の人間を救い続けてきたのに……っ、……その魔物に、唆《そそのか》されたんだ!!」

ロイを指差しながら激昂したコニーに郁実はハッと驚愕に目を見開いた。

「なっ、なんでそれを……」

「やばい！　向こうの方で明かりが揺れてる！　見回りかもしれない！　はやく！」

相変わらず一番前に座りながら、シグルドが慌てた様子で小声で叫んだ。

順番がどうしても気に食わないが、今はそれどころではない。

コニーは神殿内で孤立している大人しい男だ。仲間を呼びに行くなどということはしないだろうが、反面、何を考えているか分からないという不気味さがある。

ロイは郁実を抱え上げてシグルドの後ろに乗せると、さらにその後ろに飛び乗った。

手綱を引こうとしたとき、すぐ下で、怒りの目で郁実を睨《にら》んでいるその男の顔に、不意に怒りが湧いて、思わず吐き捨てるように言った。

「自分にとって全部が自分の都合よく動く人間がいるとしたら、自分の頭の中で生み出した神だけだろ。郁実は人間だ。勝手に信じて、勝手に裏切られた気になってんじゃねーよ」

「ロイ……」

郁実が驚いたように振り返った。

その視線から逃れるように慌てて手綱を引くと、ルゲラが派手な咆哮《ほうこう》と共に力強く羽ばたき、三日月の照らす夜空に羽ばたいた。

今の咆哮で、おそらく神官たちが飛び起きるだろう。思ったよりも早くに見つかってしまいそうだ。

下を見ると、コニーが呆然とした顔をしていつまでもずっと、こちらを見上げていた。

空に向かってまっすぐ上昇を続けるルゲラに情けなくしがみつきながら、それでもプッと笑ってシグルドがこちらを振り返って言った。

「何今の盛大なブーメラン発言。自虐だったの？」

「……うるせえ」

「ふ、二人とも！」

郁実《いくみ》が珍しく興奮したように天を指差して言った。

空には一面、無数の星が瞬いていた。

「すごいな、綺麗《きれい》だ。星座の一つになった気分だ」

遥《はる》か向こうには、大陸の明かりが続いている。そこを目指して夜空を駆ける、黒い翼の獅子。

確かに郁実の言う通り、星座の一部になったようだった。


王都カナルガルズに着いたのは、その日の夕方のことだった。

魔獣に乗ったまま街に降り立つのは目立ちすぎるため、近くの森に着陸する。

「ちょうどいい時間だな。これ以上夜が深まると魔物が活発化するし、明るいと目立つから」

無事着いたことに安堵《あんど》しながら郁実が言った。

「あー……よかった。あと少しで吐くところだった」

シグルドは高所がダメで、ずっとうるさく騒いでいたが、その上ひどく酔いやすいようだった。

つくづく情けない男だ。

「シグルド、大丈夫か？　服、緩めた方がいいぞ。ほら、水飲め」

「ありがと～……」

「大分ひどい顔色だな。少しだけ横になるか？」

郁実がしゃがみ込んでいるシグルドの背中を抱え込むように摩《さす》りながら心配そうに言う。

殺意を堪《こら》えて見下ろしていると、シグルドは嘔気《おうき》で真っ青な顔をしながらもこちらを向いて勝ち誇った笑みを向けてきた。

さらにそのまま郁実の膝枕《ひざまくら》で横になろうとしたので、寸前のところで襟首を掴《つか》み上げて止めて引っ張り上げた。

「……元気そうだなシグルド。先を急ぐぞ。日が暮れたらまずい」

「ちょっと待って引きずらないでマジで吐く！」

ぎゃーぎゃー喚《わめ》くシグルドを引きずるようにしながら森の出口付近まで歩くと、その間、ルゲラもずっと付いてきていた。

「……ありがとな。ルゲラ。もう人間になんて捕まるなよ」

郁実が鼻先を撫でると、ルゲラは嬉《うれ》しそうに頭をこすり付けた。

「こうして見ると、魔獣ってほぼ動物と変わらないね」

「こいつが特別人懐こいっていうのもあるだろうけどな」

頬を舐《な》められながら、郁実がくすぐったそうに笑って言った。

「郁実くんが、魔物キラーなんじゃない？　その内臓君といい、この半魔くんといい……」

「何言ってんだ。ルゲラはロイが助けて、信頼関係を築いたんだぞ」

どこにでも好きなところに行っていいと言って別れようとしたが、ルゲラはそこに座ったまま、いつまでもこちらを見ている。

「困ったな。この森が気にいらないのか？」

郁実が問いかけるが、ルゲラは動かない。彼には翼があるから、ここが気に入らないなら、飛んでいって好きな森を見つけられるだろう。

「……リルは？　この森はどうだ？」

郁実が鞄《かばん》からリルを出し、手のひらに載せて、周りの景色を見せてみたが、どうも気に入らないようで、また鞄の中に戻ってしまった。

ルゲラは相変わらず動かなかったが、後ほど様子を見に来ることにして、ひとまず森を出て街へと向かった。

夜の街に街灯の明かりが灯《とも》り始めるのを見ながら、シグルドが言った。

「でも、ここからどうするの？　王城は厳戒警備だし、アポなしで突撃なんかしたらいくら面識があっても追い返されるんじゃない？」

「誰がアポなしでなんか来るか」

そう言ってロイがシグルドの後ろを見ると、二人ともつられたように振り返った。

郊外から街の中心部への入り口ともいえる橋の真ん中に、鳶色《とびいろ》の髪の、物腰柔らかそうな青年が立っていた。青年は、そのまま綺麗な所作でお辞儀をした。

「ロイ・グランフェルト様。お手紙をありがとうございました。シグルド・アンドレセン様、そして神子様。……ようこそはるばるカナルガルズへ。私はトマス・オーグレン。国王に仕える宮廷魔術師です」

「オーグレンって……」

郁実が目を見開いた。彼は仮面を着けていなかったが、その背格好には見覚えがあったのだろう。

「……っ！」

「神子様。その節は大変なご無礼をいたしました。お怒りはごもっともですが、ここでは人目に付きますので、どうかお許しください」

深々と頭を下げて謝罪したオーグレンに、郁実はわなわなと手を震わせたまま、泣きそうな顔を背けた。ロイ自身も、この男を殴りたい衝動に駆られていたが、今は感情的になってもいられなかった。

「お話は城内で王と共に伺います。こちらへ」

オーグレンは人目につかない路地裏にロイたちを連れてくると、目にも止まらないような速さで複雑な魔方陣を書き上げた。

それは郁実が失踪《しっそう》した日、アマンダの家の床に書かれていた魔方陣よりは少し簡素だったが、模様がよく似ている。

完成した魔方陣を、オーグレンが杖《つえ》で突くと、それは薄緑の眩《まぶ》しい光を放った。

「さあ、こちらに乗って下さい。城内に……いえ、王の元に直接通じております」

「うわ、すごい。移動魔法なんて初めて～。ここに乗ればいいの？」

シグルドが少し嬉しそうに言い、真っ先にその魔方陣の上に乗ると、瞬きするよりも早く、彼は消えてしまった。

「シグルド!?」

「ご安心下さい。城内へ送っただけです。あなたたちが……特に神子が王城に来た事が外に知れると、厄介なことになるので正門からお迎えする訳にはいかないのです」

郁実はその魔方陣を見ると、躊躇《ちゅうちょ》していた。いや、足が竦《すく》んでいるのだろう。

「……大丈夫だ。もう、離れることはないから」

冷たくなっている手を引いて促すと、郁実はぎこちなく微笑《ほほえ》んで頷《うなず》き、魔方陣に足を乗せた。

22.ヘルズヘイム国王

次に目を開けた時には、どこまでも続くような大広間にいた。

見上げると、目の前には玉座があり、ヘルズヘイム国王が座っている。

謁見の間だ。

おそらく、人払いをしているのだろう。数名の護衛騎士が後ろで控えている以外は、誰もその場にはいなかった。

玉座こそ立派だったが、そこに座っている人物はお世辞にも威厳があるとは言い難い。

彼の弟である自分の祖父の方が、よほどこの玉座にふさわしい気がした。

陽気そうな中年男という言葉がぴったりの男だったが、ロイは恭《うやうや》しくその場に片膝《かたひざ》を突く。

国王はニコニコと機嫌よく笑って言った。

「おお、よく来たな。可愛い甥《おい》っ子《こ》よ。それからシグルド。そなたの父には腰痛と二日酔いでいつも世話になっているぞ」

「こ、光栄にございます」

シグルドは一瞬の移動に驚いて立ち尽くしていたが王に声をかけられると慌てて跪《ひざまず》いた。

いつもヘラヘラとしているシグルドだが、さすがに国王を前にして緊張しているようだった。

「……そなたが、〝神子《みこ》〟か」

「は、はい」

「この国の人々のために、随分尽力してくれているようだな。新聞で見ない日はないぞ」

「ありがとうございます……」

なんとも言えない表情で俯《うつむ》いた郁実の顔を見ると、国王は深い溜息《ためいき》を吐《つ》き、笑みを浮かべた。

「随分こき使われて気苦労も多いだろう。せっかくオーグレンに元の世界に戻させたと言うのに……また神殿に呼び戻されてしまったのか。……神子はもう、〝こちらに渡ることは出来ない身体〟だと聞いていたのだが」

するとオーグレンが苦い顔で口を開いた。

「申し訳ありません。私の調査不足でした」

「俺……あ、いえ、私を、元の世界に戻したのは、〝厄介〟だからではなかったのですか？」

郁実の質問に、王はあっさりとそれを肯定した。

「そうだ。厄介だからだ。私は生来争いごとが嫌いでな。弟の野心の強さにはうんざりしていたのだ。王位を譲ってやってもいいとさえ思っていたが、王位を手にした途端、あいつは私に適当な汚名を着せて処刑するだろう。命を守るためにも、このポジションは譲れないのよ」

悲哀すら滲《にじ》ませて、国王は笑って言った。

「弟が私と不仲の神殿と手を組み何か企《たくら》んでいることは分かっていた。その上で神子を手に入れたら、ますます奴《やつ》は勢いづくだろう。邪魔だったというのは確かだ。……だがそれより神子。神殿のことで、私の耳に入れたいことがあるんだろう。そちらの方が気になる」

郁実はその前の話題に少し後ろ髪引かれていたようだが、「申せ」と促されると、神殿が金を渡してわざと魔物に村を襲わせていたことを話した。

「……少なくとも、マルカルの村は確実です。村長が自白しましたし、私とロイとシグルドもその現場に立ち会っています。ですが、他の村々でも長いこと魔物の被害がなかったところで被害が急増していたりと不可解なことが続いています。マルカルの村長も、他の村でも金目当ての自作自演の魔物被害が横行していると言っていました」

郁実の説明に、王は顔を顰《しか》めた。

「なんと……神殿はそこまでしていたか」

「こちらは、関与が疑われる村のリストです」

王は郁実から渡された羊皮紙のリストを見ると、興味深げに顎《あご》の髭《ひげ》に触れた。

「……この村々を治めている貴族たちは、王家と長年親交の深い者たちばかりだ。魔物が多く出る地域は元から信心深く、神殿と仲のよい傾向にあるが、それ以外の領地を、出来るだけ自分たちの味方につかせたかったんだろうな」

そして王は、リストをオーグレンに預けると郁実に向かって微笑んだ。

「……危険を冒してよく教えてくれた。民の命を弄《もてあそ》ぶような行為、断じて許しがたい。ただちに内密に調査を行い、事の真相を明らかにしよう」

「！　ありがとうございます！」

思いのほかあっさりと王が協力を申し出てくれたことに郁実《いくみ》はひどく驚き、嬉しそうにこちらに目配せをした。

国王がこの話に興味を持ったのは、正義感に駆られてというよりは、それを徹底的に調べ上げて明るみに出せば神殿の権威を失墜させるのに使えると思ったからだろう。

魔物に対する民衆の気持ちはかなり過激だ。

私欲のためにわざと魔物に村を襲わせていたなど知られたら、民が激怒するのは勿論《もちろん》、自分の領土内をわざと荒らすようなことが行われていたと分かったら、貴族たちも神殿を敬遠するはずだ。

「当然、我々が調べていることに気づいたら、弟も神殿の連中も握《にぎ》り潰《つぶ》そうとしてくるだろう。そなたたち……特に神子は危険だ。必ず、殺しに来るぞ。しばらくはこの王城に留まるといい」

「しかし、伯父《おじ》上。父は利益をもたらす人間を殺しません。神殿も、瘴気《しょうき》を払う能力が神子にしか備わってない以上、殺すまではしないかと……」

ロイの言葉に、国王はゆっくりと首を横に振った。

「確かに瘴気を消す能力は神子のみが神に授けられる力だ。だが、神子は〝取り換える〟ことが出来る」

「……取り換える？」

「招喚した神子が、神殿の意のままに操れなかったとして、では代わりに他の神子を……という訳にはいかない。異界から呼べる魂は、一度に一つだけ。だが、その神子の魂を〝魂の墓場〟に落として完全に殺してしまえば、違う神子を呼べるのだ。……過去にも、このような理由の神子殺しは行われていたという記録が残っている」

王は髭を撫《な》でながら、真剣な声で続けた。

「神殿がこのまま、そなたを神子として生かしておくとは思えない」

国王はきっぱりと言い切った。

「……一つ、腑《ふ》に落《お》ちないことがあります」

ロイが口を開くと、国王は首を傾《かし》げた。

「なんだ？」

「父と神殿が、郁……神子を利用しようとしていると分かっていたなら、なぜ三年前、元の世界に帰したのですか？　逆に、国王が利用するという手もあったはずです」

「……私は生来争いごとが嫌いでな。争いの火種になるような者を手の内には入れたくなかったのだ。それに……」

国王は少し言《い》い淀《よど》んだ後に、郁実を見ながら言った。

「宮廷占い師が、どの道を選んでも、神子には死の相が出ていると言う」

「死の相？」

「何か邪悪な影のようなモノが神子にはついている。その正体が一体なんなのか、宮廷占い師にも分からないらしい。いずれにしろ、神子はこの世界にいたら、長くは生きられない。だから、元の世界に戻してやったのだ」

「たかが占いで……？」

「私の臣下は皆優秀でな。占い師が言うことは、これまで外れたことはない。私は無能ゆえ、政治判断の大半は、奴に任せてるぐらいだ」

ハッハッハッと国王は愉快そうに笑ったが、ロイの顔は凍り付いていた。

郁実もまた、俯いていた。〝邪悪な影のようなモノ〟に心当たりがあるのだろう。

国王は、その反応に気まずそうに笑みを消し、咳払《せきばら》いをすると「とにかく」と言った。

「神子はもう、元の世界に戻った方がいい」

「しかし、……いずれにしろもう戻れません。今の私は界渡りに必要な〝資格〟を失いました」

郁実がひどく言いにくそうに告白した。すると、黙って後ろに控えていたオーグレンが言った。

「戻れますよ」

「え？」

「神子が純潔である必要があるのは、〝この世界に招く〟時のみです。言い方は悪いですが、この世界から〝追い出す〟だけなら純潔は問われません。そこに神の力は宿りませんので。つまり、私が神子を再び元の世界に戻すことは出来ますが、純潔を失っているのなら、神殿は神子を再招喚することは出来ず、もう二度とこちらの世界には戻っては来られないということです。御身を思うなら、その方がよろしいかと。神子がいる世界は、この世界よりはるかに豊かだと聞いています」

オーグレンが諭すように言ったが、郁実は間髪《かんはつ》を容《い》れずに言った。

「……私は、何があっても、戻る気はありません」

その言葉に、国王は笑って言った。

「それならそれで構わない。二度も無理強いをするつもりはないのでな。ひとまず、魔物の件の調査が終わるまではそなたたちをこの城で匿《かくま》おう。ただ、その後の安全は保証できない。申し訳ないが、私は弟と全面衝突する気は一切ないのでな。……それから、ロイ。来なさい。お前に渡したいものがある」

ロイは国王に手招きされたが、ついていくか迷った。

郁実と離れたらオーグレンに無理やり元の世界に戻されるのではないかと思ったのだ。それを見透かしたように国王が言った。

「安心しろ。すぐ終わる」

「……なんですか？」

「怖い目をするな。私の苦手な弟の目つきにそっくりだ」

王は怖い怖いと言いながら、ロイに黙って付いてくるように言った。

謁見の間を出て長い廊下を渡り、連れて行かれた先の部屋は、王家の宝物庫だった。王冠やアクセサリー、宝剣など、様々な物が置かれている。

やがて、国王は部屋の一番奥へと向かった。壁一面に、剣が飾られている。

「歴代の王が所持していた剣がここに保管されている」

国王はそう言って、一番左端にあった剣を摑《つか》むとロイに手渡した。

「これを、そなたにやる」

「なぜ……私に？」

「……そなたは私の息子《むすこ》よりもこの玉座にふさわしい。息子は可愛いけれど、あいつは私と同じように、争いごとが嫌いでどうも王の器にはない。私は私の亡き後、そなたに王位を譲ってもよいと考えているんだ」

「！」

思いもかけない言葉に、思わず目を見開いた。もちろん、王位などに興味はないが、その座を手に入れれば間違いなく、一番強い権力《ちから》で郁実を守ることが出来る。そう考えていると、国王がロイに渡した剣を見つめながら言った。

「それは初代ヘルズヘイム王ニコラウスが使っていた剣だ」

「ニコラウスが……？」

初代国王ニコラウス。その冷酷さと、人間離れした能力から半魔だったという噂がある。

「この剣を、私は引き抜くことが出来ないんだが……引き抜けるか？」

そう言われて渡されたその剣を、ロイは簡単に引き抜くことが出来た。それを見ると、国王は満足げに笑った。

「それは魔物の血が濃く流れている者にしか引き抜けない〝魔剣〟なんだ」

ロイは驚いて、目を見開いた。

「……ご存じ、だったのですか？　私が……父の息子ではないと」

国王は肯定も否定もしなかった。いつの間にか、先ほどまでの陽気な笑みは消えていた。

「この剣は、そなたが殺したいと思う者を確実に全員殺すことが出来る。その代わり、一度でも憎き者の血を吸わせたら、全員殺すまで止まらない。そういう魔法がかかっている。……いざというときにはそれを使いなさい」

その言葉を聞いて、手にしていた魔剣がひどく重たく感じられた。

「神子の身を守りたいなら、〝それ〟が一番確実だ」


宝物庫を出ると、すぐ目の前にオーグレンが立っていた。

「部屋にご案内します」

「……神子は？」

「もちろん、部屋にいらっしゃいますよ。そんなに怖い顔をしないでください。あの時は私も、王の命令に従っただけなのですから」

そう言ってオーグレンは苦笑いを浮かべると、客室へと案内した。

「この階に並んでいる部屋は、極秘の賓客を迎えるための隠し部屋です。私の移動魔法の魔方陣を使わない限り、辿《たど》り着《つ》くことは出来ません。この階にいる限りは外部から襲われることはないと、安心して頂ければと思います。ただし、階段を降りると、魔法の範囲外になります。決して出歩かず、何か必要な物がありましたら私をお呼びください。では……私はこれにて失礼します」

彼はそう言って歩き去ろうとしたが、ふとロイが国王から授かった剣を一瞥《いちべつ》して言った。

「……国王は、威厳があるとは言い難い方ですが、侮らない方がいいですよ。ある意味では、グランフェルト公よりも読めないお方ですから」

それだけ忠告すると、今度こそオーグレンは歩き去った。

一応、一人一部屋用意されているようだが、ロイは自分の部屋ではなく、真っ先に郁実の部屋に入った。

ドアを開けると、郁実はすでにベッドで眠っており、椅子に腰かけて本を読んでいたシグルドが「おかえりー」と顔を上げた。

「郁実くんとおしゃべりしながらお前を待ってたんだけど、途中で寝ちゃったんだ。誰かさんが無茶してからの徹夜旅だったから、さすがにタフな郁実くんも疲れてたみたい。僕が優しくお姫様抱っこでベッドに運んであげ……痛っ!!」

思いきり蹴《け》られた脛《すね》を押さえてシグルドは蹲《うずくま》った。

「なんでお前がいるんだ」

「なんでって……郁実くんを一人にしてよかったの？」

「……よくない」

「でしょー。……で、国王の渡したい物ってなんだったの？」

ロイは、鞘《さや》に収まったままの魔剣を見せた。凄《すさ》まじい重量のあるその剣を、シグルドは持つことが出来ず、床にゴトリと落としてしまった。

「……魔物にしか使えない魔剣だそうだ」

「え？　お前の正体バレてるの？」

「はっきり言われなかったが多分バレてる。この剣には殺したい奴《やつ》を確実に殺せる魔法がかかってるらしい。これで、神子《みこ》に害なす者を殺せってさ」

床に落ちたその禍々《まがまが》しい剣を、ごくりと喉《のど》を鳴らして見つめながら言った。

「あの王様、人畜無害そうで争いごとは嫌いなくせに暗殺はオーケーなんだ。さすがグランフェルト公のお兄様」

シグルドは苦笑いしながら言った後、ロイの横顔を見つめた。

「お前あいつらを、殺すの？」

「……それが一番、簡単で確実な解決方法だ。……でも、そうしたら俺は、バケモノになる」

ロイは苦し気にそう言って、静かに眠る郁実の頬を愛《いと》おし気に撫でた。

「でも、全員殺したところで、郁実に出ている死相が消えるか分からない」

「そんなの、ただの占いじゃん」

「言っただろ。ジジイたちだけじゃない。郁実はヤバイ奴に命を狙われてるんだ」

「その〝やばい奴〟、本当にいるの？　お前は一回でも見たことあるの？」

「ない。……でも、俺は郁実の言葉を信じてる」

するとシグルドは、ハッと目を見開き、どこか悔しそうに眉《まゆ》を寄せた。

彼が郁実の幻覚を疑うのも無理はない。ロイ自身、半信半疑でもあった。

だがそれでも、目の前で郁実が崖《がけ》から落ちようとしたときのことを思い出すと、今でも手が震える。

あれが郁実《いくみ》の意思による自殺ではないなら、得体の知れない強烈な悪意が、彼を取り巻いていると思った。

見えない悪意によって殺されてしまうぐらいなら、同じ世界ではなくても、結ばれなくても、相手がどこかで幸せに生きてくれることを願うべきではないだろうか。

そう思えないのは、やはり自分がエゴで生きている魔物だからだろうか。

「……まさかお前、今更郁実君を元の世界に戻そうとか思ってる？」

シグルドが冗談半分に言った言葉に、ロイは黙り込んでしまった。

そんなことは思っていない。思うはずがない。だが、それでいいのだろうかという小さな引っ掛かりがあった。

「お前なら……元の世界に帰れって言えるんだろうな」

その瞬間、シグルドは目を見開き、珍しく腹を立てたように「馬鹿にしやがって」と言った。

「昔ならそう言ったと思う。安全に暮らすことこそが、郁実君の幸せだと信じてたからね。自分が離れたくないからって、好きな子の幸せを考えてあげられないお前みたいなダサい奴にはなりたくないから」

「てめえ……っ」

「でも、郁実くんの幸せって何？　そんなの、郁実くんにしか分からないことじゃん。少しも傷つかず、平和に生きて欲しいっていうのは郁実くんの幸せじゃなくて僕のエゴだ。僕の考えも……お前と同じぐらい臆病《おくびょう》で、ダサいんだよ」

シグルドは不意に静かに立ち上がると、寝台に眠る郁実の顔を見下ろした。

なぜだろうか。

ふと幼い頃、死にかけた郁実を、シグルドの屋敷に運び込んだ夜のことを思い出した。それはシグルドもだったのだろう。「あの頃は煤《すす》の塊みたいだったのにね」と笑った。

「僕は……郁実君は何かあった時に、真っ先に自分を諦《あきら》める人だと思う。これまでず──っとそうだったじゃん？　多分彼はそうやって生きるしかなくて、骨の髄までしみ込んでるんだ。だから、お前がそうやって、自分の手を血で染めるか葛藤《かっとう》して苦しんでいることを知ったら、どれだけお前と一緒にいたくても元の世界に帰る選択を取ると思う。……でも、だからこそ。……だからこそ、お前だけは郁実くんをあきらめちゃだめだ。何があっても絶対に」

その言葉に、ロイは目を見開いた。

「ああ、あと天才治癒師として言わせて貰《もら》うと、郁実くんは早死にするタマじゃないよ。生命力が物凄《ものすご》いから、絶対死なない。僕は郁実くんの生命力を信じてる。胡散臭《うさんくさ》い占い師なんかより、世界的に有名な天才治癒師の僕の見解の方がよっぽど信憑性《しんぴょうせい》あるよ」

「シグルド……」

「？」

「……なんでもない」

ありがとうという言葉が、喉元《のどもと》まで出かかっていた。それを告げたら、「気持ち悪い」とうるさく騒ぐに決まっているから、何も言わないことにした。

だが、同じように、心から郁実を大切に想っている者の言葉は、瞼《まぶた》が少し熱くなるほどに心強かった。それを察したようにシグルドは笑うと、いつものふざけた調子で言った。

「郁実くんは死なない。必ずこの世界で幸せになるんだ。……僕とね！」

「はあ!?」

胸倉を摑もうとしたが、それをヒョイとかわされた。

「じゃあ僕は、お肌のためにそろそろ寝ようかな。おやすみ～郁実くん」

ベッドで眠る郁実にキスを投げて、シグルドは部屋を出て行った。

急に静かになった部屋で、ロイは魔剣を拾い上げて引き抜いた。おびただしい血を吸ったはずのその剣は、美しい刃をしていて、まるで鏡のようにはっきりと自分の姿が映った。

シグルドの言葉や郁実の言葉を思い出し、それを鞘にしまおうとしたとき、ほんの一瞬、刃に不気味な化け物の顔が映り、ニヤリと笑った気がした。

「……っ！」

慌ててもう一度引き抜いたが、そこには少し憔悴《しょうすい》した自分の顔が映っているだけだった。

23. 黒い影

王城で過ごすようになってから、数日が過ぎた。

今のところ、誰かに命を狙われるようなことはなく、黒沢《くろさわ》の気配も感じられなかった。

外に一切出られないため、やたらと豪華な部屋で一日過ごすことしか出来ない。

シグルドは朝から日が暮れるまで喋《しゃべ》り通しで賑《にぎ》やかにしてくれるが、夜になると「ごゆっくり」と言って自分の部屋に戻ってしまう。そのため、夜になると一気に部屋は静かになった。

二人きりになると、ロイはいつも郁実を膝《ひざ》の上に乗せ、後ろから抱きしめる。動きにくいが、苦しくなるほど幸せだった。

（なんか、アマンダさんの家にいた時のことを思い出すよなぁ）

あの時も、人目を恐れてこそこそと暮らしていたが、今はさらに閉鎖的な暮らしだ。

こんな風に幸せすぎると、また失うことが怖くなってしまう。その不安から逃れるように、郁実は上の空で夕食の残りの野菜をリルに食べさせていた。

「ギィ……ギィ……」

「よく食べるなぁリルは。偉いぞ」

そう言って指先で頭を撫《な》でていると、不意に首筋にカリッと歯を立てられ、微《かす》かな痛みに顔を顰《しか》めた。

「痛っ！　何するんだよ!?」

怒って振り返ると、ロイがムスッとしてひどく不機嫌な顔をしていた。

「俺よりその肉の塊がいいのか？」

「肉の塊って……リルだろ？」

「さっきからそいつにばっかり構ってる」

「お前な……」

三年前とは違い、肉体関係もある正式な恋人関係になると、ロイの独占欲は凄まじいものになった。

シグルドとの会話につい夢中になってしまうと、ベッドの中でそのことについて朝方まで責め立てられ、〝愛している〟と彼が満足するまで何度も言わないと解放してくれない。

その上、リルにまで嫉妬心《しっとしん》を剥《む》き出《だ》しにするのだ。

「大人げないよなあ、ロイは」

呆《あき》れたようにリルにそう話しかけていると、ロイがますます怒って抱き締める腕に力を込めた。

「痛い痛い！　あばらが折れる！」

そう叫ぶと、ロイは慌てて腕を緩めた。

リルは腹が満たされたのか、郁実の手のひらの上で眠ってしまった。それを見つめながら、郁実はふと言った。

「なあ。人間と半魔の間に子供が生まれたら、どんな感じなんだろうな」

「……？」

「あ、い、いや……違う。角《つの》は生えるのかとか、ちょっと気になっただけだ」

変な事を口走ってしまったと思い、真っ赤になって俯《うつむ》いていると、ロイが驚いた顔をして、郁実を押し倒した。

「ま、待て待て！」

「なんでだ？　子供を作ろうっていう誘いだろ今のは」

「んなわけないだろ。子供なんて出来るか！　とにかく……今日はダメだ」

そう言ってロイの下から抜け出し、ベッドではなくソファで寝ようとすると、彼は慌てたように郁実の手を摑《つか》んだ。

「は？　今日はダメ？　急になんでだ……？」

今にも死にそうな顔をされると、胸が痛くなったが、さすがに今日は無理だった。昨日も、一昨日も、朝方まで抱かれて体力が限界だった。すでに服の下は、嚙《か》み痕《あと》と鬱血《うつけつ》の痕だらけで、吸われ過ぎた乳首は腫《は》れあがり、服と擦《こす》れる度にヒリヒリと痛んだ。

半魔の体力と性欲は、郁実の想定を遥《はる》かに超えていた。

愛している相手から、溺《おぼ》れる程愛されるというのは麻薬のように中毒性があるが、さすがに体がもたない。それに今は、抱き潰《つぶ》されて動けなくなっていいような呑気《のんき》な状況ではない。

「まさか郁実、俺よりあのヘタレ治癒師を好きになったのか？」

「なんでだよ！　……そうじゃなくて、お前ヤりすぎなんだよ」

「一度の回数が多いってことか？」

直球で聞かれて郁実は真っ赤になった。

「か、回数もだし……頻度も……普通週一回とか二回ぐらいだろ。せめて週三」

「さ……ん……？」

ロイが絶望的な声を上げた。

「と、とにかく。今日は休ませてくれ。俺はもうオッサンなんだぞ」

そう言って毛布を手にソファに潜り込むと、ロイは相変わらず死にそうな顔をしながら長い沈黙の後に「分かった」と言った。

「何もしないから、一緒に寝てくれ」

その言葉は本当かと言いたくなったが、捨てられた犬のような顔で言われたら、さすがに突っぱねることも出来ずに郁実はロイを毛布の中に入れてやった。

ロイの匂いに満たされると、郁実もムラムラと来るものがあったが、体が悲鳴を上げていた。裸で抱き合うときの熱さとは違う、触れあうだけの互いの体温が心地いい。

（下腹にめちゃくちゃゴリッとしたヤツが当たってるけど……）

本当に我慢しているのだということが分かって胸が痛くなる。

「手で……抜いてやろうか？」

目を逸《そ》らしながら言うと、ロイはゴクッと喉を鳴らすと、ひどく疑わし気な顔で言った。

「お前そんなエロい言い方、誰に習ったんだ？」

「な、習う訳ないだろ。もういい。抜いてやらない。大人しく寝ろ」

そう言いながら、郁実はロイの頭をグシャグシャと撫でた後、角に手を伸ばして緩く撫でた。

「……郁実は角触るの好きだな」

「いやか？」

「郁実に触られて嫌な場所なんかない。……けど、角を撫でられるのは特に好きだ」

「そうか？」

「〝バケモノ〟の証《あかし》をそんなに嬉《うれ》しそうに触るのは郁実だけだ」

「俺の大事な大事なロイに〝バケモノ〟って言う奴は許さないって何度言ったら分かるんだ？」

そう言って額《ひたい》にデコピンを喰らわせると、ロイは少し痛そうに赤くなった場所を摩《さす》ると、不意に言った。

「……俺は絶対に自分の子孫は残したくないって思ってたんだ」

「？」

「こんな呪われた姿で生まれて、絶対に幸せになれないってずっと思ってた。でも……郁実との間になら、子供を残したいって思える。絶対に、幸せになるからな」

まさかそんなことを言われるとは思わず、不覚にも瞼が熱くなり、郁実は慌ててロイの胸に顔を埋《うず》めて隠しながら「だから子供なんて出来ないって」と笑った。

「……なあ、ロイ」

「なんだ？」

「お前、今何かに迷ってないか？」

「……」

国王に呼び出され、何を渡されたのかロイは教えてくれなかった。

だが彼は、ここに来てからずっと、何かに深く思い悩んでいる。

その迷いの正体を知りたかった。

ロイは肯定も否定もせず、お返しとばかりに郁実《いくみ》の髪を撫でながら言った。

「なあ、元の世界ってどんな世界だった？」

「え？」

「教えてくれ」

元の世界の話は、ロイにはタブーだと思っていた。父の暴力の話や、黒沢のことだけは話していたが、それ以外のことは極力話さないようにしていた。どうして急にと、少し不安になった。

——神子《みこ》には死の相が出ている。元の世界に戻った方がいい。

国王の言葉が頭をよぎる。

まさかロイは、自分を元の世界に帰したいと思っているのだろうか。

（そんな訳ないだろ。こんな寂しがり屋が……）

そう思い直すと、郁実は元の世界のことを話した。最初は少し遠慮がちに話していたが、段々と夢中になっていった。

生まれ育った世界のことを愛している人に話せるのは嬉しかった。

魔法の代わりに科学があること。子供の頃から、学校に通わなければならないこと。スマホという便利な物があること。魔石を使わなくても料理が出来ること。

「すごいな。郁実のいた世界は」

「ああ。一度……ロイにも……」

来て欲しかった。

そう言い終える前に、郁実は眠りに落ちてしまった。


その夜は、夢見があまりよくなかった。内容までは覚えていないが、魘《うな》されて飛び起きてしまった。

ロイと一緒に眠っているはずなのに、妙に肌寒く、息苦しいほどの抱擁もなかった。

違和感を覚えて目を擦りながら体を起こすと、ロイが自分を見下ろして立っていることに気づいた。

「？　ロイ……？」

部屋が暗くて表情が見えない。そのことに妙に不安を感じながら立ち上がると、不意に彼に強く腕を掴まれた。

「な、なんだよ？」

「ごめんな、郁実。こうするのが、一番いいんだ」

「え？」

「郁実はやっぱり、元の世界に戻った方がいい」

そのまま強く引っ張られると、部屋の中央には、魔方陣が光っていた。郁実は三年前を思い出して背筋が凍った。

「なっ、なんなんだよいきなり！　何が〝一番いい〟だ！」

「このままこの世界にいたら殺される。頼む。郁実は元の世界で……生きてくれ」

「ふざけんな！　俺が元の世界に帰ること、あんなに怯《おび》えてたくせに！　俺を信じられないって怒ったくせに！　急になんなんだよ！」

怒って必死に叫ぶが、ロイの力には敵《かな》わず、少しずつ魔方陣に体が近づいていく。あの中にほんの一瞬でも足を乗せたら、そのまままもう二度と、こちらの世界には戻ってこられなくなる。

「……っ」

もう二度とロイに会えない。死ぬ時も、別の世界で死ぬのだ。

そう思うと、郁実は苦しくて怖くてたまらなくなり、反射的に渾身《こんしん》の力でロイの腕を振りほどき、部屋を飛び出した。

「待て！　郁実！」

追いかけてくるロイから、必死に逃げた。捕まってしまったら、力では敵わない。

（いやだ……ロイ、どうして……）

廊下を飛び出し、階段を駆け降りるが、ロイはまだ追いかけてくる。それでも必死に走っていると、廊下の向こうからオーグレンが現れるのが見えた。

「神子。逃げないでください。こうするのが一番いいんです。ロイ殿の決断を受け入れて下さい」

そうして彼は、足元に魔方陣を書いた。

挟み撃ちにされる。そう思い、絶望した時だった。

「郁実くん！　こっち！」

シグルドに手を強く引っ張られた。彼は廊下に飾られた彫像を押してずらすと、その下にあった小さな隠し扉を開けた。下へ下る階段が続いている。

シグルドは、郁実の手を引き、息を切らせて駆け下りながら言った。

「郁実くんは、この世界にいなくちゃダメだ。あの馬鹿は僕が説得するから、とにかく、今は逃げて！　こっちに抜け道があるから、早く！」

手を引かれるまま、シグルドと共に必死に走った。真っ暗な廊下を、道を。長いこと使われていなかったようなどこまでも続く薄暗く苔生《こけむ》した地下水路を。

パシャパシャと水しぶきを立ててひた走ると、やがて不意に目の前が明るくなった。

いつの間にか、外に出たのだ。空にはぽっかりと満月が輝いている。

シグルドはぜえぜえと荒い息を吐き、額の汗を拭《ぬぐ》いながら言った。

「よし。ここまでくればもう大丈夫。アマンダにも手紙を書いたから、屋敷の人間が迎えに来てくれるよ。しばらく匿《かくま》って貰《もら》おう」

「……あ、ありが……」

月明かりの眩《まぶ》しさに目を細めたそのとき、急に悪い夢から醒《さ》めたように郁実はハッとした。

「待ってくれシグルド……お前こんな抜け道、どこで知った？」

するとシグルドは、ゆっくりと振り返ってにっこりと笑った。

「……僕のお父さん、国王の主治医だって言ったじゃん」

「でも、城に来るのは初めてのはずだろ？」

夢中で走り続けて、違和感に気づく間もなかった。郁実が問いかけた瞬間、ふっと目の前からシグルドの姿が消えた。

「え……？　し、シグルド!?」

慌てて辺りを見回したが、シグルドの姿はどこにもなかった。

一体何が起きたのか。

これは夢ではないだろうか。そもそも、ロイが「元の世界に戻れ」なんて、あんなことを言う訳がない。

（一体……どこからどこまで……）

まさに狐《きつね》につままれたような気持ちで呆然《ぼうぜん》と立ち尽くしていると、服のポケットの中から、「ギイ……ギィ……」と声がした。

「リ、ル……？」

視線を落とすと、リルが、臓物のような体についた無機質な目でこちらを見上げていた。

なぜだろう。長いこと一緒に暮らしていたリルが、その時急に、不気味な〝バケモノ〟に見えた。

思わず息を呑《の》むと、リルが真っ赤な口を開けて笑った。

――佐久間《さくま》さん。

「え……？」

リルがはっきり、そう言った気がした。

そんなはずはない。やはり何か、悪い夢を見ているんだ。

慌てて目を擦るが、リルはやはり、不気味に笑っていた。

〝魔物リルゼルは、色々な物に化けて森を通る人間を唆《そそのか》し、悪戯《いたずら》をする弱い魔物〟

どうして、気づかなかったのだろう。

リルは全くの無害な魔物だと、どうして信じ込んでいたのだろう。そこに、どんな魂が宿っているとも知らずに。

いつのまにか、ガクガクと足が震えていた。

「リル……お前……まさか」

いつの間にか、目の前に黒沢《くろさわ》が立っていた。

――ようやく、気づいてくれたんですね。

彼は感動したように声を弾ませて、心の底から幸せそうに笑った。

――僕がどんな姿になっても、あなたは僕を見つけて、助けてくれる。その運命は、変わらないんですね。

慌てて元来た道を引き返そうとしたとき、目の前に多くの人影が見えた。

グランフェルトと、武装した兵士たち。それから神官たちだ。中央には、神官長が立っている。

「なっ……」

「……まさか神子の方から出てきてくださるとは。我々が手荒な真似《まね》をするまでもなかったな」

グランフェルトが薄く笑みを浮かべながら言った。

「神子。お許しください」

そう言われるや否や、背後から神官に口を塞《ふさ》がれた。それと同時に、強烈な眠気が襲ってくる。

(ロ、イ……)

全部きっと、黒沢が……リルが見せた幻覚だった。

ロイが、元の世界に戻れなんて言うはずがない。どうして信じられなかったのだろう。

信じていればこんなことにならなかったのに。

(ダメだ。寝るな。ロイのところに戻るんだ……)

神官たちが自分を運ぼうと手を伸ばしてくるのを死に物狂いで這《は》って、逃げようとする。

「おや、すごいですね。大型な獣すら一瞬で眠らせる強力な眠り薬なのですが」

神官長が感心したように笑った。

その耳障りな声を聞きながら、郁実の意識はついに途切れた。

奈落《ならく》の底《そこ》のような眠りに叩《たた》き落《お》とされる瞬間、耳元でギィギィという、リルの声がした。

それはまるで、笑い声のようだった。

24. 愛と暴力

轟音《ごうおん》に目を覚ますと、手足が動かなかった。

あの時嗅《か》がされた眠り薬の後遺症か、ひどく頭が痛く体が怠《だる》い。

ぼやけた視界の中で回りを見渡すと、大きな、木の籠《かご》のような檻《おり》の中に入れられているようで、北岸の崖《がけ》が見えた。

あの向こう側には、おそらく魂の墓場の大渦があるのだろう。

噎《む》せ返るような甘い匂いが鼻をつく。身の回りには、たくさんの美しい花が敷き詰められていた。

――葬送。

そんな言葉がふと頭に浮かび、ゾッとした。

多くの神官たちが、何か儀式の準備のようなことに追われている。それがなんの儀式なのか、郁実はすぐに分かった。

檻の前には、コニーが見張りとして立っていた。

「コニー……」

郁実は嗄《かす》れた声で呼びかけてみたが、彼は微動だにせず、こちらを振り向きもしない。

当たり前のことだ。彼が自分に尽くしてくれたのは、神子として信仰されていたからであり、その役目を放棄して逃げ出した以上はもう何者でもないのだろう。

だが郁実は、ここで死ぬわけにはいかなかった。

かつての自分なら、こんな状況下では諦《あきら》めていたと思う。子供の頃からそうだった。

自分が何かを諦めることで、全てが上手《うま》くいくと思い込んでいた。

だが、今はそうではない。

愛する人と、一緒に歩んでいく未来のために、やりたいことも知りたいこともたくさんあった。

諦めてはいけない理由がたくさんあった。

どうにか手足の縄をほどこうと、めちゃくちゃに手を動かしていると、花の陰からリルが顔を出し、こちらに這ってきた。

「ギィ……ギィ……」

——佐久間さん、もうすぐあなた殺されるんですよ。これで永遠に、一緒ですね。

黒沢の声がする。ふと顔を上げると、目の前に、黒沢がひどく嬉《うれ》しそうな顔をして座っていた。

「……一緒じゃない。あの渦に落ちたら、俺たちは消えるだけだ。何も残らない。お前と一緒になる気なんて、俺にはさらさらない」

すると黒沢は、怒りに顔を歪《ゆが》めた。

——なんで、素直にならないんだ。こんなに愛しているのに……。

「愛？　ふざけるな。こんなの愛じゃない。お前はずっと、一人で死ぬのが怖いだけだ。生きる理由が見つからなくて、その寂しさを紛らわすために勝手に俺を生きがいにした。俺が思い通りにならないからって勝手に絶望して、それで今度は、死ぬ場所と、死ぬための理由を探しているだけだろ」

　すると黒沢は面白いことを聞いたというように笑い出した。

――それはあんたもだろ佐久間さん。両親は暴力三昧《ざんまい》で、頼れる大人もいなくて寂しかったんだろ？　それで必死に弟を愛した。でも、全然相手にしてもらえなくて、今度は僕の世話を焼いて……勝手に弟の代わりにしようとした。いいか？　僕たちは似た者同士なんだよ。……一緒に死ぬべきだ。

「そうだな。昔の俺は、お前と似た者同士だったかもしれない」

　郁実《いくみ》は、手足を捩《よじ》りながら、黒沢を睨《にら》みつけて言った。

「ずっと寂しかったよ。誰かを愛さないと生きていけなくて、勝手に色んな奴《やつ》を愛した。うざがられても弟を必死で愛した。お前のことも愛した。シグルドも、アマンダさんも……それから……ロイのこと。みんなそれぞれ、全然違う形で愛してる」

――その中途半端な愛情が、全部裏目に出て、今こんなことになってるんだよ。ケガした魔物まで拾って育てて。

　リルがギィギィと笑った。

「そうだよ。全部俺がした結果だ。だから誰のことも恨んでない」

――嘘だ。偽善者め！

「嘘じゃない。自分の愛と同じ形で返ってこなかったからって、憎んだり、まして殺そうとしたり……そんなことをしたら、愛は歪んでただの暴力になる。お前が独りぼっちなのは、そうやって暴力を振るっているからだ」

——……違う。

黒沢が首を振り、苛々《いらいら》と爪を噛《か》む。郁実はそのギラついた目を真っすぐ見て言った。

「愛は勝手なものなんだから最初から返ってくると思うな。……自分の思う形で返ってこなくても、ちゃんと愛していれば、いつか必ず別の形でも返ってくる」

まだ間に合う。

そう言うと、黒沢は瞳《ひとみ》を揺らして俯《うつむ》いた。

——まだ間に合う？　何言ってるんだ。こんなバケモノの姿で誰かを愛しても、誰がどんな形で返してくれるっていうんだ？　もう死ぬしかないじゃないか。一緒に死んでくれよ。頼むから。怖いんだ……一人が怖いんだよ。人間の時から、誰も愛してくれなかった。父さんも母さんも、親戚《しんせき》も友達もみんなから嫌われて……僕には佐久間さんだけなんだ。

「俺は……リルを愛してるぞ。家族みたいに思ってる。お前にはそれも、伝わってなかったのか」

黒沢がハッとして不意に黙り込んだ。その頬を、涙が伝い落ちる。

遠くの方で鐘の音が鳴った。

神官たちが集まってきて、もうすぐ儀式が始まる。

いつの間にか黒沢の姿は見えなくなっていて、リルは花影に隠れてじっとしていた。

郁実は一心不乱に縄をほどこうとした。麻縄が肌に擦《こす》れ、血が流れてひどく痛んだ。

耐えがたい痛みに顔を顰《しか》めながら、黒沢の苦しみを思った。彼の気持ちは痛い程分かる。愛が同じ形で返ってこないことは苦しい。ロイに自分を信じて貰えなかった時、胸が引き裂かれるほど辛《つら》かったし、想いが通じ合った時は体が震える程の幸せに包まれた。

もう、二度と離れたくない。

もはや彼は今、自分の半身だった。


ロイはシグルドと共に、ルゲラに乗って猛スピードで神殿に戻っていた。

昨晩、郁実は夜中に恐ろしい夢でも見たのか、ひどく魘《うな》されていた。

驚いて起こそうとしたが、郁実は目を覚ますと、ひどく怯《おび》えた錯乱状態でロイの元から逃げ出し、そのまま行方が分からなくなってしまった。

オーグレンたちにも伝え、焦燥《しょうそう》に駆られて城中を探し回ったが、彼はどこにもいなかった。

城の人間が詳しく調べてくれたが、昔、敵に急襲されたときのために作られた隠し通路を通って、外に逃げたようだ。どうして郁実が、そんな通路を知っていたのかわからない。

おそらく、〝バケモノ〟の仕業だろう。だが、今はその正体よりも彼の行先を探す方が重要だった。

城の有事の際の脱出経路である地下水路の果ては、人目につかない町外れに繋《つな》がっている。

神殿の人間たちが真夜中にその場にいるのを見たという目撃情報を聞くと、ロイたちはただちに神殿に向かうことにした。

だが、神殿までは馬を飛ばしても相当時間がかかる。そもそも船も出してもらえないだろう。イチかバチか森に行ってみると、ルゲラが走り寄ってきた。ずっと森の入り口で待っていてくれたようだ。

ルゲラの背に乗って、シグルドと共に急いで神殿を目指した。

「郁実くん、まさかすぐに殺されるってことはないよね？」

「いや……俺たちが追ってくることは想定済みだろうから、すぐに始末するつもりだと思う。国王が言っていたことが本当で、神子《みこ》は殺さなければ取り換えられないのだとしたら、悪事のことを郁実が知ったと気づいたときから、おそらく殺すつもりだっただろうからな。金をばら撒《ま》いて黒い噂《うわさ》には蓋《ふた》をして、郁実を始末する。その上で、新しく何も知らない神子を迎えて取り換えて、何事もなかったように振舞うはずだ」

「……まじサイアク」

ルゲラは夜の闇と朝日に白む空を駆け抜け、神殿に着いたのは昼を過ぎてのことだった。

辺りは当然明るく、このまま着陸したらひどく目立ちそうだが、郁実が殺されるとしたら、あの大渦のある北岸だ。目立たない場所に降りて、階段を駆け上がっている暇はなかった。

このまま大渦のある北の崖に突っ込もう。そう思っていた時、不意にルゲラが悲鳴を上げ、急降下した。

「うわあああああっ！　ルーくん!?」

「どうした!?」

遠くの方に、弓を構えた兵士の姿が見えた。

神官は非武装のはずだから、おそらく祖父の配下だろう。それに気づくと、ロイは舌打ちした。

「クソッ、ジジイもいやがるのか……」

ルゲラは苦しそうに咆哮《ほうこう》すると、そのままあちこち蛇行して、東の浜に落下した。

「痛ったぁ〜〜」

「おい、大丈夫か!?」

ルゲラの肩に刺さった矢を引き抜こうとすると、シグルドがそれを制した。

「この子は僕が診《み》る。お前はとにかく先行って！」

ロイは頷《うなず》くと、北岸へと続く長い階段を駆け上がった。

（頼む……っ、間に合ってくれ！）

だが、階段には神官だけではなく武装した兵士が配備されていて、ロイの姿を見ると剣を構えて立ち塞がった。

「殺されたくなかったらどけ」

「申し訳ございません。グランフェルト様のご命令により、ここはお通しできません」

「……クソッ」

ロイは剣を引き抜かずに鞘《さや》ごと手に取ると、彼らの剣を次々と跳ね飛ばし、頭を殴って気絶させて行った。斬り捨てる方が遥《はる》かに簡単だが、殺しをしないで欲しいという郁実の願いを思えばやむを得なかった。

「つ、強すぎる……」

「本当に、人間なのか？」

倒れた兵士たちの呻《うめ》き声《ごえ》を聞きながら、階段を駆け上がる。ようやく頂上が見えてくるとそこには大勢の神官たちが祈りの言葉を捧《ささ》げていた。

グランフェルトと神官長も椅子に腰かけ、その儀式の様子を満足気に眺めている。

その中央には、郁実がいた。木の籠を編んだような、檻の中で静かに座っていた。

「郁実……っ」

覚悟を決めたような横顔に、ロイはひどく嫌な予感がした。

「神子……どうかお許しください。お許しください」

檻の周りに立つ神官たちが震えながらその場に跪《ひざまず》き、懺悔《ざんげ》している。

「やれ」

祖父が指示を出すと、神官長が神官たちに向かって微笑《ほほえ》み、頷《うなず》いた。

「神子様。お許しください。お許しください……っ」

神官たちはそう祈り続けながらも、指示通り木籠を思い切り押した。

「待て……っ、やめろおおおお！」

ロイは必死に走った。少し前に、郁実がここから飛び降りようとしたとき、止めたときのことを思い出した。

あの時は、間一髪で間に合った。

今度も、絶対に間に合わせる。そう思い、必死に手を伸ばした。なんとか指先が木の籠を摑《つか》んだと思ったが、次の瞬間、パキリと折れた。

「……っ」

それは本当に、一瞬の出来事だった。木の籠は海へ向かって真っ逆さまに落ちて行く。中に敷き詰められていた花が木籠から幾つか零《こぼ》れ、宙を舞った。

「郁実――――――っ!!!!」

絶望の絶叫が、渦の轟音《ごうおん》に掻《か》き消された。

木籠は岩場にぶつかると、大破し、波に攫《さら》われ、渦の中に飲まれていった。

(嘘だろ……嘘だ)

背後では神官たちが、神子の魂に鎮魂の祈りを捧げている。

それを聞いて、ロイは目の前が真っ赤になるような怒りが湧き、わなわなと手を震わせて鞘から剣を引き抜いた。

体中が憎しみにあふれていた。ギリギリと力を込めて摑み直すと、その瞬間、剣は赤く鈍い光を放った。

(殺す……全員殺してやる……)

もう人間の姿を保つことが出来ず、自然と体を黒炎が取り巻き、魔物の姿になった。

25. 優しい風

「あ、あれは……」

「なんということだ！　バケモノ、バケモノだ！」

バケモノ、バケモノ、という声が上がり、怖《お》じ気《け》づいた神官や、兵士たちが後ずさって離れていく。

ロイは赤く光る剣を手に、祖父の元へ一歩ずつ近づいた。

一歩近づくごとに憎悪が、黒炎となって立ち上り体にまとわりつく。

ロイの凄《すさ》まじい殺気に、グランフェルトは焦った様子で立ち上がった。

「おい、何してる。このバケモノを殺せ」

祖父が慌ててそう命じたが、黒炎に怯えた兵士たちは剣を握りしめたまま動けないでいる。

「待て、なぜ私に刃《やいば》を向ける」

「バケモノは殺せって言ったよな。だから殺すんだよ！」

ロイは祖父を蹴《け》り、地面に這《は》いつくばらせた。

冷たい檻《おり》。極度の飢え。殴られ、蹴られる痛み。絶望的な孤独。病んだ母の泣き声。

命よりも大事な愛《いと》しい者を目の前で殺された身を裂かれるような痛み。

そのすべてを今、この男に返してやりたいと思った。

憎しみに身を任せて背中めがけてまっすぐ剣を振り下ろそうとした。

「死ね！　バケモノ！」

だがその時、不意に生ぬるい海風が吹いて、頬を、角《つの》を、優しく撫《な》でた。

たったそれだけのことで、優しく愛おしそうに自分の角を撫でる郁実の笑顔を思い出して不意に瞼《まぶた》が熱くなり、まるで魔法でもかけられたかのように体が動かなくなった。

この男をめった刺しにして殺したとしても、それを見て苦しむ郁実はもうこの世にいない。

この男を殺すべきだ。この男こそがバケモノだ。そう思うのに、どうしてもその剣を振り下ろせない。

全身に、優しく残酷な呪いをかけられたようだ。

復讐《ふくしゅう》すら、果たさせてくれないのか。

そう思い、力なく剣を下ろそうとした瞬間、背中に激しい痛みを感じた。

「っ……」

矢だ。誰かが矢を射った。どこからか、再び二本目の弓を引く音がする。

振り返り、剣で叩《たた》き落《お》とすことも出来た。

だが、ロイはそれをせず、剣を地面に放った。

ロイが武器を手放したことに気づくと、それを皮切りに兵士たちが次々と襲いかかり、剣が振りかざされた。射られ、斬られ、朦朧《もうろう》としてしばらくすると立っていられなくなりロイはその場に倒

れ込んだ。

どす黒い血が体中から噴き出すように流れ、自分の血で剣が汚れていく。だが、剣の呪いは発動しない。剣に宿っていた不気味な赤い光はいつのまにか消えていた。

もう、この剣を持って戦うだけの力がないからだろうか。

その時、不意に神官たちが悲鳴を上げた。上空から、強力な黒炎が放たれ、地面を焼き尽くしたのだ。

「うわああ!!　魔物だ!!」

ルゲラだ。

シグルドを乗せたルゲラが、上空から黒炎を噴いている。

ルゲラはこの神殿にひどい目に遭わされた。その憎しみは、根深い。

慌てて兵士が矢を射ようとしたが、ルゲラは今度はそれをひらりとかわし、再びすさまじい黒炎を吐く。その炎は、神官長や、グランフェルトにも平等に襲い掛かった。

「ギャアアアアアッ」

誰か、助けてくれ。

そう叫ぶ声がするが、神子を殺した彼らにその加護はなく、身を焼かれながら必死に逃げまどう。

やがて、ほとんどが逃げて誰もいなくなったその場所に、ルゲラとともにシグルドが降り立った。

「ちょっとちょっと。どうしちゃったのその満身創痍《まんしんそうい》。死ぬ寸前じゃん！　なんで抵抗しなかったの!?」

シグルドがすぐに傷を治癒しようとしたが、ロイはそれを手で制した。

「……郁実《いくみ》くんは？」

ロイは視線だけ動かして、崖《がけ》の向こう側を見た。

「まさか……」

シグルドが空色の目を見開いた。

「嘘だろ……嘘だ……」

信じない。そう言って首を振りながらも、シグルドは両目に大粒の涙を浮かべた。

「この目で見た。治療は……しなくていい。……頼む。俺を、あの場所に投げ込んでくれ」

「……」

「郁実のところに行きたいんだ。たのむ……シグルド……」

シグルドは長いこと考えこんでいたが、やがて無言でロイの無数の傷痕《きずあと》に手をかざして魔法をかけた。

「僕の治癒率百％に傷がつく」

「……」

シグルドは致命傷から治そうと力を込めたが、少しも傷がふさがらない。ロイに生きようという意志がないからだ。それに気づくと、彼は怒りに顔を歪《ゆが》めた。

「……ふざけるなよ。ここでお前が死んだら、郁実くんの今までの頑張りはなんだったの？　お前のために、郁実くんはどれだけの傷を負ったと思う？　僕が何度それを治してきたと思う？　お前が死んだら、全部無駄になるんだよ!!」

シグルドの悲鳴のような声を聞きながら、徐々に意識が遠のいていく。

子供の頃の夢を見た。

郁実の顔は煤《すす》だらけで真っ黒で、骨と皮だけのように痩《や》せていて、それでも、たった一杯の食事を自分に譲ってくれた。

――頑張って生きないとな。

（そうだ……郁実のために……）

郁実のために、生きなければならない。彼が生きていた全ての証《あかし》を、なくしたくない。

拳《こぶし》を握り締めて、切れかかった命の糸を必死で手繰り寄せようとした。

それでもやはり、その糸は繋《つな》がらず、ロイはついに瞼を閉じた。長い眠りの中に落ちていく瞬間、誰かがロイの手を強く握った気がした。

長い長い夢を見ていた。

夢の中で、郁実はずっと泣いていて、「ごめん」とロイに謝ってばかりいる。

なぜ泣くのか。なぜ謝るのか。

理由を聞きたくて手を伸ばしても、彼を抱き締めることは出来ない。

その長い夢から目が覚めた時、たくさんの天使が飛んでいるのが目に入った。

「……天使……？」

自分はきっと天国には行けないだろうと思っていたけれど、あの時剣を振るわなかったことで、郁実と同じ場所に行けたのだろうか。夢うつつにそう思っていると、ふと、懐かしい声がしてきた。

「やあねえあんたまで。私は天使じゃないわよ」

「アマンダ!?」

驚いてロイは飛び起きた。途端に全身に激痛が走り、腹を押さえて呻《うめ》く。

「ふふ、久しぶりね。いい男になりすぎて、最初誰だか分からなかったわよ」

そう言って笑う彼女は、あの頃と変わらず恰幅《かっぷく》がよく、そして優し気だった。

「……俺は、生きてるのか」

「シグルド坊ちゃまが治して下さったのよ。でもまだ絶対安静。命に係わる傷が、三十か所もあったんだから」

よく生きててくれたわ、とアマンダが涙を浮かべて嬉《うれ》しそうに笑った。

その笑顔に、まるで故郷の母親と再会したような、そんな気分になった。

アマンダも、シグルドもいる。

それなのに、この世界に、ただ一人生き残ってしまったような身を裂かれるような苦しみが襲ってきて、包帯の巻かれた左手で目を覆った。

この世界に、郁実が、郁実だけがいない。

アマンダがロイの肩を優しく撫でながら何か言おうとしたとき、勢いよくドアが開いた。

「なあんだ。その馬鹿、目覚ましちゃったの？」

シグルドがひどくつまらなそうに言いながら部屋に入ってきた。

「ちょっとー。命助けてやったのに何その顔」

「坊ちゃま！」

アマンダが窘《たしな》めるように言った。

「だってせっかくこっちがぶっ倒れるまで魔法かけて助けてやったっていうのに、生きてて絶望、みたいな顔しちゃってさー。絶望なのはこっちだよ。まあ治癒率百%が破られなかったのはよかったけど」

「…………」

「せっかくお前が死んじゃったら、未亡人になった郁実くんには僕が結婚を申し込もうと思ってたのにー」

聞き慣れた軽口だったが、腹が立たないことがひどくむなしかった。郁実はもうこの世にいないのだから。

項垂《うなだ》れていると、不意に、角に優しく触れる感触があった。

また風か、幻覚だろうか。

「ロイ……」

確かに聞こえた涙声に、顔を上げた。

「……？」

何度も夢に見た郁実の泣き顔がそこにあった。かなりやつれていたが、間違いなく郁実の顔だ。

なんで。

そう言うよりも早く、郁実がロイを温かい腕で抱き締めた。

「ロイ……っ!!」

信じられない。どういうことだ。どうして、彼が生きている。

何も分からないのに涙腺《るいせん》が壊れたように涙が溢《あふ》れて、ロイは全身が痛むのも構わず郁実をきつく抱き締めた。

「……じゃ、僕たちは席を外そうかアマンダ」

両手を胸の前で組み、固唾《かたず》をのんで見守っているアマンダの肩を叩き、シグルドが外へと促した。

「でも……気になりますわ」

「分かる。分かるけどダメだよアマンダ。空気読んであっちで僕とデートしてよ」

「んまあ！」

二人きりになると、ロイは未《いま》だに天井の天使と、目の前の郁実を見比べて真剣な顔で言った。

「……ここはやっぱり天国っていう場所なのか？」

すると郁実は泣《な》き腫《は》らした顔で思わず吹き出し、「そんな訳ないだろ」と言った。

「でも、じゃあどうやって助かった。あの時……崖から落とされたのは、確かにお前だった。替え玉じゃなかった」

あの大渦に落ちたら、ひとたまりもないはずだ。すると郁実は辛《つら》そうに顔を曇らせた。

「違う。俺じゃないんだ。もしあの籠《かご》の中に誰かいたなら……それが俺の姿に見えたなら、それはきっと〝幻覚〟だ」

郁実は椅子に腰かけると、俯《うつむ》いてポツリポツリとあの時のことを話し始めた。

26. コニーの秘策

あの時。

郁実は必死に縄を解こうと身を捩《よじ》っていた。もう儀式が始まる直前で、ほとんどの神官たちが、準備のため集まってきていた。

たとえこの縄を解けても、多くの神官たちの目をかいくぐって逃げるのは不可能に近いだろう。

絶望に打ちひしがれそうになっていた時、檻《おり》の前で見張りをしていたコニーが前を向いたまま不意に言った。

「神子《みこ》。こちらに寄ってください」

「……？」

「早く」

急《せ》かされて、郁実は訳も分からないまま手足を縛られた不自由な体勢で這《は》っていった。檻の端に来ると、コニーは後ろ手に隠し持ったナイフで郁実を拘束している縄を切った。

「え……？」

「落ち着いて従ってください。失敗は許されないので」

それはいつもの彼のおどおど、ボソボソとした喋《しゃべ》り方ではなく、どこか覚悟を決めたような冷静な声だった。

「その花の中には、神官の服が隠してあります。僕の後ろで、素早くそれに着替えてください。脱いだ服は、花の中に隠してください」

長いこと縛られていて手がしびれており、なかなかいうことを利かないが、コニーの陰に隠れるように身を屈《かが》めて、必死に着替えた。

郁実が着替えを済ませたことを確認すると、コニーは辺りを見回して、木籠の錠を外した。

「神官たちのほとんどは、儀式のため外にいます。神殿の中を通って逃げてください」

「でも……コニーは大丈夫なのか。俺を逃がして……それに」

郁実が、花の陰にいるリルを見つめると、コニーは首を横に振った。

「行ってください。その魔物は、僕が責任を持って預かりますから」

「いや、でも……」

尚《なお》も渋ると、コニーは不意に顔を上げて真っすぐ郁実を見た。

いつも俯いていた彼の、分厚い前髪に覆われていたその目をはっきり見たのは初めてのことで、郁実は少しドキッとした。彼は澄み切った青い瞳《ひとみ》を細めて笑いながら言った。

「僕、神子よりずっと神殿にも神官にも詳しいですよ。どの神官に気を付けるべきか、どう誤魔化すべきかよく分かってます。いくらでもこの場を切り抜ける手立てならありますから。さあ、早く行ってください」

淀《よど》みなくそう言った彼は、いつものオドオドした態度とはまるで違っている。何か絶対的な策があるように見えた。

「でも、どうやって切り抜けるつもりだ?」

どうしても心配でそう尋ねると、コニーは辺りを見回して言った。

「今は呑気《のんき》にお喋りしている場合ではないでしょう。せっかくの僕の作戦が台なしになります。……秘策についてはまた後ほど。神子のお命を救った武勇伝として存分に語らせてください」

さあ早く行って。

力強く背中を押され、郁実《いくみ》はようやく頷《うなず》いた。

「コニー……ありがとう。後で必ず礼をする。助けてくれてありがとう。本当に、ありがとう」

時間がないのは分かっている。

それでも、絶望的な状況を救ってくれたことに、言葉では言い表せない謝意を、涙を流しながら口にした。

コニーはそれに対して何か言おうとしたが、結局口を噤《つぐ》んだ。少し俯いてしまうと、彼の目元は分厚い前髪で再び覆われて見えなくなってしまったが、口元は心から幸せそうに微笑《ほほえ》んでいた。

郁実は神官の帽子を目深に被《かぶ》って神殿の中を通り、人目につかないように道を選びながら階段を必死に駆け下りた。

だが途中で、いつまでも騒ぎにならず、追手が来る気配もないことに違和感を覚えた。

「……?」

——僕は、全てを捨ててここに来ました。この命は全て、神子様に捧《ささ》げるつもりです。

初めて会った時にコニーに言われた言葉を思い出し、嫌な予感がした。

コニーは、絶対に郁実を逃がせる策があるようだった。後でその策について話してくれると言ってくれた。力強いあの言葉が嘘だったとはとても思えない。

（いや、でも……）

だがどうしても、何か嫌な予感がする。

慌てて引き返し、再び必死に走って神殿の階段を駆け上がり、北岸を目指した。途中、何度か上の方で神官たちの悲鳴が上がったのが聞こえた。

心臓が破れそうになるぐらい必死に走ってようやく辿《たど》り着いた時、北岸の頂上は黒い炎が一面に上がっていて、逃げ惑う神官や、瘴気《しょうき》に倒れた兵士たちで混乱していた。

その中で血まみれで倒れているロイと、必死に治癒魔法を施すシグルド。それを見た時、血の気が引いた。何があったのかは、全部シグルドが教えてくれた。

郁実はその場にいなかったのにも拘《かか》わらず、何事もなく神子を魂の墓場に落とす儀式が行われたこと。その一部始終をロイが見ていたこと。

怒ったロイがグランフェルトたちを殺そうとして、出来なかったこと。そして無抵抗のまま殺されかけて、シグルドの治癒魔法も効かないほどの命の危機に瀕《ひん》していること。

全てを聞いて、郁実は激しく後悔した。

自分が暴力が嫌いだと、誰も殺さないで欲しいと言ったばかりに、おそらくロイは剣を振るわなかった。そのせいで、彼は自分の命すら守ることが出来なかったのだ。

「ごめん……ごめんな、ロイ……俺のせいだ……」

たまらず縋《すが》りついて謝ると、シグルドが首を横に振った。

「それは違うよ、郁実くん。……こいつの身体能力なら、剣なんて使わなくてもこんなハチの巣にされるはずない。郁実君が死んだと思って……同じ場所に行きたかったんだ。郁実くんはこっちにいるって、なんとか知らせなきゃ。多分戻ってこられないと思う。僕の力じゃどうにもならないから……郁実くん、手を握って、呼びかけてあげて」

それから郁実はずっと、ロイの手を握りしめて呼びかけ続けた。

「……ロイ。俺は生きてる。生きてるから……頼む、戻ってきてくれ。一緒に過ごそう。今度こそ……一緒に同じ世界を生きよう」


全てを話し終わり、郁実はロイを見つめた。

「俺は生きてるんだ。でも……コニーもリルもどうしても見つからない。ずっと探してるんだけど……ヤルン島のどこにもいなくて、家にも戻ってないって」

コニーは自分の代わりに死んだのではないか。

考えたくないが、状況的に、そうとしか思えなかった。

どうして彼がそこまでしてくれたのかも、最後まで分からないままだった。

ここまでの激しい愛を貰《もら》っておきながら、郁実は何一つ返せなかった。

コニーの屋敷に出向いて彼の両親に、自分のために彼が命を落としたかもしれないと話して謝罪したが息子《むすこ》が死んだかもしれないというのに彼らはなんの反応も示さなかった。親だけでなく、兄弟もそうだった。

彼は最後まで独りぼっちで、あの暗い渦の底に沈んだのか。

そう思うと、辛くて悲しくて仕方がなかった。

「コニーが俺の代わりに死んじゃってたらどうしよう。俺は……コニーに何一つ返してやらなかったのに」

「分からないだろ。郁実だって死んだと思ったらこうして生きてた。どこかで生きていて、そのうち武勇伝を語りに来るかもしれない」

ロイはそう言った後、少し間を置いて言った。

「それに……コニーの幸せは、コニーにしか分からないんだからな」

「でも………」

でも、と声を震わせると、ロイが郁実の体をきつく抱き締めた。

「……こっちに戻って来られてよかった。やっと抱き締められる」

「……？」

「長いことずっと、郁実が一人で泣いてる夢を見てたんだ」

ロイはそう言って、ただ黙って郁実を抱き締めてくれた。途方もない罪悪感も、悲しみも、全て一緒に抱えてくれる。そんな気がした。

27. 生きる理由、死ぬ理由

人間は、誰しも愛されたがる生き物だ。

だが、愛を貰える人間というのは限られている。コニーは子供の頃からそれをよく知っていた。

人間は一度の人生で注げる愛の量が決まっていて、涸《か》れない泉のような愛情を持っている人はほとんどいない。

皆その愛は、自分自身と、自分が愛する人に注ぐだけで精一杯だ。道端で蠢《うごめ》く虫にまでかけるような愛情はない。

コニーは、その愛を一度も受けることは出来なかった。

裕福な家の生まれで、両親は子宝に恵まれたため、九人も兄弟がいた。上の八人は、それなりに愛されていたが、愚鈍な自分だけは使用人にすら疎《うと》まれていた。朝の挨拶《あいさつ》すら誰からも返されない。

屋敷に巣くう幽霊のように、透明な存在。

そのまま冷たい屋敷の中で一人、誰からも気に留められることもなく一生を終えるのだろうと思っていた。

だが、そんなある日のことだった。

街に、神子がやってきた。どんな人も愛してくれるという慈悲深い神子様。

そう呼ばれた彼を、街の人々は皆こぞって見に行き、コニーもまた雑踏に埋もれながら見に行った。

神子は見ず知らずの街の人間たちのために、倒れるまで必死に魔法を使い、森に結界を張ってくれた。その姿にコニーは衝撃を受けた。

——この人のために生きたい。

そうして初めて、あの冷たい屋敷を出る決意を固めたのだ。

神官になったら死ぬまで神殿で過ごすことになるため、積極的になりたがる若者はいなかった。

だが、二度と故郷に戻れないことなどどうでもよかった。

神官になろう。そうして、神子にこの命を捧げよう。

生まれて初めて、自分が生きている意味を見つけることが出来た気がした。

その日からコニーにとって郁実が自分の世界の全てで、神様となった。

神殿内ではいつもその姿を追いかけ、彼の全てを知ろうとした。

神子が半魔の男と愛し合っていたことも知っていたし、醜い魔物を密《ひそ》かに保護していることも知っていた。

元の世界から、彼を狙っている〝何か〟がいることも知った。

神子について回ることで神殿内でいじめられることも、どうでもよかった。屋敷で暮らしていた頃、兄たちに遊び半分で殴られることなど、よくあることだったし、今更何も感じなかった。

道端を這う虫は意味もなく踏《ふ》み潰《つぶ》されるものだ。

だが、信じられないことに、郁実は自分を庇《かば》ってくれたのだ。

誰かが自分を、身を挺《てい》して庇ってくれる。

こんな経験は、後にも先にも一度もない。あの夢のような一回だけだった。

郁実にとっては大した事ではなかったのだろう。だが、それは、砂漠を二十年余り彷徨《さまよ》ってやっと見つけたオアシスの水の味のように、忘れられない強烈なものとなった。

嬉《うれ》しくて嬉しくて、その晩は眠ることが出来なかった。

だからこそ、郁実が神殿を捨てて逃げ出したことを知ったときは、彼をひどく憎んだ。

郁実のために全てを捨ててここに来たのに、彼に捨てられてしまったら、自分はまた生きる目的を失ってしまう。

そういう、身勝手な理由だった。

皆が自分を嫌う理由は分かる。誰からも愛されることはない。歪《ゆが》んだ愛情しか持てない。

こんなバケモノ、一体どうして、何のために生まれてきたのか。

せめて自分のような人間が生まれてきた意味と、死ぬための理由が欲しい。ずっとそう思っていた。

だから、自分のために郁実を助けることにした。

――コニー。ありがとう。助けてくれてありがとう。本当に、ありがとう。

その感謝の言葉を受けた時、コニーは心の底から幸せな気持ちになった。やっと自分が生まれて来た理由が出来たのだ。もうそれだけで十分だった。

コニーは郁実の服を着て、代わりに檻《おり》の中に入り、座り込むと、花の陰で蹲《うずくま》っているリルの姿を見つけた。前世から彷徨い続ける、その孤独の苦しさがコニーは誰よりも理解出来た。

「似た者同士は……僕たちだ。お前も、自分が生まれてきた理由が欲しかったんだろう。その力を貸してくれ」

リルは何も言わず、無機質な目でコニーを見つめると「ギィ」と鳴いた。

彼が自分の言葉に賛同してくれたのかどうかは分からない。だが、それから海に投げ込まれるまでの間、誰もコニーを疑わなかった。

神官たちには、リルの能力で自分が郁実そのものに見えたのだと思う。

コニーがいなくなったことにすら、神官たちは最後まで誰も気づくことはなかった。人知れず、命が消えたが、その一方で、郁実の命が救われていた。

身勝手な自己犠牲。自己陶酔。なんと言われようと構わなかった。

自分の命にもなんらかの価値があったのだと、人生で一番幸せな気持ちのまま、死ぬことが出来た。

28. 生の実感

――二カ月後。

王は神殿に対して徹底的な調査を実施し、神殿が魔物を使ってわざと村を襲わせていたことや、〝神子《みこ》殺し〟をしたのではないかという疑惑について、調査結果を全国の新聞社から一斉公開させた。

特に神官長は言い逃れ出来ない証拠が多々挙がり、裁判にかけられることになった。

神子殺しについては、徹底的に否定しているようだ。

本当はこうなる前に、新しい神子を招喚してすり替えるつもりだったのだろうが、神子を始末したはずなのにも拘わらずその後の招喚は失敗続きだったのだろう。神殿側は、神子を殺したと思い込んでいるようだが、郁実《いくみ》が実はまだ生きていることを、彼らは知らなかった。

結局、疑惑をどれも揉《も》み消すことが出来ないまま、神殿は今後、国王の管轄下に置かれることとなった。

国王が一番動向を気にしている弟のグランフェルトが、どこまでこの件に関わっていたかについては、ハッキリとした証拠を掴《つか》むことは出来なかったようだが、神殿には本来タブーの兵士を出したことで〝神子殺し〟の関与は強く疑われており、神子を信じ、慕っていた民たちからは猛烈な反感を買っていた。
ルゲラから受けた黒炎の火傷《やけど》の痕《あと》が、治癒師に診《み》せても治らず、先も長くないという噂《うわさ》もある。
シグルドは、治癒率百%の実績を下げたくないと、グランフェルトからの治癒の依頼を拒否していた。

一方ロイは半魔の体でも、完全に動けるようになるには一カ月近くかかり、しばらくの間シグルドの屋敷に入院して過ごしていたが、ようやく退院を許可された。

そして今日からは、郁実と二人、アマンダから譲り受けた家で暮らすこととなった。一カ月の入院生活をようやく終えて、リーメルの町に旅立とうとすると、アマンダとシグルドが見送りに来た。

「本当にお世話になりました」

郁実が深々と頭を下げると、アマンダがそわそわしながら言った。

「ねえ。落ち着いたら、遊びに行ってもいいかしら?」

「もちろんです。というか……あそこはアマンダさんの家なんですから」

「違うわ。あの家はもうあなたたちのものよ。あなたたちの好きな家具をたくさん買って並べて、好きなお花を植えて、暮らしやすいようにして構わないわ。〝あなたたちの家〟がどんな風になっていくのかとても楽しみなの。毎週でも遊びに行きたいわ」

「いつでも歓迎します。な、ロイ?」

毎週はゴメンだと思いつつも、たまになら来ても構わないと思い頷《うなず》く。するとアマンダはロイと郁実の顔を交互に見た後、目を潤ませながら言った。

「ロイも郁実も体に気を付けなさいね。ずっと大変だったんだから、今度こそ幸せになって。……いいえ、絶対に幸せになるわ」

彼女はそう言って腕を思い切り広げると、郁実と共にロイを豪快に抱きしめた。とても温かい腕だった。だが相変わらず人間とは思えない力強さだ。

未《いま》だに治りきっていないけがが痛んで思わず呻《うめ》くと、アマンダが慌てて腕を離した。

「……あらやだ、けが人だってことをすっかり忘れてたわ！」

「もー気を付けてよね。せっかく瀕死《ひんし》のとこ助けたのにここでアマンダが潰しちゃったら、僕の治癒率百％に傷ついちゃうじゃん」

シグルドはそう言って笑いながらロイの方を向くとコホンと咳払《せきばら》いをして釘《くぎ》を刺すように言った。

「あのね、昨日も言ったけどお前のけがの状態はまだ本来退院していいようなものじゃないから。退院を許可したのはお前が魔物だからだよ。人間だったらあと二週間は絶対安静。だからくれぐれも夜、〝激しい運動〟は控えてね。いや、気持ちは分かるよ？　新婚さんだし絶対に今夜運動したくなる気持ちはわかる。でも、また再入院になりたくなかったら、くれぐれもあと半月は、安静に過ごしてね」

「昼ならともかく、夜にそんな激しい運動なんて……」

郁実が笑おうとしたが、そこでハッとしてその真の意味に気づくと真っ赤になって俯《うつむ》いた。

「……す、するわけないだろ」

心の中でロイは舌打ちした。完全に自分の考えをシグルドに見透かされていた。

身体は確かにまだ痛むが、今夜はどうしても郁実とセックスをしたかった。いや、何がなんでもするつもりだ。子供の頃から想いを寄せていた郁実と、命がけの恋の末ようやく結ばれ、長い入院生活を経てようやく二人きりになれるのだから。

だが、こんな風に釘を刺された以上、セックスしたいと言っても郁実は絶対に許してくれないだろう。ギリギリと手を握り締めて睨《にら》むと、シグルドはざまあみろと言わんばかりの表情をして勝ち誇った後、郁実の方をくるっと向いて言った。

「欲求不満になったら郁実くんの相手は僕がいつでもす……うわああっ!!」

ロイが蹴《け》りあげるよりも先にアマンダが思い切りシグルドの首根っこを摑み上げた。

「アンドレセン家の次期当主ともあろうお方が、下品な冗談を言うものではありません！」

「冗談じゃないよ！　僕はいつだって本気だよ！　いつでも待ってるからね郁実くん！」

「……もう行くぞ」

よくも自分の前で堂々とそんなことが言えたものだと思うが、この男には数えきれない借りがあるためロイはその苛立《いらだ》ちを呑み込んだ。シグルドの熱視線から守るように郁実の肩を抱き、リーメルの町へと旅立った。

アマンダの屋敷は、郁実が一度元の世界に帰ってしまった後も定期的な維持管理がされていたらしく、以前暮らした時とまるで変わっていなかった。

ロイが入院している間、郁実が少しずつ引っ越しの準備を進めてくれていたらしく、すぐに住める状態になっていた。

「と、言っても必要最低限のものしかないから、また今度色々家具とか買いに行かないと。一緒に選ぼう。……ずっと使うものだし」

郁実が嬉しそうに笑いながら言った。

ずっと使うもの。その言葉になぜか実感が持てなかった。自分たちは本当に、今度こそずっと一緒にいられるのだろうか。

「……ロイ？」

「……いや、なんでもない」

「そっか。とりあえずメシでも食うか。と、言っても買ってきたやつだけど」

「美味《うま》そうだ。飲み物用意する」

「ああ」

入院中、シグルドの屋敷は常に騒がしかったため、久しぶりの二人きりの生活の静かさには慣れず、どこかぎこちない。

夕食に市場で買ったサンドイッチを食べ終えると、郁実が細々とした引っ越しの跡片付けをしていたので手伝おうとすると、彼は慌ててそれを止めた。

「ダメダメ。お前は退院したばかりなんだからな。シグルドも言ってただろ。人間だったらまだあと二週間は安静にしてないといけない状態だって」

「もう治ってる」

「治ってないだろ。さっき飯食ってる時ちょっと痛そうにしてたの見てたからな」

幼い頃から面倒を見てくれていた彼は些細《ささい》な体調の変化も見逃してはくれない。

「片付けるものもそんなにないし、明日からゆっくりやるからいいよ」

郁実はそう言って笑った。本来なら、使用人のやる仕事だろう。それを郁実一人でやらせるのには抵抗がある。

「……郁実。本当によかったのか？　使用人を雇わなくて」

「ロイがどうしても嫌だって言ったんだろ？」

「……」

そうだ。ロイのけがが全快したら郁実も自分も王城で働くことが決まっており、それなりの生活が出来ることが見込まれる。

本来なら使用人を雇い、立派な屋敷で暮らすべきなのだろう。シグルドが王都にある空き屋敷を紹介し、使用人も何人か手配してくれると言っていた。

それを、ロイは拒否した。たとえ使用人でも、郁実と自分の生活空間に人を入れたくなかったのだ。

そういういきさつで、二人だけで住むのにちょうどいいであろうアマンダの屋敷を正式に譲り受けることとなったのだが郁実はそれでよかったのだろうかと、今更心配になった。

苦労ばかりの人生だった彼にとっては王都の賑《にぎ》やかな通りにある大きな屋敷で、多くの使用人に囲まれて過ごした方が彼は幸せだったかもしれない。

ロイも郁実にはこれ以上少しの苦労もさせたくない。

だがどうしても、他の人間を家にいれたくないというジレンマがあった。

すると郁実は少し俯いて言った。

「いや。実は俺も……二人きりがよかったんだ。大きな屋敷もいいけど、身の回りのことは全部自分たちでやれるし」

それならよかったと、ロイは安堵《あんど》したが、郁実は少し俯いて小さな声で続けた。

「それに、嫌だろ。夜……とかの時に、他に人がいるの……その、気になっちゃうだろうし……」

頬を染めて言う郁実に、ロイはゴクッと喉《のど》を鳴らした。ケガの状況から諦《あきら》めていたが、やはり今夜はどうしてもしたいという思いに火が点《つ》く。

「それに俺、この家好きなんだ。あったかくて……落ち着く。ここでならきっと、ずっと二人で幸せに過ごせるって思えたから……って、うわっ！　ロイ？」

勢いよく郁実をソファに押し倒すと、途端にけがを負った腹部がズキッと痛み顔を顰《しか》めた。

それに気づくと、郁実がロイの胸を慌てて押し返す。

「だ、ダメだって言ってるだろ。ロイ。まだあと二週間は〝運動〟禁止ってシグルドが……っ、や、あ……っ」

首筋を舌先でなぞると、郁実が顔を逸《そ》らせて艶《つや》やかな声を上げた。

「……相変わらず敏感だな」

「ふざけるな！　我慢しろって言われただろ」

「無理だ。我慢なんて出来る訳ねーだろ」

　怒張した性器を郁実にグイグイと押し付けながら言うと、彼はまるで待ての出来ない大きな犬を躾《しつ》けるように「分かったから落ち着け」と肩を押し返した。

「その……今日もぬ、抜いてやるから。手とか、口とかで……」

　郁実が顔を赤くしながら、消え入りそうな声で言ったので、ロイはますます、性器に血が集まっていくのを感じた。

　入院中、けがをして動けずにいた間、郁実は時折ロイの処理を手伝ってくれていた。彼の恥じらいながらの手淫《しゅいん》や口淫はすこしぎこちなく、もどかしさは感じるものの、赤い舌で必死に舐《な》めてくれているその表情だけでどうしようもなく興奮した。だが、もうそれでも足りなくなっていた。

　性欲の解消ではなく、郁実とセックスがしたかったのだ。

「……ダメだ。今夜は入れたい。確かにまだ痛みはあるが……時々だ。セックスぐらい、なんの問題もない」

「嘘つけ。まだかなり痛むんだろ」

　もう大分よくなっては来ているものの、確かに力を入れたり急に動いたりしたときに瞬間ズキッとかなり強い痛みが走る。〝運動〟は止《や》めた方がいいというシグルドの判断は適切だろう。

　だが、どうしても衝動が抑えられない。郁実を押し倒したままの体勢でいると、彼は根負けしたように深い溜息《ためいき》を吐《つ》いた。

そして、郁実は長い沈黙の後に「……分かった」と呟《つぶや》いた。

「？」

「今日は……俺がその……動くから……お前は寝ててくれ」

「……どういうことだ？」

もごもごしながら言われた言葉の意味が分からず、思わず聞き返すと、郁実《いくみ》は真っ赤な顔で言った。

「い、いいから！　とにかくお前は寝てろって！　あと、少しでも痛みが出たりしたら中止だから！　分かったな？」

有無を言わさぬ勢いで言われて、ロイは反射的に素直に頷くと、郁実は「よし」と言って、自らのシャツを妙に男らしく脱ぐと、綺麗《きれい》にそれを畳んだ。薄い肉付きの綺麗な体が露《あらわ》になる。

さらに郁実はズボンも躊躇《ちゅうちょ》なく下ろしたが、最後下着に手をかけようとした時、ロイの刺すような視線に気づいたのか咎《とが》めるように言った。

「……見るなって」

「いや、見るだろ」

反射的にそう答えてしまった。目の前で、郁実が脱いでくれるサービスを前にして、それを見ずにどうしていろと言うのだろう。

「いっ、いいから見るな！　脱ぎにくい！」

そう言ってクッションを顔にボフッと押し付けられて視線を閉ざされてしまった。

さらに、ロイのズボンや下着もずり下げられる感触がして、ようやく枕が顔から外されると、目の前には信じられない光景が広がっていた。

一糸纏《まと》わぬ姿の郁実が、ロイの上に膝立《ひざだ》ちで跨《またが》っていた。その顔はこれ以上赤くなれないという程真っ赤で、ひどく緊張しているようだ。

（〝俺が動く〟……って、そういうことかよ）

ようやくそこで、彼の言った言葉の意味を理解した。まさか郁実が騎乗位をしてくれるとは思わなかった。

「……出来るのか？」

困ったように固まっている郁実の顔を見上げながら思わずそう聞くと、彼は「やってみる」と少し不安げに言った。

彼は、自分の指に潤滑油を垂らすと、まずロイの性器に丁寧にそれを塗り込んだ。

そして自らの秘部におざなりに潤滑油を塗ったかと思うと、逡巡《しゅんじゅん》したあげくそのまま腰を下ろそうとしたので、ロイは慌てて止めた。

「ま、待て！　それじゃどう考えても足りねえだろ。ちゃんと慣らせ」

「……っ、大丈夫だ」

「大丈夫じゃねーよ。裂けたらどうするんだ？　シグルド相手に足広げてそんな場所診てもらうのか？」

すると郁実は顔をぶんぶんと横に振った。だがそれでも、自分でその場所を拡げるなんてと、かなり躊躇しているようだ。

「俺がやる」と身を起こそうとすると、郁実が胸を押し返して止めた。

「じっ、自分でやるから！　お前はとにかく安静にしてろ」

そう言って再びクッションを顔に押し付けられてしまった。

「う……っ、ん……っ」

悪戦苦闘している声だけがする。ハラハラする。

そして何より、自分にやらせて欲しかった。正直早く入れたい気持ちはあるが、前戯の時間もロイにとってはお楽しみの時間だった。

彼が自分の指一つで、髪を振り乱してよがり狂う様を見るのが好きなのだ。

だが今、彼はロイが何かをすることを一切許してくれそうにない。

ロイは顔に載せられたクッションをどかしながら懇願するように言った。

「……頼む。本当は、俺が気持ちよくしてやりたいけど、出来ないんだ。せめて、見せて欲しい」

「……っ」

郁実は火照《ほて》った顔に困惑を浮かべた。彼が頼み事に滅法弱いということは幼い頃からよく知っていた。頼み込まれれば、たちまちその要求を飲んでいた。

そういう利用されやすいことを知っていたから、ロイは彼に厄介ごとを押し付けようとする使用人仲間がいたら裏でしつこく釘《くぎ》を刺していた。

だから懇願するのは卑怯《ひきょう》な手だと分かっているが、彼が痛い思いをしないためにも、受け入れる準備はしっかりやって欲しかった。それとは別に、彼が自分の腹の上で自分自身を拡げるという煽《せん》情的《じょうてき》な光景をしっかりと目に焼き付けたいという下心もある。

「……分かった。でもあんまりジロジロ見るなよ」

ロイは頷《うなず》き、未《いま》だ苦戦している様子の郁実の手を摑《つか》むと、その指先に潤滑油を足しながら言った。

「まず指一本からゆっくり入れろ。焦らなくていいから」

郁実は目をギュッと瞑《つむ》り、コクッと頷くと、指を入れて自分自身の中を搔《か》き回した。

「……っ、うっ……っ」

息を殺しながら、彼はそっと自分の中を慣らしていく。見られて興奮したのか、彼の性器は少しずつ勃《た》ち上がり始めていた。

「よし、そろそろ指二本増やせ」

コクコクと頷きながら、郁実はロイの言うことに従った。

（触りてえ……つーか、入れて滅茶苦茶にしたい）

必死の顔で羞恥《しゅうち》に耐えながら、拡張をする彼を下から眺めていると嗜虐心《しぎゃくしん》がそそられる。

「!? あっ……」

そっと手を伸ばして、陰嚢《いんのう》や陰茎に優しく触れると、郁実はビクッと身体《からだ》を震わせた。

「こ、こら……っ」

「いいだろ。これぐらい。ほら、続けろ。指……次は三本だ」

「……っ」

郁実は言われた通り素直に指を増やし、いつもロイがやっている時のように自身の内部を拡げた。いつの間にか先走りが零《こぼ》れ、秘部はさらに濡《ぬ》れそぼっていく。

（……これ、やべえな）

ロイは寝転がったまま郁実の奮闘を見つめながら、いつになく興奮していた。

最初はせっかくセックスするのに前戯はおろか触れることも許されないなんてと思っていたが、とんでもない絶景だった。

「はぁ……はぁ……」

「いいぞ、次、最後四本。焦らず、ゆっくり入れろ」

そう言いながら潤滑油を渡すと、彼は熱に浮かされたような顔で頷いて、蜜《みつ》のようなそれをトロリと手に垂らすと、秘部に四本の指を突き立てた。

「う……っ、あっ、……ぅっ」

自分では、自分のよい場所を見つけるのは難しいのだろう。彼はどこかもどかしそうに、辛《つら》そうに眉根《まゆね》を寄せている。

「んっ、ロイ……っ、もう、……したい……」

「……よし、いいぞ」

本当はもう少し念入りに解《ほぐ》したいところだったが、それでもこれだけよく慣らせば痛みが出るようなことはないだろう。何より、ロイ自身が限界だった。

郁実は潤滑油や自分の先走りをダラダラと太股《ふともも》に垂らしながら、ロイの性器を掴み、自身の秘部にもう一度宛《あて》がった。

「うっ……あ……」

随分解したはずだが、先端が上手《うま》く入らないようだ。先端を僅《わず》かに入れるが、それ以上進めることを躊躇《ためら》っては腰を引くということを繰り返していた。

「ろ、ロイ……ごめ、俺、うまく、できな……っ」

やがて郁実は悲しそうな顔をして謝罪してきた。彼の手は緊張で震えている。

「無理しなくていい」

このまま繋《つな》がることが出来たらもちろん最高だが、彼はロイの〝セックスしたい〟という欲望を叶《かな》えるために十分に頑張ってくれた。

自分の上で必死に自分を解す郁実の姿は一生忘れられないぐらい可愛らしく煽情的なものであり、これ以上の贅沢《ぜいたく》を望むつもりはなかった。

互いの手で昂《たかぶ》ってしまった性欲を処理すればいい。そう思いながら郁実の性器に手を伸ばそうとすると、彼は「待ってくれ」と首を横に振った。

「ごめん」

「なんで謝るんだ」

「本当は……ロイとしたかったのは俺の方だったんだ。安静にしてないとって分かってるのに……でもやっと……やっとこうやって二人で暮らせるようになって、それが本当に嬉《うれ》しくて……この幸せが嘘《うそ》じゃないんだって。もう絶対に離れ離れにはならないんだって……早く実感したくて……

っ」

郁実は両目いっぱいに涙を溜《た》めてそう言った。

「郁実……」

その言葉に、ロイもまた瞼《まぶた》が熱くなるのを感じた。

「だから、もう少しだけ……待ってくれ。俺、出来るから」

ロイは頷くと、郁実の手に自分の手を絡めながら言った。

「分かった。大丈夫だ。息吐いて……ゆっくり、腰落とせ」

郁実は頷き、今度こそ覚悟を決めたように少しずつゆっくりと入れて行った。先端に彼の熱い粘膜が絡みつくと、ロイは思わず息を吐いた。

やがて先端を全て飲み込むと、彼は「うぁっ……」と息を漏らした。もう一番太い部分は通過していたが、彼の足はガクガクと震えていて限界が近いようだ。

「あっ……」

バランスを崩してしまったのだろう。郁実が短い悲鳴を上げ、そのままずぶりと奥まで入ってしまった。

「……っ、やっ、あああーっ」

衝撃に、郁実はのけ反った。いつも以上に深い挿入に、ロイも眉《まゆ》を寄せ、低く呻《うめ》く。

バランスを崩しそうになった郁実の腰を慌てて支えてやると、彼ははぁはぁとしばらく荒い息をしていたが、やがて、熱に浮かされたような顔でロイを見つめながら言った。

「ぜ、んぶ……入ったか？」

「ああ」

「よかった……すごく奥までロイを感じる」

涙声で郁実はそう言って、涙をポロポロと零しながらロイに向かって微笑《ほほえ》んだ。

その笑顔がとても綺麗で幸せそうで、ロイは郁実の腰に添えた手に自然と力を籠めた。

「郁実……愛してる」

自然と零れるように、そんな言葉が出た。

「俺も、愛してる。死ぬ時は一緒だからな」

郁実はそう言って、上体を折るようにして身を屈《かが》め、ロイの唇にキスを落とした。

「……う、動くからな」

郁実はそう言って、ゆっくりと腰を動かした。正直、挿入しただけでいっぱいいっぱいな様子だったが、それでも、彼は必死な様子で腰を少し浮かせ、ストンと落とすということを繰り返した。

「はぁ……っ、ん……ぅうっ……」

粘膜が擦《こす》れる感触が心地よい。普段はロイがリードしてするときは、めちゃくちゃに突き上げて揺さぶっているから、その激しいセックスと比べたら何とも優しいセックスだった。

だが、単調で緩やかな刺激は、正直もどかしい。

郁実も同じ気持ちなのだろう。苦し気に、必死に上下の律動を繰り返している。

僅かな快感を貪《むさぼ》るように腰をくねらせて喘《あえ》ぐその姿は、あまりにも煽情的だった。

（押し倒してえ……）

今すぐ体を起こして彼に獣のように覆い被《かぶ》さり、ぐちゃぐちゃに泣かせてやりたいと思う。だが、それでは彼の頑張りの全てを無駄にしてしまう。

それならば、せめて。

（……悪い郁実《いくみ》。もう我慢できない）

ロイは心の中で謝罪すると、郁実の腰を思い切り掴み、下から突き上げた。彼の一番気持ちいい場所は熟知している。そこを先端で抉《えぐ》るように通過させながら、何度も何度も繰り返し最奥まで貫く。

「!? ひっ、あぁっ……だ、め、あああっ」

突然の刺激に、郁実が目を見開いてのけ反り喘ぐ。

「あ、うぁ……っ、やだ、あぁっ、あ……っ」

尻《しり》をがしりと掴んで高く持ち上げて、思い切り落とすと、彼は「あぁー～っ！」と悲鳴に近い高い声を上げ、絶頂した。

ギュウウッと内壁に締め付けられる感触に、ロイもまた誘われるように絶頂した。

びゅるびゅると先端から白濁が溢《あふ》れ、彼の足はもはや一切の力は入っておらず、絶頂の余韻に震えていた。結合部からは重力に従ってロイの放った白濁がダラダラと漏れ出し、シーツを汚していく。

「あっ……ぅ……う……っ」

彼はもう、慣れない行為に疲れ果ててしまったのか、時折小さく痙攣《けいれん》しながら放心した様子だったが、ロイは一度程度の射精で熱が治まる訳もなかった。

途端に腹の中で膨れ上がったロイの性器に気づくと、郁実は「待って」と言おうとした。

だがそれより先に「待てない」と囁《ささや》くと、ロイは上体を起こし、座ったまま向かい合う形となった。

「あ、うぁ、だ、め……っ、安静に、……っ」

「座ってるだけだ。十分安静にしてるだろ」

「どこが、だ。滅茶苦茶しやがって……」

郁実が少し怒った顔でこちらを見る。確かに、先ほどは衝動のままに郁実を、下から激しく突き上げてしまった。

せっかく彼が頑張ってくれると言ってくれたのに。もう少し自分に堪《こら》え性《しょう》があればあの焦《じ》らしプレイのような優しい律動を堪能出来ただろう。

怒る郁実にキスをして誤魔化しながら、ロイは彼の背中に腕を回して言った。

「……この体勢なら抱き合える」

そう言って、きつく抱き締めると、裸の肌の感触、体温を全身に感じて多幸感に包まれて、ロイは何度も郁実にキスをした。

「ロイ……ほんとに大丈夫か？　身体、痛むとこないか？」

本当は先ほど滅茶苦茶に突き上げた時は痛みを覚えていたが、それは自業自得だとなんともない

振りをして言った。

「ああ。どこも痛くない。至れりつくせりして貰《もら》ったからな」

　そう言って笑うと、郁実は恥ずかしそうにロイの腕に不貞腐《ふてくさ》れたように顔を埋《うず》めてしまった。その髪を撫《な》でながら、ロイは感慨深く言った。

「正直……郁実がここまでしてくれると思わなくて、驚いた」

　そうしてしばしの沈黙の後、黒髪を不器用に撫でながら「すごく嬉しかった」と告げると、彼はゆっくり顔を上げた。

「俺も……いつもして貰うばっかりだったから……下手《へた》くそだけど、ロイをたくさん愛せて、……幸せ」

　照れくさそうに笑う彼が心の底から愛《いと》おしくて、もう一度キスをした。

「これからずっと……愛し合えるんだな。この家でずっと……」

「ああ」

　そして一カ月前のあの日。郁実が崖《がけ》から落とされて死んだと思い込んだ時の絶望感は今もトラウマとなって胸に鮮明に焼き付いていて、この一カ月、彼とこの先も一緒に生きていけるのだという実感が湧かなかった。

　彼は本当は死んでいて、自分は都合のいい夢を見ているのではないかと何度も疑い、夜眠ることを恐れた。

　だが今こうして繋がってようやく、実感することが出来た。

この幸せが決して夢ではないということを。

――翌朝。

結局、昨晩は空が白むまで郁実と愛し合った。

途中ベッドに移動して三回目をしようとした時、これ以上は体に障ると郁実に止められたが二回程度のセックスでは熱は到底収まらなかった。ずっと座位で行為をしていたから、体の負担は普通にするよりは軽かったが、やはりまだセックスするには早かったようだ。

起き上がろうとしたとき、ズキッとあちこちのケガの痕《あと》に走った激痛に顔を顰《しか》めるとそれに気づいた郁実が慌てて薬草を持ってきた。彼はベッドの端に腰かけると、スプーンにすりおろした薬草を載せて口元に差し出してきた。

「ほら、鎮痛薬飲め」

「それ、すげえ苦いやつだろ。いい。そんなに痛くねえから」

ロイは反射的に顔を顰めながら言った。カルトゥスの葉は即効性の鎮痛薬として有名だが、味は最悪だ。苦いどころではない。ロイは子供の頃からそれが大嫌いで、郁実の手を煩わせた。

「でかい図体で子供みたいなこと言うな。全く」

郁実は怒りながらもその苦い薬草を、プルムという甘い実のジュースに混ぜて渡してくれた。

まだ苦いが、飲めなくはない。息を止めて半分ほど飲むと、少しは痛みが軽くなった。

「今日は一日ベッドの上で本当に安静にして過ごせよ。あと一週間は行為禁止にしよう」

「は？　なんでだ？」

ケガで動けない間は、郁実が騎乗位で頑張ってくれるものだと思っていたから、思わず絶望の声を上げた。

「ダメだ。俺はもう、あんなことしないからな。ロイのケガが治るまで行為はしない」

「……もう治ってる」

堂々と嘘を吐《つ》くと、郁実はムニッとロイの頬を引っ張った。

「……焦ることないだろ。別に、ケガが治っても、出来るんだから……この先何百回も、何千回も、夜を一緒に過ごすんだからな」

郁実は窓から注ぐ陽光を見つめながら、確信めいた口調でそう言った。

「だからとにかく今は安静、に……っ」

立ち上がろうとしたとき、郁実も痛みに顔を顰めた。彼の体にケガはないが、昨日は随分無理をさせてしまったから、どこか痛んだのだろう。

「郁実も今日は一日俺と一緒にベッドの上だ。ほら、これ半分飲め」

そう言ってカルトゥス入りのプルムジュースを差し出すと郁実は自分で作ったものなのにひどく気が進まないという顔をしてロイの飲んだ残り半分を飲み干した。

「まっずい」

「……これ以上にマズイものはねえな」

同意と郁実は笑っていたが、やがて空になったグラスをサイドデスクに置いた後、ふと呟《つぶや》いた。

「でも……生きてるっていうことだよな。まずいのも、痛いのも」

「……郁実？」

急にどうしたのだ少し驚くと、彼はハッとして恥ずかしそうに笑った。

「わ、悪い。なんか急に変なこと言った。いや、一カ月前は、本当にもう死ぬと思ってたし……お前もなかなか目覚まさないから、もうダメなんじゃないかって毎日泣いてて……。だからなんか、お互いが生きてることに感謝、みたいな変な気分になってさ」

彼も、ようやく実感が湧いたのかもしれない。自分たちが確かに生きていて、これからもずっと一緒にいられるという幸せへの実感が。

「郁実」

ロイは名前を呼び、郁実をもう一度腕の中に抱き締めた。

生きているからだ。口の中が苦いのも、体中が痛いのも、腕の中がこんなにも温かいのも、胸いっぱいに幸せが広がっているのも。

それは今、自分たちが紛れもなく生きているという証《あかし》なのだろう。

そう、深く思った。

29. 不殺の呪い

その朝は、珍しく郁実より早く目が覚めた。

カーテンの隙間から入り込んだ光が、郁実の寝顔を照らしている。今朝《けさ》の寝顔は、とても穏やかなもので、ロイは嬉《うれ》しくなって頬にキスを落とした。

郁実は今も真夜中に時折、魘《うな》されることがある。その原因は様々だと思うが、一番の原因は、コニーたちが自分の代わりに死んだのではないかということだ。死体が上がってこない限り、真相は分からない。そしてあの大渦の中に落ちたのなら、まず上がってくることはないだろう。

ロイはコニーに、郁実を助けてくれたことをこの上なく感謝していたが、彼が郁実に一生の心の傷を負わせたことに対しては怒りを覚えていた。

おそらくコニーは、自分が消えたところで郁実は少しも悲しまず、傷つかないとでも思っていたのだろう。ただ自分が人知れず消えることで、郁実が自由になり、幸せになると信じていた。そこに自分の生まれてきた理由と、死ぬための理由を見出《みいだ》していたのだ。

郁実の心に、生涯忘れられないような大きな傷を残したことは、彼にとっては果たして喜ぶべきことなのか、それとも誤算だったのだろうか。

しばらくの間ロイは郁実の可愛らしい寝顔を眺めて、艶《つや》やかな黒髪を撫でていたが、やがて立ちあがった。

手加減をしなければならないと分かっていても、つい夜に無理をさせてしまう。

そう反省し、代わりにキッチンに立った。

モナの卵を摑《つか》み、フライパンの縁で割ろうとするが、持った時点で力が入りすぎ、割れてしまった。

殻の破片だらけの卵が、フライパンの上で熱せられる。

「げっ……」

（まあこれはいい。俺が食う。次は郁実の分だ……）

慎重に。そう思えば思うほど力が入り、またしても派手に卵が割れてしまった。

「クソッ！　このタマゴ野郎！」

悪態を吐きながら、どうにか殻の破片を取り除こうとしていると、あっという間に火が入りすぎ、硬くなってしまった。郁実が作るような、プルプルとした半熟の卵にはならず、硬く焦げた破片だらけの悲惨な卵が皿に並ぶ。

「……」

作り直すかと思っていると、「なんか焦げ臭い」と言いながら郁実が寝室から顔を出した。

「お、はよう……」

「ロイ〜！　朝メシ作ってくれたのか？　ありがとな」

そう言って郁実は背伸びをすると嬉しそうにロイの髪の毛をわしゃわしゃと撫でた。

「……」

叱られるに違いないと思いながら、皿に並んだ二つの卵を見せると、郁実は微笑《ほほえ》ましそうに笑った。

「カルシウムたっぷりで上出来だ」

「ほんとかよ」

「お前は人より力が強いから卵を割るの難しいだろうな。今度一緒に練習しよう。さ、はやく朝メシにしよう」

そう言って郁実《いくみ》はテーブルクロスの上に、ロイが焼いた目玉焼きや、パン、サラダを並べた。足元ではルゲラが眠っている。

ルゲラはすっかり懐いて、今では家族の一員のように家で一緒に暮らしている。眠っている姿は、獅子《しし》というより猫のようだった。

「早く食って仕事に行かないとな」

今日から、ロイと郁実は王城で働くことになっていた。

ロイは国王の護衛騎士の一人に加わることになり、郁実は、国王によって新設された魔物調査機関の一員として働くことになっていた。魔物被害の実態を正しく把握するということは、やみくもに魔物を殺すよりも有益だという郁実の説得を、国王が聞き入れてくれたのだ。

彼が元〝神子《みこ》〟だというのは当然極秘中の極秘だ。神子はあの大渦に投げ込まれて殺されたことになっている。実際、郁実は生きているので、神殿は新しい神子を招喚することは出来ない。

だが、元々神子招喚は数百年前に廃《すた》れた儀式で、その上失敗も多い。もし再び神殿が招喚の義を行おうとして失敗したとしても、まさか郁実がまだ生きているからとは思わないだろう。

あの時、ロイでさえ郁実は死んだと思ったのだ。

グランフェルトの権力も完全に失墜した今、神殿が再び新しい神子を必要とするとは思えず、郁実が再び狙われることもないとは思うが、万が一にも危険がないように、彼の正体は城内で極秘にすることにした。

間近で顔を見たことがあるという者はほんの一握りだろうが、遠目から姿を見たことがある人々は各地にいる。王城で働く人の中にも神子を見たことがあると伝説のように語る者もいた。

城で働いている間、目立つ黒髪と黒目はシグルドから処方された魔法薬で淡い茶色に変えて働いている。元の色が一番美しいと思うが、茶色い髪も雰囲気が大きく変わって可愛らしく、ロイは彼が同僚たちに手を出されたりしないか気が気ではない。夕食の席では彼の職場の人間関係を逐一聞いて、危険人物がいないかどうか確認していた。そう言った意味での危険人物はいるものの、今のところ郁実の正体がバレたり危険な目に遭うこともなく、順調に仕事をしているようだ。ロイもまた、今のところは半魔という正体がバレることもなく、護衛騎士として日々務めている。


（……暇だ）

国王の護衛騎士。そう言うとかなり誉《ほまれ》高い職のように思えるかもしれないが、実際はただ王の後ろで突っ立っている時間がほとんどだった。

白昼堂々と城に王を襲いに来るような輩《やから》はそうそういない。

郁実は研究で部屋に籠《こ》もりきりのようだが、城内にある魔物に関する本を集めた書物は膨大で、着々と魔物オタクになりつつある彼は、嬉しそうにしていた。

「ねえ見て！　ロイ様よ！」

「今日もかっこいいわ～！　クールなところがたまんないの！」

「魔物の血が入ってるという噂《うわさ》があるのよ」

「さすがにないでしょ～。でもちょっとそういう危険そうなところも魅力よね」

若い少女たちに指を指され、好き勝手言われながらクスクスと笑われるのも仕事のうちだった。

「こら、ご令嬢たちの前ではもう少しニコリとしたらどうだ。そんな冷たい目をしているから、半魔の噂が立つのだ」

二人きりになった時、国王がからかうように言った。

「……陛下《へいか》。なぜ半魔の私を護衛に？」

どうもこの国王は、読めないところがあり、疑り深くそう聞くと、国王は少し黙り込んで言った。

「……なぜ、あの時、魔剣を使わなかった？」

「……？」

「お前があの剣を使えば、あの場にいた全員を殺せたはずだ。初代ヘルズヘイム王は、邪魔者たちを親族含め皆殺しにして、この国を築いたのだ」

国王は壁にかかった初代ヘルズヘイム王の肖像画を見上げながら言った。その顔は、どこか自分に似ているような気もする。

ロイは魔剣を、すでに、国王へ返上していた。自分には必要のないものだったからだ。

「……私には確かに、半分魔物の血が流れています。ですが私を育てた神子は、魔物の俺も、人間の俺も否定せずに育ててくれました。それでも……人を殺すことだけは許しませんでした。暴力は感染するからと、どんな時も私を暴力から遠ざけました」

ロイが静かに話すのを、国王は顎髭《あごひげ》に触りながら黙って聞いていた。

「あの時私は、神子が殺されたと思っていました。憎くて、悔しくて全員殺してやろうと思いました。あいつらは死んで当然だと、今でも思っています。私が剣を抜かなかったのは、理性でもなんでもなく、神子のためです。あの場で剣を抜いたら、神子の想いまでも殺してしまうような気がして……出来なかったんです」

「……なるほどな」

国王は頷《うなず》いた後に、にこりと笑うと、「実はな」と世間話でもするように切り出した。

「……お前を試していたんだ。あの魔剣をお前が初代のように、血で染め上げたら、お前を処刑するつもりだったのだ」

「!?」

「私としてはお前が神官長も神殿の連中も、みんな殺してくれて邪魔者も皆いなくなるし、さらにその罪でお前を処刑してしまえば……我が息子《むすこ》の王位継承権を脅かす者も消える。どうだ。いいこと尽くめだろう」

「………」

オーグレンが、国王を侮るなと言っていた理由が分かった。とんでもなく食えないジジイだ。

「だがお前は……そうしなかった。そなたの〝伯父《おじ》〟として、そのことを嬉しく思う。どれほど能力が優れていても、いかなる理由があろうとも、身内を平気で手にかける人間は、信用が出来ないからな」

「……いざという時も、剣を抜かないかもしれません。私には神子の〝不殺の呪い〟がかかっているので」

すると国王はジトッと目を細め「馬鹿言うな」と言った。

「あの神殿の階段で気絶していた兵士の数々。殺さずに、一人であれだけ倒せるのだから、護衛としても何の申し分もない。まあつまり、信頼の面からも、騎士としての腕の面からも、そなたを起用したのだ」

「……そうですか」

つまらなそうに言うと、国王はムッとして「もっと喜ばんか」と言った。

そうして、次の会議の場へと向かおうとすると、途中でふと足を止めて言った。

「……ああそうそう。一つ、いいニュースがある」

「なんですか?」

相変わらずつまらなそうに言うと、国王は不満げに口を尖《とが》らせて言った。

「神子の死相は消えたと、占い師が言っておったぞ」

「……そうですか」

占いなど、信じている訳ではない。〝バケモノ〟が消えたことも、分かっていた。それでも、その吉報は、心の底から嬉しくて思わず頬を緩ませると、国王は呆《あき》れた顔をして笑った。

「今度は露骨に嬉しそうにしおって」

30. 愛の咲く家

魔物調査機関は、週に一度の日曜日に休みがあるようだが、ロイの仕事の休みは他の護衛との交代制のため、互いの休みの日が合わないことも多い。

せっかくの日曜日だというのに、今日は郁実と休みを合わせることが出来ず、ロイは仕方なく一人カナルガルズに向かって退屈な護衛を務め、夕方に家路に着いた。

帰り道、ロイは市場に立ち寄った。

ロイが練習で散々割りまくったモナの卵を買って帰ってきて欲しいと郁実から頼まれていたからだ。

頼まれていたものを買い、ついでにそろそろ本格的に冬が訪れるということもあり、郁実に新しいマフラーを買ったところでようやく家路に着こうとした。その途中、不意にグイッと誰かに腕を引かれた。

白い花がたくさん入った花籠《はなかご》を持った貧しい少女が、精一杯の笑顔でロイに向かって言った。

「お兄さん、恋人に綺麗《きれい》な花束はいかが？　雪の日でも咲く、強いお花よ」

「…………」

不意に、瞼《まぶた》が熱を持った。瞳《ひとみ》を揺らして立ち尽くしていると、少女が不思議そうに首を傾《かし》げる。

「……ああ。その籠の花、全部くれないか？」

「ほんと!?　ありがとう！　花束にしてあげるわ」

そう言って少女は、黄色い色紙で丁寧に包んで花束にして渡してくれた。ロイはそれを受け取ると、その場にしゃがみこみ、少女の首に自分のマフラーを巻いてやった。

「……いいの？」

「ああ。お前、親はいるのか？」

「お母さんがいるわ。お父さんは漁師だったけど、船の事故で死んじゃったの」

「……そうか。じゃあこれは、母さんに渡してやれ。気に入らなかったら売って金に換えてもいい」

郁実に渡すはずだったマフラーを少女に渡すと、彼女は嬉《うれ》しそうにそれを抱き締めた。

「ありがとう！　こんな幸せな日、初めて！」

彼女は弾《はじ》けるような笑顔でそう言うと、白い息を吐き、手を振って家路に着いた。子犬のように雪道を走るその小さな後ろ姿をしばらく眺めていたが、やがてロイは花束を抱え直して自分も家路に着いた。

窓から明かりが漏れて、庭を照らしていた。煙突からは、減っている腹にぐっとくるようないい匂いがしている。

門扉をくぐり後ろ手に花束を隠しながら、躊躇《ためら》いがちにドアをノックする。

緊張して、脈が速くなった。

（大丈夫だ……郁実は消えたりしない）

そう自分に言い聞かせていると、やがて小走りの音と共に、郁実が顔を出した。

「ロイ！　おかえり、寒かっただろ……って、うわっ」

花束を差し出すのも忘れて思わず郁実を抱き締めてしまった。ドアの向こうに、彼が立っていてくれたことが、神に感謝したいほど幸せで、泣きそうになった。

「ど、どうした？　王様になんか理不尽なこと言われたのか？　つーか、痛い！　痛いって」

慌てて体を離すと、ロイは思い出したように花束を郁実に突き出した。

「やる」

「えっ!?」

それだけ言って、照れくさくなって部屋に入ろうとすると、郁実が「ロイ！」と呼び止めた。

「ありがとう。……すごい幸せ」

そう言って、白い花束を腕一杯に抱えて微笑む郁実は、とても綺麗だった。

「あらあらあら」

「まあまあまあ」

「!?」

郁実の笑顔に見とれていると、部屋の奥から、見知った顔の二人がニヤニヤとしながら顔を出した。

「なんでお前らいるんだよ」

驚きながらそう言うと、郁実《いくみ》が花束を抱えたまま楽しそうに言った。

「今日はシグルドもアマンダさんもお休みだし、ロイも夜には帰ってくるっていうから鍋《なべ》パーティーに招待したんだ。朝ちゃんと言ったぞ。寝ぼけてたみたいだったけど」

「……」

そうだと知っていたら、花束は後で渡したのに、見られたくないところを見られてしまった。

「主人のことを思い出しちゃったわぁ。ふふふ」

アマンダは少女のように両手で口元を押さえて笑うと、少し懐かしそうに目を細めた。

「……ありがとう。この家を、幸せで満たしてくれて。この家をね、寂しいままにしたくなかったのよ」

彼女は静かにそう言ってかつて主人と過ごしたであろうダイニングのテーブルを愛《いと》おしそうに撫《な》でた。その後パンッと手を叩《たた》いて切り替えた。

「さあさあ！　楽しいパーティーを始めましょう」

「僕、シュコーレ持ってきたよ～」

「まあ！　さすが坊ちゃま」

「アマンダは飲みすぎないでね……酔っぱらって人間振り回したりするから」

「そんなことしたことありましたっけ？」

「ほら、みんな席に着いてくれ。鍋パ始めるぞ～」

「ナベパ？」

（ったく……騒がしいな）

郁実と二人きりでゆっくり過ごす予定が大きく狂ってしまった。

だが、この場にいる全員が、とても楽しそうにしている。それを見て自然とロイは笑っていた。

郁実が暴力は感染《うつ》ると言っていたが、幸せも同じように感染るものなのだと思った。

（……まあ、たまにはいいか）

ダイニングテーブルの上に置かれた花瓶には、白い花が幸せの象徴のように咲き誇っていた。

【異世界で半魔の子供を育てたらヤンデレに育った　～FIN～】

番外編　ワガママを叶えたい

「ヘルズヘイムの子供向けの本って全体的にエグいよなぁ」

なんの話の流れだったかは忘れてしまったが、ある日郁実《いくみ》が夕食時にそう言い出したことが全ての始まりだった。

「お前が子供の頃、読ませる本探すのに苦労したよ。……桃太郎とか、かぐや姫みたいな定番な子供向けがあればいいんだけど。いや、かぐや姫も結構えぐいか……死人も出るし」

「かぐや姫？」

「俺が生まれた世界では、誰もが知ってるお伽噺《とぎばなし》だ」

そう言って、郁実が簡単にストーリーを説明してくれた。

竹の中から生まれた姫が、縁談を断るために自分に求婚してきた男たちに無理難題をふっかけ、帝《みかど》の求婚さえ断り、最後は月に帰るという話だ。

「どこに死人が出てくるんだ？」

「姫の無理難題を叶《かな》えるために、二〜三人死んだ。俺もうろ覚えなんだが」

気になるけどもう二度と戻れないからなぁと郁実は少しもどかしそうに笑って言った。

「よくそんな女のために命を懸けたな。どう考えても、最初から求婚を受ける気はないだろう」

率直な感想を述べると、郁実は笑いながら言った。

「面子《メンツ》のためだったのかもしれないけど、好きな人のワガママならどんなことでも叶えたいと思ったのかもしれないぞ」

話しながら郁実は大皿に盛られた料理を自分の皿に取った。ロイの好物はほとんど取らない。彼はいつも、さりげなくロイに一番おいしい部分を残そうとする。もう大人になった今でもその癖が抜けないのだ。

（……郁実の我《わ》が儘《まま》って聞いたことがないな）

郁実が取った料理を見ながら、ふとそう思った。

ロイは子供の頃、それなりに我が儘を言って郁実を困らせた経験があった。

口数の少ない子供だったが、へそ曲がりでもあったのだ。今思うと恥ずかしいが、あの頃は本当にまだ子供だった。郁実が自分を、普通の子供でいさせてくれたのだ。

だが、郁実は誰かの前で、〝普通の子供〟でいられた時期はあったのだろうか。

「郁実はないのか？　叶えて欲しい無理難題は」

「なんだよいきなり」

「なんでもいいから言えよ」

「えー？　なんだろうなぁ。う――ん」

郁実は心底困ったように首を捻《ひね》ってしまった。

「今は魔物の本とか。……あ、でも城の図書室に全部あるからな。禁書まであるんだ。すごいよあそこ。魔物の尻尾《しっぽ》だけの研究とかマニアックな論文まであるんだ」

「……他には何かないのか。欲しい物」

話を魔物から元に戻すと、郁実は再び困ってしまった。

「う――ん……あっ、そうだ！　ロ……」

「俺の服とか、そういうのは自分で買うからナシな」

「……」

そう言われて本格的に困ってしまったらしい郁実は、すっかり黙り込んでしまったが、ロイは話題を変えずにじっと見つめて黙り込んでいた。

そのプレッシャーに郁実は困っていたが、やがて「あ」と言った。

「？　思いついたか？」

「い、いや……なんでもない」

「なんだ？　言えよ」

「ちょっと待て。別の考える」

「今考えたのを言えって」

「いや……手に入れるのほぼ不可能だから」

「だったら尚更《なおさら》だ」

ロイは机の上に置かれている郁実の手に自分の手を重ねて強く握り込んだ。

「言うまで離さないからな」

「な、なんなんだよもう。しつこい！」

彼は頬を赤くしながら、可愛らしく怒っていたが、食事を終えても本気でロイが手を離す気がないと分かると、根負けしたように溜息《ためいき》を吐《つ》いて言った。

「カスペル社が出してるフッキーって子供向けのお菓子あるだろ？　あれ、今五個買うと、一個コインが貰《もら》えて、そのコインの枚数分クジが引けるんだ。で、そのクジの景品っていうのが、なんと魔物のぬいぐるみなんだ！　小さいやつなんだけど、結構クオリティ高いんだぞ」

忌み嫌われている魔物のぬいぐるみとは珍しい。おそらく、世界初ではないだろうか。

「そのぬいぐるみが欲しいのか？」

「欲しいのはレアの十九番と百二十二番のやつ。十九番はなんとか自力で当てたんだけど、超レアの百二十二番が全然当たらなくて。そのおまけ、全部で三百種類もあるから……」

「はあ!?」

馬鹿じゃねーのかと言いたくなったが、なんとか飲み込んだ。

「……仕事の合間にちょくちょく買いに行って頑張ってコインを集めてるんだけど、同じのばっかり当たって全然出なくて……バギスばっかり当たるんだ」

バギスは夜の森によく出る大きな鳥のような魔物だ。

森でよく聞く「ギャアギャア」という声の正体は大体こいつで、全国各地どの森にもいる魔物だった。

郁実の寝室に、やたら不細工な鳥のぬいぐるみが大量に並んでいると思ったらそういうことだったのかと納得した。

「どー――しても俺、百二十二番が諦《あきら》められなくて！」

恥ずかしそうにしながらも、熱っぽくそう言う郁実は、まるで玩具《がんぐ》を欲しがる子供のようだった。こんなに何かを欲しがっている郁実を見るのは初めてのことだった。

「……分かった」

「？」

「百二十二番、取ってきてやる」

「無理だって。地獄のガチャ沼だから絶対に手を出さない方がいい」

「ガチャヌマ？」

「国中のフッキーを買い占めるぐらいしないと当たらないから、止《や》めておけ」

「いい。それぐらいじゃないと、張り合いがない」

郁実はハナから手に入ると思っていないのだろう。「無理すんな」と言って笑っていた。

翌日から、ロイは毎日フッキーを買い漁《あさ》った。フッキーはビスケットにチョコレートがかかったよくあるお菓子だ。

甘い物はそんなに好きじゃないが、城で働く侍女たちに渡すと皆喜んで受け取ってくれるため助かっていた。

だが、郁実が言っていたように、確かに百二十二番は全く当たらない。

他の雑魚《ざこ》魔物のぬいぐるみは山のように当たる。

それなりにレアだと郁実が言っていた十九番も当てることが出来た。

（十九番って、リルゼルか……）

意外とグロテスクな特徴を抑えていて、サイズ感的にもちょうど同じぐらいなので、見ると少し懐かしい気持ちになる。リルゼルは憎むべき存在でもあったが、恩人でもある。

それに、ロイ自身もよく世話をしていたため、不思議とリルゼルという魔物に対しては憎しみは湧かなかった。

郁実はそれを、仕事場のデスクに飾っているらしいが、家用にも一つ、渡してやったらきっと喜ぶだろう。

百二十二番が当たったら、一緒に渡そうと思った。

出来れば、あたかもたやすく手に入れたかのようにスマートに渡したい。

そう思い、それらのハズレぬいぐるみたちを、仕事場の机や、家のクローゼットの中に隠していたが、そろそろ入りきらなくなって爆発しそうだった。

それにしても、郁実がどうしても手に入れたい「百二十二番」とは何の魔物なのだろうか。


――一カ月後。

「無理だ……」

ロイは大量の外れぬいぐるみの山を前に、絶望的な声を上げて項垂《うなだ》れていた。

最初の内は、当たるまで大量に引けば出る物だろうと思っていた。だが、引いても引いても全く出ないクジに、本当に百二十二番が入っているのかどうかすら怪しく思えてきてしまった。

フッキーを扱う店は全国各地にある。カナルガルズやリーメルの店舗に置かれているフッキーを買い占めたところで、地方の店舗に百二十二番が入っている可能性の方が高い。

ルゲラに乗って、郊外の店舗も回ってみたが、未《いま》だなしのつぶてだ。

雷で打たれて死ぬ確率よりも低そうで、手に入れるのは非現実的なように思えた。

半ば諦めかけていたある日、ふと、護衛中に王が呆《あき》れたように言った。

「お前……モテたいのか？」

「……は？」

なんの話か全く分からず、思わず冷たい目を向けると、国王は「弟みたいな怖い目をするな」と怯《おび》えた。

「最近、城の女たちに毎日菓子を配り歩いているではないか」

「ああ。菓子が余ってしょうがないので」

「みんな勘違いしているぞ、この罪作りめが」

そう言って国王が窓の外を指差すと、仕事の手を止めた侍女たちがこちらを見て、顔を赤くしながら何かひそひそと話し合っている。

「もしやお前、フッキーを買うと当たる魔物のぬいぐるみを集めてるのか？」

「……ご存じなのですか？」

「当たり前だ。子供たちの間でかなり流行《はや》っていると聞くぞ。魔物のぬいぐるみなんぞ、教育に悪いから即刻廃止にすべきという声もあって、ちょっとした社会問題になっとる」

噂どころか常識だと国王が鼻息荒く言った後、ロイをちらりと見て言った。

「お前が魔物のぬいぐるみなど集めるとは到底思えない。神子《みこ》のためか？」

「はい。そうですが？」

「お前、そんなに恵まれた容姿をして縁談も引く手あまただと言うのにいつまでも神子神子と……」

国王はもったいないと溜息を吐《っ》いた。

「………神子が……どうしても百二十二番のぬいぐるみを欲しいと。しかし全く当たりません」

「ふーん……百二十二番か」

国王はうんうんなるほど、と頷《うなず》き、ロイを見てニヤッと笑った。

「百二十二番は確かに物凄《ものすご》くレアだな」

「ご存じなのですか？」

「悪名高い魔物ゆえにレアなのだ。子供の教育にも悪いから、ほとんど流通していない。ゆえに超レア魔物となっているんだ」

知りたいか？　とニヤニヤしながら聞かれたので、ロイは早く言えというように冷たい目を向け、無言で頷いた。

「百二十二番はベルケルス。そなたの父親だ」

「！」

――でもど――――しても俺、百二十二番が欲しくて諦められなくて。

（あいつ……）

今すぐ帰って抱きしめたい。そんな衝動に駆られた。

自分の中に流れている父親の血は、忌まわしいものだと、今でも思っている。

母の人生も、その人格すら狂わせたおぞましい血。だがそれでも、自分の体に流れているのは逃れられない事実だった。

自分は人間でもあるが、もう半分は、ベルケルスなのだ。

そのぬいぐるみを、郁実《いくみ》があんなにも欲しがってくれていることが嬉《うれ》しかった。

諦めるなんてとんでもない。やはり、国中のフッキーを買い占めてでも、なんとしても手に入れなければならない。

「やみくもに探しても、あんなもん手に入らんぞ。クジ運っていうのは物欲に反応するんだ」

国王がそう忠告した後に、自信たっぷりに言った。

「……私にいい案がある」


その夜。

郁実はロイから無言で渡されたソレを受け取ると、呆然《ぼうぜん》とした表情で自分の手の中にあるぬいぐるみを眺めた。

「え？　なんで？　なんで……どうして……」

俯《うつむ》いたまま、ただそれだけを繰り返す。喜んでいるとはとても思えない様子に、ロイは少しショックを受けた。

「百二十二番ってこれじゃなかったか？」

間違っていたならと回収しようとすると、彼はガバッと思い切り顔を上げた。

「ろ、ロイ～～～!!」

「!?」

後ろに倒れるのではないかと思う程思い切り抱き着かれ、ロイは狼狽《うろた》えた。まるで、大きな犬に不意打ちで突進されたような感覚だ。

抱き着いたままこちらを見上げた郁実の顔は、感無量といったように頬を紅潮させていて、涙さえ浮かべている。

「郁実……」

ありがとう、ありがとう、と何度もぬいぐるみを抱き締める。

その仕草は、まるでいたいけな子供のようで、ロイも驚く程の喜びようだった。まさかここまで、喜んでくれるとは思わなかった。

「でも、どうやって手に入れたんだ!?」

「……ちょっとな」

「？」

国王が宮廷占い師を使い、どの店のフッキーにロイが求めている物が入っているか占わせたのだ。

幸いにも、隣町の店の今朝《けさ》の入荷の中に入っていることが特定され、その店の全てのフッキーを買い占めたところ、ようやく当てることが出来た。

代償として、国王から面倒ごとを大量に頼まれてしまったが、そんな無様な舞台裏は、郁実の前では明かさないことにした。

「あと、これももう一個当たったから、家に飾っといたらどうだ？」

そう言って十九番を差し出すと、郁実は瞳《ひとみ》を揺らして再び歓声を上げた。

「リル！」

そう言って両手の上にそれを載せている姿を見ると、やはり懐かしい気持ちになった。

「ロイ……ありがとな。一生の宝だ」

初めて見る無邪気な笑顔。

それがあまりにも可愛いらしくて、思わず手を伸ばし、自分がいつも彼にされているように頭をわしゃわしゃと撫《な》でてしまった。

確かに、愛する相手の我《わ》が儘《まま》なら、たとえ無理難題でも叶《かな》えてやりたくなるものなのかもしれない。

もっともっと叶えて喜ばせてやりたい。どんな我が儘でも言って欲しい。

ロイは、背後で溢《あふ》れかえりそうになっているクローゼットの魔物たちをどうするか悩みながら、郁実の心からの笑顔を飽きもせずに眺めていた。

番外編　だいすきだから、いっしょにいる

1．迷子を拾う

王都から南西に少し足を延ばすと、ハルムリードという海辺の街がある。

約六十キロに渡って続く長い浜で、毎年夏にハーダー祭《さい》という大規模な祭りが開催される。

ハーダー祭は豊漁を祈るだけではなく、海で死んだ全ての者のための鎮魂の祭りでもあった。ハルムリードは海流の関係で世界中の海から色々な物が流れ着くため、海で死んだ全ての者の魂は皆この浜に流れ着くという言い伝えがあり、海難事故によって大切な人を亡くした人々が、世界中から訪れるのだ。

海辺には色とりどりのランタンを灯《とも》した船が多数浮かび、花火も盛大に上がるため、美しい祭りとしても有名で、ただの観光目当ての客も多く集まる。

郁実《いくみ》とロイは、休暇を利用してその祭りに訪れていた。

浜辺に並んだ露店はたくさんの装飾が施され、店先にはカラフルなランタンがたくさん吊《つ》るされている。まるで夢のように美しい光景だった。

「どうしても来たかったんだ。ロイ、ありがとな。連れてきてくれて」

瞳《ひとみ》を輝かせながらロイを見上げてそう言うと、彼は照れくさそうに顔を背けてしまった。

「……別に、休暇合わせただけだろ」

「それが一番大変だろ。忙しいのにありがとう」

毎日規則正しい郁実の勤務と異なり、護衛騎士である彼は不規則で常に忙しく、休日以外で休みを合わせるのはいつも苦労する。

「でも、本当に休んで大丈夫だったのか？」

国王の護衛騎士は交代制となっているが、ロイは国王に一番信頼されているらしく、他国に行く際や公式行事があるときなどいつも以上に身辺に気を付けなければならない時は必ずお供に指名されている。何の行事がない日も、王が気まぐれに「旅に出たいからロイ付き合え」と言うこともあり、よく文句を言いながら出張に出かけていることもある。

「ああ。この日に外出の予定を入れたら暗殺するって脅しておいた」

「お前、不敬罪で処刑されるぞ!?」

ロイは国王に対してかなり尊大な態度を取っているようだが、なんだかんだ関係は悪くないらしい。だが、相手は国の最高位の人間だと思うと、ハラハラしてしまう。

「お前の〝お願い〟以上に優先するものはないからな」

ロイはそう言い切った後、やはり少し照れくさそうに話題を変えた。

「それより、ランタン買うんだろ？　あっちだ」

グイッと手を引かれ、海に流す用のランタンを購入しにいった。

赤、緑、橙《だいだい》、青と色とりどりのランタンが並んでいるが、郁実は迷いながらも、赤のランタンを選んだ。そして、そこに予《あらかじ》め家から持ってきた花束と手紙を添えて小船に積み込む。

「……誰への手紙だ？」

「コニーと、リルに。生きてるならそれが一番なんだけど、もし、あの時あの渦に落ちたんだとしたら……せめて、ここに辿《たど》り着《つ》いてたらいいなって」

「……それでこの祭りに来たがってたのか」

ロイが納得したように言った。

郁実はあれからもずっと、コニーとリルの行方を追っていた。だが、どれだけ調べても何の目撃情報もなかった。

もし彼らが死んだのだとしたら、墓もなく、弔う人もおらず、花さえ手向けられない。あまりに悲しい死に方で、それを思うとどうしても苦しくて仕方がなかった。

「せめて、感謝の気持ちだけでも伝えたくて。自己満足かもしれないけど」

ロイがしばらく黙っていたあと、真剣な声で言った。

「……俺は、あの大渦に飲まれたら、二度と生まれ変われないとは思わない。そんなのは殺生を禁じられている神殿の連中が儀式と称して都合の悪いものを殺すために作った適当な言い伝えだ。俺はあいつらの魂は生きてると思う。……案外、もう、生まれ変わってるかもしれない」

そう言いながら、自分でもらしくないと思ったのだろう。最後の方は少し小声になっていたが、その言葉に郁実は救われたような気持ちになった。

「ありがとな。ロイ」

礼を言って笑うと、彼は照れくさいのかプイッと顔を背けながら言った。

「……手紙、なんて書いたんだ？」

「助けてくれてありがとう。生まれ変わったら、会いに来てくれって。それで、今度は直接礼を言わせて欲しいって」

「そうか。届くといいな」

「ああ」

漕《こ》ぎだした小舟に灯る赤い明かりが、海に向かって滑るように遠のいていくのを黙って二人で見つめていた。

ランタン送りを終えると、煌々《こうこう》と光る海を見つめながら郁実はロイと波打ち際を歩いて散策していたが、途中、ロイが少し意地の悪い笑い方をして言った。

「そういえば国王が言ってたが……ハーダーの祭りの日に浜辺を歩いていると、誰かに手を摑《つか》まれることがある。それは死者の手だとか……」

「い、いきなり怖い話すんなよ」

そう言って青ざめると、ロイは突然ガシッと郁実の手を摑み、驚かせてきた。

「うわああっ」

反射的に抱き着いてしまうと、ロイは「いい反応するな」と満足気に笑った。それが悔しくて、郁実はロイに摑まれた手を振りほどいて体を離す。

「……まあ、でも、手握られてもあいつらだったら別にいいか」

「よくねえよ。お前の手を握った奴《やつ》は全員殺す」

「……幽霊相手に何言ってんだ」

それからしばらく、祭りの風景を楽しんでいたが、郁実は時折自分の手を気にしていた。

混雑した場所だ。誰かとぶつかったり、手が触れ合う度に思わず下を見てしまう。コニーやリルが、自分の手を引っ張ったりしないかと期待してしまう。

(怖いけど……でも、会いたいし……リルだったらネバッとするのかな)

そんなことを考えていると、ふと、周りが騒がしくなってきた。どうやら、祭りも中盤に差し掛かったようで、花火が打ち上がるらしい。

この世界にも、祭りの折にはよく花火が上がる。火薬ではなく、魔法によって打ち上げられるため、元の世界の花火とは色や形が少し違うものの、同じように華やかで美しい。

ロイやシグルドが子供の頃は、祭りがあるとよく花火を見に連れて行っていたが、大人になってから見るのは久しぶりだ。

「ロイ、ほら花火だぞ」

思わず幼い頃にそうしていたように彼の腕を摑み、空を指差すと、ロイは素直に上を見上げた。

会場に浮かぶ船から次々に花火が上がり、同時に、人々の賑《にぎ》やかな歓声も上がる。

「うわぁ。綺麗《きれい》だな。なあ、ロイ」

「郁実……」

上を見上げたまま、その光景の美しさに見とれていると、ふとロイに名前を呼ばれた。

「?」

次の花火が上がる。その瞬間、打ち上がったとほぼ同時にロイにキスをされ、郁実は真っ赤になって押し黙ってしまった。

「……なんだ？」

キスならいつもしているだろうと言わんばかりの顔だ。

「……いや、お前ってたまにすごくロマンティックなことするよなぁ。花火と同時にキスとか、漫画でしか見たことがないって思って」

「漫画ってなんだ？」

「漫画ってのは、俺が元いた世界の文化で……小説みたいな物語が絵と台詞《せりふ》で」

そう説明しようとした時、郁実はハッとした。左手に、冷たい感触がある。指の先を明らかに誰かが握っている。

ロイは右側に立っているから、彼の手ではない。

「どうした？」

不自然に言葉を止めた郁実に、声を低くして辺りに警戒しながら言った。

「い、いや……なんか……」

そう言って恐る恐る視線を下に向けると、ロイも一緒に視線を下に向けて、やはり郁実の左手を誰かの白い手が掴んでいた。

「ゆ、ゆ、ゆうれい……？」

思わず震えながら言ったが、よくよく見てみるとその手はかなり小さい。

「うっ……うっ……」

おまけに、子供の泣き声まで聞こえる。視線を左側にずらすと、まだ三、四歳の子供が郁実の手を摑んで泣いていた。

「えっ、迷子か!?」

郁実は慌ててその場にしゃがみこみ、子供と視線を合わせた。

「ど、どうしたー？」

「うっ、ひっく……うぇっ……」

金の巻き毛の、天使のように可愛らしい顔立ちの子供だった。あまりに可愛らしすぎて、男の子なのか女の子なのかの判別もつかない。

「大丈夫だよ。ここは怖い場所じゃないから」

「……うぇっ……うっ、う……っ」

恰好《かっこう》はそんなに汚れていない。貧しそうな身なりではあるが、靴もちゃんと履いている。

「ここには誰と一緒に来た？　その人は、今日どんな色の服を着てたかな」

「…………」

質問すると、子供はプイッと顔を背けて走り出してしまった。

「あっ、ちょっと！」

と言っても、まだ小さいので速足で追いつける速度ではある。親の元へ向かっているのかと思ったが、どうもそうではなさそうだ。

人混みの中に入ってしまったら大変だと慌てて追いかけようとすると、子供は途中で転んでしまった。

砂浜なのでケガはないだろうが、転んだというショックに子供はさらに泣き出した。

「うええええん」

慌てて駆け寄って子供を抱き起して体を確認するが、けがはないようだった。

「よかった……」

ホッと安堵《あんど》していると、それまで黙っていたロイが、ヒョイッと片腕で子供を抱き上げた。

「ロイ？」

「また走り出されたら面倒だ。さっさと親を探そう」

「やだ！　はなせ！　ゆうかいはん！」

子供はロイの腕の中で暴れ回ったが、魔物の力には敵《かな》わずびくともしない。

それでも、子供はしばらくもがいていたが、やがて疲れてしまったのか諦《あきら》めて大人しくなった。

片腕に子供を抱えて砂浜を歩いているロイを、郁実は思わずジッと凝視してしまった。

「なんだ？」

「いや、なんかそうやって子供抱っこしてると、ロイも若いパパさんに見えるなぁ……って。あんな小さかったロイが……もうパパかぁってなんか感慨深くて」

「いや、〝パパ〟じゃねーよ」

ロイは強固に否定したが、子供を腕に抱えているのが本当に妙に似合っている。いい父親になれそうだ。

（まあ、俺と一緒にいる限り……あり得ない光景なんだけど）

そう思うと、少しだけ胸が痛んだ。ロイの元には貴族や王族問わず多数の年頃の娘から縁談が来ていると言うが、彼は全て断っているらしい。

城で働くメイドたちがそう話しているのを聞く度に、本当にこれでいいのかと、どこか後ろめたい気持ちになってしまう。

彼は今、城ではロイ様と呼ばれて羨望《せんぼう》の眼差《まなざ》しを浴びている。

「郁実《いくみ》？　どうした」

「え？　あ、いや……ロイが若いパパなら俺はもうおじいちゃんかってさ……まあもういよいよ三十だもんなぁ……」

思わず溜息《ためいき》が出てしまう。この世界に来てから、もう随分月日が経《た》った。ロイも二十歳になったのだから当然だ。

「そんな十代みたいな顔して何言ってやがる。年齢偽ってるんじゃねーか？」

「はは、お前はお世辞が上手《うま》いなぁ」

偽れるものなら偽りたい。そう思っていると、ロイが腕の中に抱いた子供を見ながら言った。

「……それで、どうするんだ？　こいつ」

「ああ親御さんが探しに来るかもしれないから、あんまり動かない方がいいと思う。まずこの辺りを探してみよう」

そうして郁実たちは、周りにいる大人たちに子供とはぐれて探している親はいないか聞いて回ったが、見つかる気配すらなかった。

何せ世界中から人が集まっているから、ものすごい人混みなのだ。その上、ビーチは六十キロに渡って続く長い浜だ。一日かかっても歩ききれない。

結局祭りが終わって、人々が帰ってしまい閑散とした後にも海辺を探してみたが、子供を探している者は見つからなかった。

ロイの腕の中で、子供はもうすっかり疲れて寝てしまっているようだった。

「あーあ。この世界にも交番があったらなぁ」

郁実が元の世界の文化を思い出しながら嘆いた。これはロイを保護したときにも思ったことだ。親に捨てられた子供は路上で生きるか人さらいに摑まって売り飛ばされるか、飢えて死ぬしかないというのがこの世界の常識だ。

「仕方ないな……また明日探すことにしてとりあえず今日はうちに連れて帰ろう。いいか？」

「………まあ、そうするしかないな」

ロイは気が進まないというように渋りながらも頷《うなず》いてくれた。

2．由々しき事態

――翌朝。

郁実は誰かに揺り起こされる感触で目を覚ました。

「ん……？」

まだ外から差し込む日の光は白い。郁実はいつもはこの時間には起きていたが、昨日は夜中まで保護者探しをして疲れていたため起きられなかった。子供は早くに目を覚ましたのだろう。ベッドの横に立って無言で郁実の肩を揺すっている。

「どうした？」

寝ぼけながら目を擦《こす》りながらそう言うと、子供は、部屋の隅に置かれた箱の中で仰向けになり、気持ちよさそうに眠っているルゲラを指差して言った。

「このいえ、まものがいる！」

甲高い声が部屋に響くと、郁実は慌ててシーッと指を口に当てて言った。

郁実は今日も休暇を取ったが、ロイは仕事だ。夜遅くまで護衛をしなければならない。昨日も夜中まで親探しをして疲れているだろう。ギリギリまで寝かせてやりたかった。

そっと様子を見てみるが、ロイはまだ眠っていたのでホッとした。魔物ゆえ朝は弱く、眠りが深い。

郁実は子供の頭を撫《な》でて、安心させるように小声で言い聞かせた。

「驚かせてごめんな。この子はルゲラ。俺たちはルーって呼んでる。魔物だけど、大人しくてやさしいぞ」

「やだこわい！　どっかやって！」

「うーん、でも気持ちよく寝てるから起こすの可哀相《かわいそう》だな。そうだ。俺たちが起きようか。おなかすいたんじゃないか？　デッグ作ってやるから、隣の部屋に行こう」

デッグは、この国の朝食でよく食べられる甘いパンケーキのような食べ物だ。子供は郁実の提案にプイッと顔を背けたが、まるで返事をするようにグウウと腹を鳴らした。

その反応に、郁実は笑いながら手を引いて子供をダイニングへ連れて行く。

ご飯の前に顔を洗うように言って、ブロンドの髪を梳《と》かして着替えをさせた。昨日、寝る前にロイの小さい頃着ていた物を簡単に仕立て直したが、やはり全くサイズが合わない。

「ご、ごめんな。あとで買い物に行こうな」

ダボダボサイズがとても可愛らしくて思わず笑ってしまいそうになる。

とても可愛い子供だ。男の子か女の子か判断が難しいぐらい可愛らしいが、どうやら男の子のようだ。

元々彼が着ていた服を洗濯しようと手にすると、裏の裾《すそ》のところに「ニルス」と名前が縫われていることに気付いた。

「ニルスっていう名前なんだな」

裾に縫われた刺繍《ししゅう》を見ながら言うと、ニルスはプイッと顔を背けた。

服はツギハギだらけだったが、胸元には可愛らしいクマの刺繍がつけられている。

この刺繍をした親はさぞ心配しているだろうと胸が痛くなる。一刻も早く保護者の元に帰してやらなければならない。

（それにしても……）

郁実はニルスの顔をじっと見つめた。

「なあに？」

「あ、ごめん」

（……どこかで会ったことがあるような気がするんだよな）

それは漠然としたデジャヴに近いものだった。ハーダーの祭りの日に会ったから、〝彼ら〟の生まれ変わりではないかなどと思ってしまう。

願いに近いものだったが、この迷子を自分たちが保護したことには、何か運命的なものがあるような気がしてならなかった。


野菜のポタージュを煮込みながら、デッグを焼いていると、ロイが起きてきた。

「ロイ。おはよう」

フライパンを返しながら挨拶《あいさつ》すると、彼は寝《ね》ぼけ眼《まなこ》のままいつものようにモーニングキスをしようとした。幼い頃からの彼の習慣だ。これをしないと気が済まないらしい。

「ちょっ、待て待て待て待て」

「？」

「ニルスがいるから！」

「誰だニルスって……」

ロイはキスを拒まれたことで不機嫌な顔をしながらちらりとダイニングの方を見た。そして、椅子に腰かけてこちらをじーっと見ているニルスの存在にようやく気付いたようだ。

「……昨日のガキか」

「ガキって言うな。ニルスって言うんだ」

「ふーん……」

ロイは興味なさげに言うと、隙をついて素早く郁実にキスをした。

「あっ、こら！」

油断も隙もないと思いながら慌ててニルスの方を見ると、彼は不思議そうにこちらを見ている。

子供の前でキスをするのを恥ずかしいと思う感覚は、日本人的な感覚だろうか。元の世界でも海外映画などではごく普通に夫婦は子供の前でキスをしている。

（いや、夫婦じゃないけど……）

ロイはニルスを気にする様子もなく、郁実の横に立ち、代わりに鍋《なべ》を掻《か》き回してくれた。彼は力が強すぎるため料理には全く向かないが、それでも出来る限り手伝ってくれるし、その他全てのことをやってくれる。

ようやく朝食が出来上がりテーブルに並べると、郁実はニルスの前に置いたデッグに蜜《みつ》をたっぷりかけた。ニルスはよほど腹が減っていたのだろう。しばらく瞳を輝かせていたと思うと、勢いよくデッグにかぶりついた。

（ロイが小さかった頃を思い出すなぁ）

彼も最初全く心を開いてくれなかったが、食事を出したら夢中で食べてくれた。それも泣きながら。

（この子は物凄《ものすご》くおなかは空《す》かせてるけど……極度に飢えてる訳じゃなさそうだ）

「美味《おい》しいか？」

ニコニコしながら聞くと、ニルスは食べていた手を止めて首を横に振った。

「……まあまあ。もっとおいしいの知ってるもん」

「は？　郁実が作ったのが世界一に決まってるだろうが」

ロイに睨《にら》まれると、ニルスはビクッとして郁実の方に身を寄せた。

「こらっ、ロイ！」

大人げないこと言うなとロイを叱責すると、ニルスの背中を撫でて安心させながら、郁実は聞いた。

「もっと美味しいデッグを作ってくれたのは、お父さん？　お母さん？」

するとニルスはしまったというような顔をして、誤魔化すようにガツガツとデッグの残りを食べた。

何か親の元から離れたい事情でもあるのだろう。だが、関係は悪くなさそうだ。少なくとも劣悪な環境で育てられたようには見えなかった。

「俺、今日仕事休んでハルムリードでニルスの保護者探してくる」

するとロイは何とも言えない苦い顔をした。彼はどうしても今日、仕事を休めないに違いない。

「……昼間だけだぞ。少しでも日が傾いたらすぐ家に帰れ」

「ああ」

ロイはひどく心配性だ。郁実が夜出歩くことをよしとしない。だが、郁実としても自分ひとりならともかくニルスを連れて夜遅くまで出歩くつもりはなかった。

「俺も仕事のツテを当たってみるから無理するな」

「……ありがとう。ロイ」

だが結局、その日も、その次の日もニルスの保護者は見つかることがなかった。

――三日後。

「うーん、ダメだなぁ」

庭先の青いポストが空っぽなことを確認し、郁実は溜息を吐《つ》いた。

ヘルズヘイムの郵便システムは魔法によって発達しており、手紙を送れば翌日には全国各地どこへでも届く。

一昨日からずっとハルムリードでニルスの親を探しながらビラ配りをしてみたが、今のところ誰からも問い合わせの手紙は来ていない。

「もうちょっと……ビラ作ってみるか」

肩を落として部屋に戻ると、ニルスが走り寄って抱き着いてきた。最初はかなり警戒されていたが、昨日ぐらいから急にべったりと懐かれ始めた。

子供の頃のロイと打ち解けるにはかなり長い時間を要したのでこの順応性の高さに驚いてしまう。

（さすが人間の子供……いや、元々人懐っこい子なのかもな）

「いくみ！　どこいってた！」

「ごめんごめん。ちょっと庭に出てたんだ」

「おにわ？」

「うん。ニルスもお外出るか？」

そう言って手を差し出すとニルスはこくっと頷いて郁実《いくみ》の手を握り、外に走り出る。だが彼は薬草や花が植わっている庭を見渡すと、つまらなそうに言った。

「ぶらんこは？」

「ブランコはないなぁ。ニルスが住んでたおうちにはあったのか？」

「なかった」

「そっか。ブランコ乗りたいのか」

生憎《あいにく》、元の世界のいわゆる「公園」というような遊具の並ぶ子供向けの場所というものは存在しない。

（ロイに作って貰《もら》えないか頼んでみるかな……）

彼は手先も器用なため、家具などもちょうどいい大きさの既製品がないと嘆いていると、時折素晴らしいクオリティのものを作ってくれる。

今日は出来るだけ早く帰って来てくれると言っていた。ヘルズヘイムの夏は日がとても長いため夕暮れ時のように見えるが、実際はもう夜と言っていい時間帯だ。

そろそろ帰ってくる時間だろうかと思っていると、ちょうど門扉の開く音がしてロイが帰ってきた。

ニルスが慌てて郁実の後ろに隠れる。ニルスは、まだロイが怖いらしい。

「ロイも帰って来たし、ご飯にしようか。今日はモナ肉のハンバーグだぞ」

「はんばーぐってなに？」

「遠い世界の食べ物。うまいぞー。ロイも昔から大好物なんだ」

「ふーん」


ニルスはハンバーグをとても気に入って、お代わりまでしていた。

たくさん食べて眠くなってしまったのだろう。食事を終えた後しばらくおもちゃで遊んでいたが、すぐにうつらうつらし始めてしまった。

「ねんねの時間かな」

郁実がそう言って笑い、ニルスをベッドルームへ運ぼうとすると、ロイがそれよりも先に立ち上がった。

「俺が運ぶ」

そう言って彼はニルスを抱え上げた。

ベッドルームの隣の部屋は元々空き部屋だったが、今はニルスの部屋として使っている。

元の世界の日本人的な感覚では、ベッドで川の字になって寝るのがいいのではないかと思ったのだが、ロイにとってはあり得ないことらしい。

それに、ニルスはまだルゲラを怖がっているようなので、彼専用の部屋を用意することにした。急遽《きゅうきょ》用意したふかふかのカーペットと小さなベッド。それからたくさんのぬいぐるみや玩具《がんぐ》と絵本。

小さなベッドに寝かしつけてダイニングに戻ってくると、ロイは郁実が作ったビラを手に言った。

「……あのガキのこと、国王に頼んでおいた。宮廷占い師によると、ニルスの保護者は旅行者ではなくヘルズヘイムの人間だ。ハルムリード近隣の漁村で暮らしているらしいから、その辺を探してもらう」

「えっ⁉　国王に迷子探しなんて頼んでいいのか⁉」

まるで顔の広い友人に頼んだとでも言わんばかりのフランクさに、郁実は驚いた。

「実際に動くのはオーグレンだ。あいつは移動魔法が使えるからな」

「そこまでしてくれたのか……オーグレンさんにも申し訳ないな」

なまじ移動魔法という便利な魔法を使えるゆえに、こきつかわれる彼の苦労の滲《にじ》む笑顔を思い出すと申し訳なくなる。

ロイは「国王にでかい借りが出来た」と苦々し気に言った。

「親探しはもうちょっと待ってみろ。俺たちがむやみに探すよりも早そうだ」

「……確かに」

郁実は安堵《あんど》した。国王の命令の元捜索して貰えれば、ビラ配りなどするより、遥《はる》かに見つかる可能性は上がるに違いない。

「ただ、行方不明の子供を探している親なんていくらでもいるからな。ニルスっていう名前も珍しくない。偽物の親も現れそうだし注意しねえと」

「そうだな……」

各地の町や村では人さらいも多い。魔物に連れさらわれた子供も多くいる。子供を探している親は多いだろう。

「……ありがとうロイ。まさかニルスのことで国王に直談判しに行ってくれるなんて思わなかった」

彼は日頃、口癖のように国王に借りは作りたくないと言っている。

「……由々しき事態だからな」

ロイは苦々しく言った。彼はニルスについてさほど関心を持っていないようだったから少し意外だった。

「？」

「いや、なんでもない。それより……」

不意に両手首を摑《つか》まれて壁に押さえつけられ、繰り返しキスを受ける。そのままシャツの中に手を入れられまさぐられ、突然始まった性急な行為に郁実は戸惑《とまど》って顔を上げた。

「おっ、おい……っ」

「もう三日してないだろ」

「……っ、いや、でも、んっ……」

ドア一枚は隔てているし、ニルスはぐっすり眠っているはずだ。だが、例えばトイレなどで起きる可能性もあると思うとハラハラした。

だが、以前は毎晩のように抱き合っていたことを思うと、郁実もそろそろロイと抱き合いたい思いがある。

「三日してなかっただけで、随分敏感だな」

肌をまさぐりながら郁実の反応をからかうようにロイが言った。指の先でグリグリと乳首を摘《つま》まれて、郁実はゆるゆると首を横に振った。

「声、出ちゃうから……ぁっ、ああっ」

そう言っているのに、彼は逆に楽しむように下着に手を入れ、勃《た》ち上がりかけた郁実の先端を扱《しご》いた。

「！　んん～～――ッ……!!」

反射的に両手で口を塞《ふさ》ぎ、必死に声を我慢する。

「……っ、ん、ん……っ」

「エロ……」

ロイが興奮したように呟《つぶや》いたが、やがて郁実の両手を口から外させて、背中に回して、代わりに自分の唇で塞いだ。

やがて先走りでグチュグチュという水音がするようになると、ロイは郁実のズボンと下着を一緒に下げる。

「郁実……壁に手突けるか？」

コクッと頷《うなず》き、言われた通りにする。尻《しり》だけ突き出すような間抜けな姿勢に、羞恥《しゅうち》心《しん》から顔を赤く染めた。

彼は郁実のその場所を指で掻《か》き回した。

「んっ、あっ……あぁっ、ん……っ」

壁に手を突いているため、自分の口を塞ぐことが出来ず、どうしても声が漏れてしまうと、耳元でロイが「しーっ」と囁《ささや》く。

必死で唇を噛《か》みしめていると、彼は慌てて郁実の口に自分の左手の指を突っ込んだ。

「噛むならこっちだ」

「ん、ううー……っ」

ガクガクと足が震え、立っていられなくなってくると、ロイは指を引き抜き、性急に自分のズボンの前を寛《くつろ》げた。

(立ったままするのは初めてだ……)

少し不安げに振り返ると、ロイが安心させるように郁実にキスをした。

「大丈夫だ。後ろからなら、痛くないからな」

そう言って、彼は自身の猛《たけ》り立つ性器を郁実の秘部にあてがった。その時だった。

「いくみーおしっこー」

突如響き渡った甲高い声に、郁実は壁に手を突いたまま膝《ひざ》から崩れ落ちそうになった。

「いくみー？」

ガチャッとドアが開くより僅《わず》かに早く、郁実は下着とズボンを上げたが、弾んだ息はまだ戻らない。

「ニルス、おきちゃったのかー？　おしっこいこうなー」

そう言って乱れた胸元を直してニルスの背中を押し、トイレの方へ連れていこうとすると、彼は澄んだ瞳《ひとみ》で郁実を見上げた。

「……いくみ、ろいにいじめられてたの？」

「えっ、な、なんで!?」

「いくみのないてるこえみたいなのしたし、め、あかいよ」

生理的な涙が滲んだ目元を、慌ててゴシゴシと擦《こす》った。

「ちょっと、目にゴミが入っちゃってロイにとって貰ってただけだ」

「ふーん、そうなんだ」

（やっぱり、無理だ……）

バクバクと鳴る心臓を押さえながらニルスを預かっている間は、こういうことはしないようにしよう。そう決意を固めていると、背後でロイが呟く声が聞こえた。

「……由々しき事態だ」

3．空色のブランコ

日曜日、ロイは釘《くぎ》を口にくわえながら、ハンマーで木材の釘打ちをしていた。

なぜこんなことをしているかと言うと、郁実にニルスのためにブランコを作って欲しいと頼まれているからだ。

郁実から頼み事をされたらそれがどんなに小さいことでも、基本的に百％叶《かな》えようと思っている。彼が喜んでいる顔を見るのが何より好きだからだ。

いつも年上らしく落ち着いている彼が、時折子供のように目を輝かせて喜ぶ顔が、可愛くてたまらない。だから今回も、彼が絶対に喜ぶような完璧《かんぺき》なモノを作らなければならないと思いながら釘を打っていた。

子供のためではなく、全ては郁実《いくみ》のためだった。

半魔の自分には、人間の子供を可愛いとか愛《いと》おしいと思う気持ちはないらしい。ましてや、自分の子供でもないのだから尚更《なおさら》だ。

だが、だからと言って厄介ごととして放り出そうとは全く思わない。自分自身も、死にかけだったところを郁実に拾ってもらってここまで育ててもらった。親元には確実に届けたいとは思っている。

ただ、郁実とセックスはおろか、イチャイチャすることも出来ないというのは、ロイにとってとんでもなく由々しき事態だった。

一刻も早く親を見つけるため、国王にわざわざ頼み事をしに行った。正直、あの男に借りは作りたくなかった。

借りを作るということは、返さなければならないということだ。そして国王は、よくロイに貸しを作りたがった。彼は、彼の息子《むすこ》が凡愚なのを心配しており、自分が位を退いた後ロイには後見人になって欲しいらしい。そのため、ロイの周りも盤石にしたいと考えているようで、色んな貴族諸侯との友好関係を築くことを望み、よくあちこちの酒宴に連れ回される。

今回大きな借りを作ったことで、これからさらにうるさくなると思うとうんざりする。

ブランコを作り終えて木の一番太い枝にしっかり固定し、空色に塗って仕上げると、家に戻った。扉を少しだけ開けると、ダイニングルームから郁実たちの話し声が聞こえてきた。

「ねーねー、いくみ、あのろいってやつとどういうかんけい？」

「え!?　ど、どういうかんけいって」

「おとこどうしなのにどうしていっしょにすんでるの？　それによくちゅーしてるし。あれっておとこのひととおんなのひとがやるやつでしょ？」

「あー……うん……」

「それってへんだとおもう」

「そ、そうだなぁ。確かにちょっと、変わってるかもしれないな」

「ぼく、ろいってやつきらい。なんかこわい」

別に嫌いで結構だと思っていると、それまで歯切れ悪く話していた郁実がすかさず言った。

「怖くない。ロイはすごく優しいぞ」

「そうなの？　めつきわるいよ」

郁実はふっと噴き出しながらも首を横に振る。

「確かにいつも仏頂面してるとこあるけど、……でもかっこいいだろ？」

「かおはまぁ……ぼくのつぎぐらいにはかっこいいかもね」

「かっこいいだけじゃないぞ。ロイは頭もいいし、力持ちなんだ。手先も器用だし……今、ニルスのブランコも作ってくれてるんだぞ」

「え!?　そうなの!?　ありがとう、ろい！」

やったー！　と、ニルスは郁実の膝の上で万歳をした。全く、現金なやつだと呆《あき》れてしまう。

立ち聞きしているのもなんなので、庭に戻ろうかと思っていたが、次のニルスの言葉に思わず足を止めた。

「……ねえ、ちゅーしてるってことは、いくみはろいのことがすきなの？」

「ああ、大好きだ。俺たちは男同士だけど、お互い大好きだから一緒に暮らしてるんだぞ」

「すきだといっしょにくらすの？　へんなのに？」

「ああ、変でもなんでも、大好きな人とはずっと一緒にいたいだろ？」

「すきなひととは……ずっと……」

ニルスはそこで少し、何か考え込んで黙ってしまった。

「いくみは、ろいとずっといっしょにいて、ぎゅってしてたいの？」

「あ、ああ。ず——っと、ずっと、ロイとぎゅってしてたい」

恥ずかしそうに、だが嬉《うれ》しそうに郁実が言う。

(可愛すぎるだろ……)

ロイは立ち聞きしながら盛大に口元がにやけたのを片手で覆った。郁実はベッドの中でのみ、それもたまにしかあまりストレートに好意を示してくれないから、こんな風に彼の率直な思いを聞いたのは初めてだ。

子供が相手だから、きっとストレートに言葉を伝えているのだと思う。

もしニルスがいなかったら、今すぐこの場に押し倒して昼間からセックスをしていただろう。だが、さすがにそれをしたら怒られるので、代わりに足音を忍ばせて近寄り、後ろから思い切り彼を抱き締めた。

「うわっ、ろ、ロイ!?　まさか、聞いてたのか!?」

郁実が顔を真っ赤にしながらこちらを振り返る。

「あーっぎゅってしてるーっ！」

ニルスが大声で指を差すと、郁実はますます顔を赤らめた。真っ赤になった耳が愛おしくて、何度もそこにキスをする。

「も、もうやめろ！　ニルスの前だぞ！」

「べつにいいよーちゅーしても。ぱぱとままもね、ぱぱがうみにおしごといくまえ、ままといつもいっぱいちゅーしてた」

「……海にお仕事って……パパは漁師だったのか？」

郁実がそう聞くと、ニルスはハッとして慌てて首を横に振り、わざとらしく話題を変えた。

「ね、ねえ、ろい！　ぶらんこ、できたの？」

「……ああ」

「みたいみたい！」

ニルスはそう言うと、ロイと郁実の手を引っ張って庭に走り出て、庭の木に吊《つ》るされたブランコを見つめながら瞳を輝かせた。

「うわああすごい！　かっこいい！」

「……すごく綺麗《きれい》なブランコだな！　さすがロイ」

郁実もニルスと変わらないぐらい純粋に瞳を輝かせながら感動したように言うので、ロイはそれだけで満足した。朝から汗水流したかいがあったというものだ。

ニルスは興奮冷めやらぬという様子でブランコの周りを駆け回り、そして、最後にロイの足に抱き着いて言った。

「ありがとう！　ろい！」

「……別に」

さっきまで散々、嫌いだの目つき悪いだの言っていたくせにどの口がと思いながらも、少し頬が緩んだ。

（……それにしても……こいつどこかで会ったことがある気がする）

　ロイはそこで、初めてまじまじとニルスの顔を見て、何かデジャヴのような不思議な感覚を覚えた。

　ブランコの方へと走って行くニルスの背中を見ながら、ロイは気のせいだと思い直した。小さな子供の知り合いなど、花売りの少女ぐらいだ。

「あっ、ロイ！」

「？」

「お前、頬にペンキついてるぞ！」

　郁実が慌てて布を持ってきてゴシゴシと擦る。

「全然取れない。もー、男前が台なしじゃないか」

　背伸びをしながら困ったように頬を拭《ふ》く郁実。ロイの頬にべったりと付いたペンキを見ながら、ニルスがブランコを漕《こ》ぎながらあははと高い声で笑い、つられるようにして郁実も笑う。

　抜けるような青空に響く笑い声を聞いて、ロイはなぜかふと、子供の頃薄暗い檻《おり》の中にいた時のことを思い出した。

　あの時、自分が飢えて焦がれていた世界の全てがここにあるような、そんな気がした。

その日の午後、昼食を摂り終えると、ニルスを連れてシグルドのところに向かうことになった。

今のところ至って健康そうにしか見えないが、念のため、注意が必要な持病がないか健康状態を確認するためだ。

シグルドはニルスを目にすると、郁実とロイを交互に見た後にひどく戸惑《とまど》いながら言った。

「え、えーっと、その……第一子ご誕生、誠におめでとうございます……」

「いや、俺たちの子じゃないからな？」

「郁実君が産んだんじゃないの？　なんかもう、ご家族にしか見えないんだけど」

「産める訳ないだろ。迷子を一時預かりしてるだけだ」

そう言って郁実は、ハーダーの祭りで迷子を保護してからのいきさつを手短に話した。

「な、なるほどねー！　迷子か！　びっくりした！　郁実くん、神子《みこ》特典で産める体なのかと思っちゃったじゃん」

「んな訳ないだろ」

どうしたらそんな発想になるんだと呆れた視線を向けていると、ニルスが「みこ……」と何かを思い出したように呟《つぶや》いた。

「ん？　どうした？　ニルス」

「んーん、なんでもない。……ねえ、おじさん、だれ？」

「…………え？　お、おじ……？」

シグルドの目が絶望に見開かれ、彼が手にしていたカルテがバサバサと床に落ちた。

「こ、こら！　シグルドはどこをどう見てもお兄さんだろ？」

郁実は慌ててフォローしたが、シグルドは魂を抜かれたように呆然《ぼうぜん》としている。ロイはそれを見てざまあみろと言わんばかりに鼻で笑ったが、それに対してシグルドは怒った。

「言っておくけど、僕がおじさんだったらお前もおじさんだからね？　僕と同じ、二十歳なんだから」

「お前らもうやめてくれよ……」

郁実が洒落《しゃれ》にならない表情で沈み込んだため、ロイはシグルドと顔を見合わせ、ピタリと話を止《や》めた。

と言っても、落ち込んでいる彼の横顔は、下手《へた》したら自分より下に見えるぐらいなのだが、彼にとってはひどく気になることらしい。シグルドが慌てて話題を変えるようにニルスを見て言った。

「で？　国王のコネ使ってもまだ両親は見つからない訳？」

「ああ。親が見つかるまでうちで預かるつもりだけど……一応、健康に問題ないか診《み》て欲しいんだ。元気そうだから大丈夫だと思うけど、万が一持病とかあったらまずいし」

「それは全然オッケーだけどさぁ……もしずっと親が見つからなかったらどうするの？　二人の子にするわけ？」

「……どうしても見つからなかったら、もちろん、保護した責任は取るつもりだ。ただ、仕事中どうしても留守になっちゃうんだけど、まだ小さいから日中だけ子守りメイドを雇おうかってロイと話してて」

「そっか。子守りメイドならアマンダがよく知ってるから、話を通しておくよ」

「ありがとう。アマンダさんの紹介なら安心して任せられるな」

「それにしてもこの子……」

シグルドはニルスの顔をじっと見つめて何か考え込んだ。

「どうした？」

「あーいや、なんでもないよ。郁実くんに似た可愛い子供だなって。ロイの血は一ミリも感じられないから……きっとパパは僕だな！　痛っ」

ロイは思い切りシグルドの脛《すね》を蹴《け》り上げると、反射的に言った。

「俺と郁実の子に決まってんだろ」

「いや、どっちの子でもないだろ！」

「さあニルスくん。診察台においで。痛くも怖くもないからねー。終わったら、お菓子をあげよう」

「ありがとう！　しぐるどおじさん！」

「親戚《しんせき》のおじさんみたいな呼び方やめてくれる!?」

ニルスはシグルドに見て貰《もら》った結果、どこにも悪い所はないようだった。少し痩《や》せ気味だが大事に育てられており、虐待の痕跡《こんせき》も一切なかった。

それならば尚更、どうして家に帰りたがらないのか不思議で仕方がなかった。

4. 初恋と後悔

子供の頃の愛読書は「煤《すす》被《かぶ》り姫」。

家の裏に捨てられていたのを拾ってきて、皹《ひび》だらけの指で捲《めく》り、ボロボロになるまで何度も読んだ。

家族のために奉公に出されて、毎日煤だらけになって働く少女が、屋敷の使用人仲間の少年と仲よくなる。少年の正体は、行方不明になっていたその国の王子様。

ある日城から使いが来て、少年は王子として城に戻ることになる。

戻る間際、少年は少女にプロポーズする。少女はお姫様として、王子と一緒に豪華な馬車に乗り込み、それから末永く、お城で一緒に暮らす。そんな話だった。

ヘレンはその少女に自分を重ね合わせていた。いつか自分も、王子に見初められて城に連れて行かれるのだと。

この屋敷の中にきっと自分の王子がいるはずだと信じていた。そう信じなければ、やってられない。

どうしてこんなに美しく綺麗な自分が、ボロを纏《まと》って、太陽も昇らないような時間から働かなければならないのか。

ロイを初めて見た時は、間違いなく自分の王子様だと思った。なぜかいつもフードを被《かぶ》って顔を隠していたロイ。近くで彼の顔を見た時に、すぐにそれに気づいた。生まれ持っての、高貴な血筋が流れているのだと。ロイからはシグルドと同じ、上流階級の人間の匂いがした。

ヘレンはロイを運命の人だと信じ込んで、長いことまるで犬のように彼の後を付いて回った。だが、ロイは物語の王子のように自分に対して心を開いてはくれなかった。

ロイはいつも、彼の〝保護者〟である郁実《いくみ》に夢中で、それ以外には何も見えていないようだった。二人は誰がどう見ても特別な関係で、自分が入り込む隙はないのだと幼いながらに感じ取り、ヘレンは一方的に郁実に嫉妬《しっと》していた。

そしてあの日。ヘレンはひどい言葉を郁実に投げかけてロイの激しい怒りを買い、彼の本当の姿を見た。彼の正体は、恐ろしいバケモノだった。

殺されそうになり、逃げるように屋敷を離れ、別の屋敷で働くことになったけれど、どうして被害者の自分が追い出されなければならないのかと納得できず、しばらくして辞めて実家に戻ってしまった。

そうして十六の時、親同士が仲のよい近所の漁師の息子《むすこ》と結婚をして子供を産んだ。

夫はとても優しい人だったけれど、彼は月の大半を海の上で過ごしており、あまり一緒に過ごす時間はなく、二年前、彼は海で消息を絶った。

どこかに漂着して帰れなくなってしまったのか、それとも海難事故に巻き込まれたのか。

来る日も来る日も信じて待ち続けたが、ついに夫は帰ってこなかった。

おそらく、亡くなったのだろう。周りの誰もがそう言ってヘレンを慰めた。

その時初めて、この世界には自分を助けてくれる王子様なんていないのだと分かった。小さな子供を抱えて独り世界に取り残され、ようやくお伽噺《とぎばなし》の世界から目が覚めた。

目覚めた後の世界は本当の地獄で、子供と二人の生活費を稼ぐために毎日毎日必死に働いた。

子供を連れていては住み込みの屋敷勤めは出来ず、昼は通いの掃除婦をして、夜は酒場で働いた。

どれだけ働いても金は足りず、子供が熱を出した時にどうしても薬を買う金が必要になって売春婦まがいのことをして金を得たこともあった。

――子供のためなんだ。これぐらい我慢したらどうだ。

そんな最低な言葉を投げつけられたときにようやく、昔自分が郁実に投げつけた言葉の愚かさの意味を知った。

子供の頃、母親からよく言われていた言葉があった。

――ヘレンはお姉ちゃんなんだから、大丈夫よね？　弟たちのためにたくさん働けるわよね。

兄弟の中で年が一番上だから。そういう理由で自分がたくさん我慢しないといけないと言うのなら、自分よりももっと年上の大人や、自分よりも強い男性はもっと我慢をするべきじゃないか。

子供の頃からずっとそう思っていたけれど、あの時ようやく、全てが間違っていたことに気付いた。

お姉ちゃんだから。大人だから。男だから。

そんな理由で、我慢出来ることなんて何一つない。受ける傷の痛みは変わらない。

大切な人を傷つけられた自分の初恋の人の怒りは最もなことだった。あの時は〝バケモノを庇《かば》うなんて〟と怒りを感じていたけれど、バケモノを飼っていたのは、自分の心だったのかもしれないと、大人になってからやっと考えられるようになった。

ある日の朝、子供が無邪気にこう言った。

『ねーママー。こんやうみでおまつりがあってね、うみでおほしさまになったひとたちがたくさんかえってくるおまつりがあるんだって』

『……そう』

『おとうさんにあえるかも！　ねえ、つれてって！』

『会えるわけないでしょ！　まだ死んだって決まった訳じゃないのに、縁起でもないこと言わないでよ！　絶対行かないから！』

日々の生活に疲れ果て、ひどく追い詰められていて、子供を連れて遊びに行くなど、夫が行方不明になってから一度もしていなかった。

疲労の滲《にじ》む目元を押さえながら、朝食にミジャルをふやかした粥《かゆ》を差し出すと、子供は不服そうに言った。

『まえおたんじょうびにつくってくれた〝でっぐ〟がたべたい。みつたっぷりの』

『あんなの毎日なんて作れないわよ。いくらすると思ってるの』

『えーじゃあ、おにわにぶらんこつくって』

『そんなもの、作る暇もお金もないわ。いいからさっさと食べて。あたしはこれから仕事なんだから！』

次々と我《わ》が儘《まま》を言う子供に苛立《いらだ》って語気を荒らげると、子供はボソッと言った。

『……あーあー。ぼく、もっとおかねもちのいえにうまれたかったなぁ』

『！』

自分が子供の頃思っていたことと、全く同じことを子供が言ったことに、胸が苦しくなった。

自分も子供の頃そう思い、豊かな暮らしに憧《あこが》れていた。綺麗《きれい》なドレスを着て美味《おい》しいお菓子を食べて、大きなお城で暮らす。

そうなりたくて憧れ続けたけれど、結局王子様は自分を迎えに来なかった。

抜け出せなかったからこそ、子供に同じ思いはさせたくなかったのに、結局同じことになってしまった。

〝生まれ〟には抗《あらが》えない。何代にも渡って、その縛りは続いていく。そう思ったとき、プツッと何か糸が切れたような気がした。

『じゃあ、お金持ちの家でもどこへでもいけば？　毎日蜜《みつ》たっぷりのデッグを食べさせてくれる、お庭にブランコのある家に行ってそこの家の子になれば？　あたしが、あんたのためにどれだけ大変な想いしてると思ってるのよ！　あんたなんて……っ！　あんたさえ、いなければ……あたし……こんなに、我慢してるのに……っ』

――子供のためなんだ。これぐらい我慢したらどうだ。

『うっ……うっ……』

そう言って泣きじゃくると、子供はひどく傷ついた顔をした。

最低だ。母親失格だ。そう思うのに涙は止まらず謝ることも出来なかった。

そしてその日の夜遅く、疲れ果てて仕事から帰ってくると、子供の姿はどこにもなくなっていた。

5．迎え

ニルスが屋敷にきてから二週間が過ぎた頃、彼はもうすっかり家に馴染《なじ》んできていた。

朝は郁実と一緒に朝食を作るのを手伝い、ロイと共に暖炉に火を熾《おこ》す。

昼間仕事に行っている間は、アマンダが紹介してくれた初老の子守りメイドに面倒を見てもらっていた。穏やかで優しく、とても信頼できるメイドだ。

本を読んでもらうときは郁実に、外でボール遊びをしたいときはロイにせがむ。最初は怖がっていたルゲラとも仲を深めており、自分から世話もするようになっていた。

その日、ロイが帰宅すると、先に帰宅していたらしい郁実がニルスを抱っこして玄関まで出迎えに来た。

「……ロイ。お帰り」

「…………」

「？　どうした？」

（……なんか……いいな）

何がとは言い表せないが、胸にときめきのようなものを覚えて、ロイは少し顔がにやけそうになった。

郁実はロイの左手に提《さ》げられた紙袋を目にすると、笑いながら言った。

「またニルスのオモチャ買ってきたのか？」

市場でたまたま見つけた子供向けのオモチャを、ロイは気づいたら購入していた。

「えっ!?　ほんと!?　ありがとう」

ニルスが嬉《うれ》しそうに目を輝かせる。その小さな手に押し付けるようにロイは紙袋を渡した。

「何もないとギャーギャーうるさいからだ。これやるから一人で遊んでろ」

「……だって。よかったな、ニルス」

「うん！　やったー！」

そう言って嬉しそうにオモチャを持って居間へ走っていこうとする小さな背中に、ロイは声をかけた。

「おい待て。遊ぶ前に風呂《ふろ》だ」

「やだーおふろはいくみとがいいー」

「ダメに決まってんだろ」

たとえ子供でも、裸の郁実と二人きりにさせる訳にはいかない。そう思い、仕事から帰ってきた後、風呂には基本的にロイが入れるようにしている。

風呂上がり、濡《ぬ》れた体のまま走り回ろうとするニルスを捕まえると、ロイはまるで犬を拭《ふ》くようにゴシゴシと彼の体をタオルで包んで拭いた。

「はーなーせー！」

そう言って抵抗するが、ロイの力には敵《かな》わない。

散々遊び回って疲れたのか、髪を拭いてやっているうちに、彼はうつらうつらと眠ってしまった。

面倒だが、風邪《かぜ》を引かれたらもっと面倒だと、念入りに髪を拭いていると、郁実が嬉しそうに言った。

「……ロイももうすっかりパパだな」

「……」

別に郁実にそう言われても不愉快には思わないが、しっくりこない。

親というものは、こういうものなのだろうか。郁実のことを親と思ったことは一度もないから、どういうものなのかピンと来なかった。

自分の知る親というのは、自分をバケモノと呼び、恐れ狂っていった哀れな母の姿だけだ。父親に至っては、一度も見たこともない。

子供の頃、郁実が自分にしてくれていた事を、見様見真似《みまね》でニルスにしているだけだ。子供の頃、郁実は風呂上がりにいつも「風邪引くと困るからと」念入りに自分の髪を乾かしてくれていた。

「俺も孫が出来た気持ちで嬉しいんだよ」

「……お前は俺の親じゃないんだから、孫じゃないだろ。どっちかっていうと、子供だろ。俺たちの」

思わずそう訂正すると、郁実の頬が赤く染まる。自分でも随分恥ずかしいことを言った自覚はありロイは慌てて首を横に振った。

「……いや違う。とにかく、こいつはさっさと元の家に帰すぞ。ガキの相手は面倒だ」

そう言いながら、髪を乾かし終えると、郁実《いくみ》が少し躊躇《ためら》いがちに口を開いた。

「もし……」

「？」

「もしどうしても、ニルスの親が見つからなかったり……見つかっても、虐待とかネグレクトする親だったら……俺たち二人で育てていこう。家族として」

「……そうなったらまあ、仕方ないな」

不本意を滲ませながらそう言うと、郁実はスヤスヤと眠るニルスの髪を撫《な》でながら嬉しそうにロイの肩に自分の額《ひたい》を寄せた。


その夜、ニルスは夕食を食べた後しばらくロイが新しく買ってきたオモチャに夢中になって遊び回っていたが、やがて眠くなってしまったようだ。

「……ニルス、ぐっすりだな」

そっとドアを開けて隣の子供部屋の様子を見ながら、郁実が微笑《ほほえ》ましそうに言う。

「さっき思いっきり遊んでやったからな。多分、朝まで寝てるはずだ。……だから、今夜は大丈夫だ」

「？」

何がと不思議そうな郁実をロイはベッドに引きずり込み、少し荒っぽく押し倒した。

「うわっ、ちょっと……っ、なんだよ！　いきなりすぎだろ」

何をされるのかは瞬時に分かったらしい郁実が、頬を染めながら怒る。

だが、早くやらないと、またいつ起きてこないとも限らない。ニルスが来てからというもの、息を殺して手短にセックスをする癖がついていた。

ゆっくり反応を楽しめないことは不満だが少し緊張感に満ちたセックスは嫌いではなかった。

「あっ……ちょ、ちょっと、いきなりそんなとこ……」

ズボンの上から股間《こかん》を撫で回すと、郁実が真っ赤になった。理性的で羞恥《しゅうち》心《しん》の強い彼は〝そういう気分〟になるまでに少し時間がかかる。

本当ならキスを繰り返して、体に優しく触れてから徐々に徐々に行為に持ち込んでいきたいところだが、今はその時間はない。

手短にとは言っても、郁実の体を万に一つでも傷つける訳にはいかないので、挿入の準備には手を抜きたくなかった。

「うっ、ん……っ、あっ……」

郁実は未《いま》だに心が付いて行かないという感じではあったものの、敏感な彼の体はすぐに火が点《つ》き、甘い声を上げ始める。

彼は子供部屋のドアの方をチラリと見ると、手で自分の口を塞《ふさ》いだ。

可愛い声が聞けないのは残念だが、必死で声を押さえようとしている郁実は色っぽく、つい嗜虐《しぎゃく》心《しん》をそそられてしまう。

わざと追い詰めるように彼の敏感な部分を愛撫《あいぶ》していると、彼は体をビクビクと跳ねさせながら感じていたが、途中でハッとして、自分に覆い被《かぶ》さるロイの胸を押し返した。

「ん……っ、ちょっと、待て……」

「？」

「ニルスが泣いてる」

そう言って郁実が体を起こした。確かに隣の部屋から微《かす》かな泣き声が聞こえてくる。

そっと隣の部屋へと続くドアを開けると、ニルスは小さなベッドの上で、枕を抱きしめて泣いていた。

「う……っ、ママ……っ、ママぁ……ッ」

最初に出会った日以来、彼は一度も泣いていなかった。子供ながらにしっかりしていて、いつも元気だった。

「ニルス、どうしたんだ。ママに会いたいのか？」

郁実が慌ててニルスを抱き起こし、髪を優しく撫でた。

「うっ……ううっ……」

「ニルスのママのこと、今探して貰《もら》ってるから……必ず会わせてやるからな。ニルスも知ってることなんでも教えてくれ。ママの名前は？」

郁実が優しく尋ねたが、ニルスは何か言いたげにしながらも結局何も話さず、ただ郁実の胸に顔を埋《うず》めて泣き続けた。

その晩を境に、ニルスは時折夜中泣いてしまうことが増えた。ホームシックだろう。

だが彼は、どうしても親の名前は言わなかった。


そんなある日、意外なところでニルスの母親が誰なのか分かった。

その日は、いつもの子守り女中が用事で来られず、代わりにアマンダがニルスの面倒を見に来てくれていた。

「すみません、アマンダさん。忙しいのに」

「いいのよ。私もたまには可愛い子供の相手がしたかったし。もう坊ちゃまも大きくなっちゃってお屋敷に子供もいなくて寂しかったのよー」

ニルスは最初、アマンダの大きさに圧倒されていたようだったが、一日が終わる頃にはすっかり懐いており、彼女の大きな左肩に乗せられて楽しそうにしていた。

「今日一日とってもお利巧だったわよー。あとこれ、洗濯しておいたわ」

そう言ってニルスが最初に着ていた服を郁実に渡そうとして、彼女はハッとした。

「この刺繍《ししゅう》……」

彼女は、服の裾《すそ》部分にある小鳥の刺繍に目を落とした。

「？」

「間違いないわ。これ、ヘレンの刺繍よ」

「ヘレンって……え、あの、昔屋敷で一緒に働いていた……？」

「ええ。〝このマークはあたしのマークなんだ〟って、自分の私物や洋服にいつもこの刺繍を刺してたのよ。お屋敷を辞めちゃってから、ずっと連絡がつかなくてすごく心配していたんだけど……でもきっとそうよ！」

「……そうか、だから……」

郁実はようやく、ニルスに対する既視感の正体が分かったという顔をして瞳《ひとみ》を揺らした。そっくりという訳ではないが、確かに少し彼女の面影がある。


ヘレン。

その名前を思い出すと、ロイは腹の底から湧き上がるような激しい怒りを思い出した。

——あの時。

郁実が屋敷中どこにもいないことを知り、彼の行きそうな場所を探し回っていた。悪い噂《うわさ》が尽きない患者のアントンも行方不明ということで、嫌な予感がしていた。

残る場所は地下の薬品倉庫しかないと思い、階段を駆け下りて向かうと、ドアの前にヘレンが立っていた。

『ロイ』

『そこをどけ』

『いやよ』

『……なんでだ？』

『この中に人を入れたら、私が娼館に売り飛ばされるから』

『中にいるのは、アントンと……郁実か？』

『……ええ』

無理矢理押しのけて中に入ろうとすると、彼女は『私が娼館に売られてもいいの!?』と叫んだ。

『大丈夫よ。郁実は大人で、男の人なんだから……だってそうでもしないと、あの男の気が静まらないわ。誰かが我慢しなきゃ……』

震えながら言う彼女の言葉を聞いたとき、制御できないぐらいの凄《すさ》まじい怒りに駆られた。いつのまにか自然と変身が解け、ロイは魔物の姿になっていた。

『キャ――――――ッ!!』

凄《すさ》まじい悲鳴を上げたヘレンを突き飛ばして薬品庫に助けに入った時、郁実の体は酷《ひど》い状態だった。顔色は真っ青で脂汗を流し、あちこちに殴られた痕があり、太股《ふともも》からは血がダラダラと流れていた。

虚《うつ》ろな瞳から幾筋もの涙を流して恐怖に震えていた。大人だから、男だから、郁実はあんな目に遭っても我慢しないといけなかったのだろうか。

そんな理不尽は、絶対に許せない。

　アントンに襲われた郁実を部屋に送り届けた後、シグルドと共にヘレンに何があったのか聞きに行った。ヘレンはロイの姿を見るとビクッと肩を揺らしたが、屋敷の主《あるじ》代理であるシグルドの姿を見ると緊張気味に背中を伸ばした。

『今回のことは、当主代理の僕に責任がある。本当に申し訳ない。もちろん、見舞金は出す。その他にも必要な物があったら教えて。……それから、辛《つら》い事を思い出させて悪いんだけど、一体何があったのか全部教えてくれないかな？　大体のことは分かるんだけど、推測でしかないから、当事者の君に本当のところを教えて欲しいんだ』

　シグルドはいつものふざけた調子とは打って変わった、大人びた口調で聞いた。

『私が……薬草庫でアントンに襲われてた時……郁実がネビア草を撒《ま》いて助けてくれました。でも、アントンに追いつかれて地下にまた閉じ込められて。私は、ドアの前で見張りをするように言われました。誰かを通したら……私を娼館に売り飛ばすって』

　しゃくりあげて泣きながら話す彼女を、冷ややかな目で見つめていると、シグルドが不思議そうにそこで遮った。

『待って。ネビア草の効力持続時間は確かに短いけど、それでも一度全身を麻痺《まひ》させたら逃げるには十分な時間があったはずだ。どうしてまた、アントンに捕まったの？』

『途中で怖くなって……伯爵さまの御子息のお怒りなんて買ったままでいたら、私、このお屋敷をクビになっちゃうんじゃないかって……後からどんな目に遭わされるか分からない。そうなっても、私は貧乏な子供だから誰も守ってくれないじゃないですか。だから郁実に、我慢して欲しいって言ったんです』

『我慢っていうのは……あのクズに大人しくレイプされて満足させろってこと？』

『そんな酷い事、思ってないです！　でも、他にどうしようもなかったんです。郁実は……大人で、男なんだから……私よりずっと強いんだから、少しぐらい……』

その時、ロイは全身に黒炎を纏《まと》わせてヘレンの胸倉を摑《つか》み、鋭い爪の尖《とが》った手を振り上げた。

『……少しぐらい？　お前、あいつがあの後どうなったか知ってんのか!?』

殺意を剝《む》き出《だ》しにして手を振り下ろそうとすると、ヘレンはキャアアアッと声を上げてシグルドの方に身を寄せて叫んだ。

『その男は魔物です!!』

『うん、知ってる。こいつはこわーい魔物だってこと』

ヘレンの瞳が、信じられないというように見開かれた。シグルドは笑ったまま続けた。

『でも僕は今、君の方が怖いよ。大人の男なら何をされても構わないと思う、君の心がね』

『……』

黙り込んだヘレンに冷たい笑みを浮かべながら、シグルドはそれでも冷静な態度を崩さず、机の引き出しから羊皮紙を取り出した。

『紹介状を書くよ。僕の叔父《おじ》さんの屋敷が、人手が足りないって話でね。君は優秀な使用人だから、雇ってもらえると思う』

『……郁実は？』

『この屋敷に残って貰うよ』

『私だけクビってことですか？　郁実はこの屋敷に残るのに？　男だから、残して貰えるんですか？』

　するとシグルドは羽ペンを走らせる手を止めて、当たり前のように言った。

『違うよ。クビじゃない。君を守るためだ。……この屋敷にいたら、君は確実にロイに殺されるからね』

　ヘレンがゾッとしたように顔を青ざめさせた。

　そうして彼女は、シグルドの紹介状を持って別の屋敷へと移っていった。それ以来、彼女には会っていない。


「……あの女はダメだ。あんな女のところには返せない」

　全身が震える程の怒りを生々しく思い出して腕を震わせると、郁実は静かに言った。

「ロイ。あの時、ヘレンは子供だったんだ」

「子供だからって許すのか？　大人ならなにをされてもいいって、お前本当に思ってたのかよ」

「思ってない。未だにまだ時々、夢に見ることもあるし怖いと思うときもある」

　思い出してしまったのか、彼の手が微かに震えた。

「でも……あの時俺を暴行したのはアントンで、ヘレンじゃない。ヘレンもあの時、酷い目に遭わされて極限状態の恐怖だったはずだ」

あんな目に遭っても、憤ることが出来ない郁実《いくみ》が、時折無性に切なくなる。

彼は常に自分を〝大人〟の立場として考えていて、未熟な子供たちに付けられた傷を赦《ゆる》してしまう。それは、ロイがかつて彼に付けた傷を含めて。

郁実の優しいところが好きだ。彼のどこまでも深い愛情が好きだ。だが、その優しさも愛情深さも、全ては彼の生い立ちに起因するのだと思う。

彼が子供の頃、彼自身の怒りも憎しみも、どこにも向ける矛先がなかったのだと思う。だからせめて自分は、郁実の分まで怒りも憎しみも、持ち続けたいと思う。

「……俺はあの女を許す気はない」

「許さなくてもいい。……でも、どのみち〝今の〟ヘレンに会わないと。ニルスをここまで育てたのは彼女なんだからな。俺にとってもニルスはもう大切な子だから、簡単には返さない。今のヘレンがどういう状態なのか。どうしてあの夜ニルスは一人でいたのか。どうしてニルスは帰りたがらないのかちゃんと知ってから、慎重に判断する」

6．抱き合う理由

ヘレンはシグルドの叔父の屋敷を辞めて実家に戻ってから完全に消息を絶っており、アマンダも連絡先を知らないようだった。

だがちょうど時を同じくして、ハルムリード周辺の町を探していたオーグレンが、ようやくヘレンに辿《たど》り着《つ》いていた。

彼女は憔悴《しょうすい》しきった様子で毎日近隣の村々に出向いてニルスを捜し歩いていたらしく、そのためオーグレンと行き違いになり、発見に時間がかかってしまったようだ。

彼女はオーグレンの移動魔法で、郁実の元にニルスを引き取りに来るとのことだった。

家の庭先で久しぶりにヘレンに会ったとき、郁実はひどく驚いた。それは郁実だけでなく、ロイもだろう。

可憐《かれん》で夏の陽だまりのように明るかった彼女は、相当苦労をしたようでひどくやつれている。彼女はロイの姿を見るとあからさまに怯《おび》えた顔になったので、郁実が先に立った。

「ヘレン、久しぶりだな」

「郁実。その……、あの……っ、私……」

彼女が苦し気に口を開いて何か言おうとした時、家の玄関のドアが開いた。

まずは大人同士で先に話をしてからと思い、ニルスは家の中にいるように言っていたのだが、窓からヘレンの姿が見えたのだろう。靴も履かずに泣きながら飛び出してきた。

「ママー！」

「ニルス……っ!!」

彼女はニルスを見るなり悲鳴のような悲痛な声をあげ、目に大粒の涙を浮かべてニルスの元に走り寄った。

ニルスもまたヘレンの方に泣きながら駆けだそうとしたが、途中でハッとして足を止め、郁実の足にしがみついてしまった。

「どうした？　ニルス」

郁実が慌てて聞くと、ニルスはヘレンの方を見ながら首を横に振った。

「……ぼく、このいえのこになる。ここのほうが、まいにちあまいでっぐもたべられるし、おにわにぶらんこもあるもん」

「ニルス……」

ヘレンはその言葉に苦し気に呻《うめ》き、庭で揺れる青いブランコを見て瞳を揺らした。

それは嘘《うそ》だと、郁実は分かっていた。もしそれが本心なら、どうしてあんなに毎晩寂しそうに泣くのだろう。郁実はその場にしゃがみこむと、ニルスの肩に手をかけて言った。

「なあニルス。前になんで俺がロイと一緒に暮らしてるのかって聞いたよな」

「うん。だいすきだからでしょ？」

「ああ。ニルスもママが大好きなんだろ？」

するとニルスは、コクッと頷《うなず》き、頬に大粒の涙を零《こぼ》した。

「ブランコと甘いデッグよりも？」

「……ママのほうがすき」

「大好きなのに、一緒に暮らさなくてもいいのか？」

するとニルスは、小さな手をギュッと握り締めて言った。

「だってぼくかえったら、おかあさんたいへんだもん。ぼくがいたら、ごはんもたくさんたべれないし、おしごともたくさんしないといけないし……いっつもつかれてるんだもん。だから、パパのとこいこうとおもって、さがしにいったの。でもみつからなかった……パパ、きっとおそらにいってなかったの」

するとヘレンは我慢が出来ないというようにニルスに走り寄って、抱き締めた。

「いいのっ！　あなたさえいれば、私、どんなことでも我慢できるから……っ」

「ごはんたくさんたべれなくても？」

「いいわ。ご飯よりも何よりもあなたのことが、世界で一番大好きなんだから……あなたと一緒にいるためなら、他のことは全部我慢出来るの」

ひどいこと言ってごめんねと、ヘレンがニルスを抱き締めると、ニルスは途端にぐしゃりと顔を歪《ゆが》めて泣き出した。

「ママ……っ！　ぼくも、ママといっしょがいい……っ！　ぶらんこなんかなくたって、まいにちすーぷでもいいから……っ」

（ニルス……）

郁実は母親に縋《すが》りつく小さな背中を見つめながら、安堵《あんど》と同時にひどく寂しい気持ちで胸がいっぱいになった。

それから長い事、二人は抱き締め合っていたが、やがてヘレンは立ち上がり、涙を拭《ふ》いて郁実の方を向き直った。

「この子を保護してくれてありがとう。大切にしてくれて本当にありがとう。……それから、本当に……ごめんなさい」

「？」

「……私、昔郁実にひどいことを言ったわ。あんな恐ろしいことを我慢してなんて言って……大人になっても、私は何一つ我慢なんて出来てなくて、ニルスに当たっちゃったのに……」

「……ヘレン、それは……」

すると、それまで黙っていたロイが不意に口を開いた。

「お前がどれだけあの時のことを謝っても……それで郁実がお前を許しても、俺はお前が郁実に言ったことを絶対に許さない」

「ロイ！」

「………」

「俺はお前という身勝手な人間を信用もしていないし、ニルスをこのまま返すつもりもない。また余裕を失くしたら、ニルスに当たるんだろうからな」

「そんな……っ」

ヘレンが悲痛な声を上げると、ニルスがロイの足をポカポカと叩《たた》く。

「ママをいじめるな！」

ロイはそんなニルスの髪をそっと撫《な》でると、視線を落としながら続けた。

「でも、……アマンダのことは信用してる」

「……？」

「アマンダを頼れ。あいつはお前のことを気にかけていたし、愛想は尽かしてない。ニルスと一緒に住み込みで働けて、それなりの待遇の仕事を与えてくれるはずだ。俺からも手紙を書いておく。……それが、ニルスを返す条件だ」

「ロイ……」

ヘレンが、驚きに見開かれた瞳《ひとみ》から涙を溢《あふ》れさせる。それだけ言うと、ロイは足早に家の中へと戻って行ってしまった。

「……」

「ヘレン、どうした？」

「ううん。ただ……私の初恋は……間違ってなかったなって思ったの。ロイはやっぱり〝煤被《すすかぶ》り姫〟に出てくる王子様だったわ。お姫様が私じゃなかっただけ」

「……？」

〝煤被り姫〟とはなんだろうと首を傾《かし》げていると、それまで後ろに控えていたオーグレンが言った。

「あなたの旦那《だんな》様が行方不明となられた海域は海難事故が多いのですが……、潮の流れによって近隣のビスカーラ王国に漂着して生還される方も多いのです。ただ、ビスカーラは出入国がとても厳しいので、もしかするとこちらに帰って来られない状況かもしれません。そういう方は多いんですよ。私の方から国の要人宛《あて》に手紙を書いて調べてみましょう」

「ありがとうございます……！」

ヘレンが涙だらけの顔にさらに涙を流して、オーグレンに礼を言った。彼は「いえいえ」と相変わらず人の好さそうな笑みを浮かべると、「それにしても」とニルスを見つめながら言った。

「ハルムリードの辺りはお世辞にも治安がいいとは言えない地域なんですよ。ハーダーの祭りでも、毎年混雑に乗じて人さらいが出ることも多く問題になってまして……。〝祭りの最中に幽霊に手を引っ張られる〟なんて噂《うわさ》がありますが、あれは子供がさらわれないように、誰かに手を引っ張られたら人さらいかもしれないから即離せという教訓のために作られた怪談なのではという話もあるぐらいで……」

その話を聞いて郁実はゾゾッと背筋が凍った。もしそれが本当なら怪談話よりよっぽど怖い。ヘレンもそれを聞いてゾッとしたのだろう。ニルスを抱きしめる腕に力を籠めた。

「ですから、こんなに可愛いお子さんが、神……あ、失礼。郁実さんたちに保護されたのは本当に不幸中の幸いでした」

「なんかね、パパみつからなくてずっとなきながらあるいてたらね、きゅうにてひっぱられたの」

「手を？」

ニルスはコクッと頷いた。まさか人さらいではとハラハラしてしまう。

「パパのてだと思ってついてったんだけどね、ぜんぜんしらないひとだったの。なんかネバネバしたやつ、かたにのっけてて……こわかったからにげようとおもったけど、ぜんぜんはなしてくれなかった。それで……いくみのとこにつれてかれて〝みこならたすけてくれるから〟って……」

「え……」

ニルスの言葉にオーグレンも驚いたように目を見開いた。郁実《いくみ》が〝神子《みこ》〟だと知っている人間は極《ごく》限られている。

「〝いつかうまれかわったら、あいにいきます〟ってつたえてほしいっていってたよ」

「…………」

「いくみ？」

「そうか……つたえてくれてありがとう」

郁実は不意に熱くなった瞼《まぶた》を俯《うつむ》けて言った。あの日、海に流した手紙は届いたのだろうか。だとしたら、大渦に落ちた彼らの魂は、生きているということになる。そのことに、胸がいっぱいになった。

いつかきっとニルスのような幸せな子供に生まれ変わって、笑顔を見せに来て欲しいと思った。

「ママがいちばんだいすきだけど、いくみも、ろいも、るーも、みんなだいすき。……またあえるよね？」

「ああ。またいつでも遊びに来い。あのブランコは、ニルスのものなんだからな」

　アマンダはヘレンのために、住み込みの仕事を紹介することを快諾してくれ、ニルスは無事に彼女の元へと帰っていった。

　ニルスがいなくなってしまった家はひどく静かだった。

　風で青いブランコが揺れる度に、寂しくなる。たった二週間余りのことだったけれど、とても楽しい毎日だった。

　ニルスの部屋のオモチャや絵本をロイと二人で片付けながら、郁実はポツリと呟《つぶや》いた。

「……なんか急に静かになっちゃったな」

「ああ」

「……ロイは意外と子供好きだな。子供の相手がすごく上手《じょうず》だった」

「んな訳ねーだろ。ガキは苦手だから、もう二度と御免だ」

「本当にそうか～？」

　ロイがニルスに買ってきたオモチャの数々を見渡しながらからかうように言うと、「うるさいから黙らせるために買った」と素直ではない答えが返ってきた。

「……俺さ、ロイが縁談断りまくってるって話を城で聞いたとき、少しだけ罪悪感があったんだ」

「は？」

「ロイは絶対いいお父さんになれるのになって……俺とずっと一緒にいたらその……どう頑張っても無理だから。これでいいのかなって」

「…………」

「でもさ、ニルスと一緒に過ごして……俺、やっぱり、ロイが好きだからずっと一緒にいたいんだって、そんな風に単純に考えていいんだって思って」

「当たり前だ」

ロイが少し怒ったように強い口調で言うと郁実の体を思い切り抱き締めた。

「うわっ、なんだ急に」

「郁実、お前、俺とずっとこうしてたいんだろ」

——ずー——っと、ずっと、ロイとぎゅってしてたい。

そう言えばあの恥ずかしい発言を聞かれていたのだと思うと、カアアッと頬が熱くなる。

「俺が一生、こうしててやるから……それだけじゃダメなのか?」

「え?」

「そんな寂しそうな顔をするな」

「……っ」

頬に手を添えられ、ニルスのオモチャを握り締めたまま俯くと、不意に瞼が熱くなり涙が零れた。

別れ際にまたいつでも会いに来てくれとは言ったものの、ヘレンと自分たちの関係性を思うときっと難しいだろう。それを思うと、ひどく寂しくてたまらなかった。

「……俺はお前さえいればいいんだ。世界中で一番お前が好きだから……他に何もいらねえよ。ガキも、何もかも……でも」

ロイは少しの沈黙の後、郁実を抱き締める手に力を籠めて言った。

「でも、お前が昔俺にしてくれたことをあいつにするのは、すごく……幸せだった。半魔の俺には人間のガキを可愛いと思う感情は持ち合わせてねえけど……そんなものなくても、教えて貰《もら》ったことがあれば出来るもんなんだな」

「ロイ……」

愛《いと》おし気《げ》に微《かす》かな笑みを浮かべたロイを、郁実は思わず抱き締め返した。するとロイは、郁実の抱き締める腕の力に少し驚いたような顔をした後、からかうように郁実の腹を撫でながら言った。

「作るか。子供」

「出来る訳ないだろ」

「……そうだな。別に出来なくていい」

静かな部屋の中、郁実はロイと夢中になって抱き合った。セックスは本来、子孫を残すために人間が本能的に行う行為だ。

だがそれでも、郁実は毎日ロイと愛し合う。そこにきっと重大な使命も意味もなく、ただひたすら大好きだから、ずっとくっついて、体を重ねていたいだけなのだ。

番外編　溺愛ホリック

1．束縛

城の西棟に新設された魔物調査機関での仕事は朝から始まり、残業がなければ大体夕方に終わる。魔物の保護や生態調査のために出張することもあるが、基本的には城内での研究がメインだ。元の世界でもあまり見かけないようなホワイトな職場だが、ここ一カ月ほどは魔物関係のトラブルが多く寄せられたため、珍しく夜遅くまでの残業が続いていた。

かつて、郁実《いくみ》が神子《みこ》として各地に結界を張って回ったため、町中での被害は大分少なくなっているが、商隊が森を抜けるときに魔物に襲われたという被害は依然として多い。どのルートを通るべきか、どうすれば身を守れるか。そう言ったことを魔物の生態を調査しながら検証するのが主な仕事だ。

そのほかにも、けがをした魔物の子供を保護して手当をして、その中で生態を観察し、今後の魔物被害の対策に役立てるということもしている。保護用の部屋には郁実が極秘で強固な結界を張っているため、魔物が勝手に外に出てしまったり、回復して瘴気《しょうき》を撒《ま》き散《ち》らすということもなかった。

まだ設立されたばかりのため、調査員メンバーは郁実を入れてたったの三人。

郁実が国王に進言したことが発端となって設立された機関のため、機関長は一応郁実ということになっている。

部下は大学を出たばかりの若者ヒューゴと、裕福な商家の次男であり、郁実と同い年のエリアス。二人とも元々違う専門分野の研究をしていたらしいが、趣味で魔物の研究もしていたらしく、全員が魔物の生態を愛してやまない魔物オタクという楽しい職場だ。

仕事はとても楽しいが、さすがにここ最近は忙しくて疲れていた。今日は久しぶりに早く帰れる。そう思いながら仕事を終えて調査資料を片付けていると、郁実はエリアスにガッシと肩を組まれて声を掛けられた。エリアスはとても明るく社交的で、そのせいか少し距離が近い。

「郁実、今日は俺とヒューゴと酒場で飲まないか？　安い酒場を見つけたんだ。魔物談義しようぜ」

飲みながら魔物談義をするのは楽しそうだと心惹《こころひ》かれたが、ぐっと堪《こら》えて首を横に振った。

「わ、悪い。今日は帰らないと」

すると、もう一人の調査員であるヒューゴが不思議そうに言った。

「郁実さんっていつも仕事終わると急いで帰ってますけど、何してるんですか？」

「俺たち、郁実のこと何も知らないよなぁ。毎日一緒に仕事してるのに」

「い、色々だ。……魔物の勉強とか」

「え～～仕事熱心すぎですよ！」

「たまには息抜きしないと、後々ガタが来るぞ」

「そ、そうなんだけど……」

郁実はこの城に勤め初めてから、ヒューゴやエリアスだけでなく、他の調査施設の職員たちとも仲を深めていたが、職場以外ではあまり交流していなかった。

時折こうして飲みに誘われるが、大抵断っている。帰りが少しでも遅くなるとロイがひどく心配するし、城内で仕事仲間と親し気に話しているところを見ただけで物凄《ものすご》く怒って不安がるからだ。

事前連絡もなく仲間と飲みになど出かけたら、大変なことになるのは目に見えていた。

「……ごめんな。また今度俺から誘うよ。その時は俺の奢《おご》りで飲もうな」

「ほんとですか⁉　やったー！」

ヒューゴが嬉《うれ》しそうに飛び跳ねた。

「じゃあせめて今日は、途中まで一緒に帰ろうぜ」

「ああ、もちろん」

城内は国王や側近貴族だけのものではなく、そこで働く人々の宿舎や王立の研究機関も多数併設されており、まるで大きな一つの都市のようになっている。研究員たちの専用の出口の門まででも、徒歩で十分ほどかかる。三人でのんびりと魔物に関する雑談をしながら歩いていたが、その時ふと、城で働くメイドたちが騒がしくなった。

「ねえちょっと、ロイ様よ！」

その名前にギクッとして、郁実は思わず足を止めてしまった。中庭に続く渡り廊下を、ロイが国王に付き添って歩いているのが見えた。

国王は〝散歩〟が趣味で、城内のあらゆるところを歩いているのを目撃する。使用人たちにも日常的に気軽に話しかけるため、皆国王が近くに来たからと言ってそこまで緊張はしない。郁実もよく話しかけられているが、本当に気さくに楽しく話をしてくれる。

「やっぱりカッコイイわぁロイ様」

「いつも冷静で〝氷の騎士様〟っていう通り名がぴったりよね！」

「あんなにカッコイイのに、浮いた噂《うわさ》がないってとこもいいわよね」

「心に決めた方がいるっていう噂もあるのよ」

メイドたちのお喋《しゃべ》りを聞きながら、郁実は少し、ムッといていた。

（俺がちょっと同僚と喋ってるだけで怒るくせに、自分は女の子たちにチヤホヤされて……）

ロイ自身は彼女たちに全く興味はないようで話しかけられてもほとんど無視しているため、理不尽な嫉妬《しっと》だと自覚はしているが、それでもなんとなく面白くなかった。

（昔はロイが女の子にチヤホヤされてると、むしろ嬉しかったんだけどな……）

自慢の息子《むすこ》だと大喜びしていたのに、今ではそうは思えない。

自分が女々しくなってしまったのではないかと落ち込んでいると、ふとエリアスが少し不可解そうな顔をして言った。

「……そういえば俺、この間ロイ様に急に名前聞かれたんだよなぁ」

「えっ!?」

思わず驚いて声を上げると、ヒューゴも「僕も僕も！」と少し興奮気味に言った。

「〝お前がヒューゴか……〟ってそれだけ呟《つぶや》いてどっかいっちゃって……なんだったんだろ」

（ロ、ロイ……）

郁実は思わず、真っ赤になった。彼は郁実の城での人間関係を全て把握したがっている。顔と名前を一致させようとしたのだろう。そこまでするかと呆《あき》れてしまった。

「しかしロイ様ってミステリアスなお方ですよねー。魔物の血が流れてるって噂あるけど、ほんとかな」

ヒューゴの言葉に、郁実はギクッとした。おそらく皆本気で言っている訳ではないだろう。だがそれが真実なだけに胃が痛くなる。

「ああ。たまに言われてるよな。グランフェルト公に毒を盛って暗殺しようとしたっていう噂もあるし」

「ええっ、グランフェルト公が体調を崩されて隠居なされたのはそういうことだったんですか？」

「あっ、暗殺なんて、そんな訳ないだろ！」

郁実は我慢できずに思わず口を挟んでしまった。

ロイは確かに魔物で、グランフェルトのことも殺そうとしたが、自分のために剣を捨ててくれたのだ。たとえ噂話でも、そんな話が広がって欲しくなかった。

郁実の剣幕に驚いたのか、ヒューゴとエリアスはバツの悪い顔で謝った。

「す、すみません！　こんなくだらない噂……」

「悪い悪い。……つーか郁実、もしかしてロイ様のファンか？」

そう言ってエリアスがからかうように郁実の肩に手を回して言ったので郁実は「そんな訳ないだろ」と慌てて首を横に振った。

「……まあ、暗殺は根も葉もない噂には違いないでしょうけど、魔物の血を引いているって噂はちょっと面白いですね。どの魔物とのハーフでどんな育ち方をしたら、あそこまで人間社会に適応できるだろうって」

ヒューゴが魔物オタクらしい興味を示すと、エリアスも頷《うなず》いた。

「ベルケルスとか、エネリエルみたいな知能が高い奴《やつ》じゃないか？」

「いや、その辺は凶悪性が高すぎて、無理じゃないですか？」

その話を皮切りに、どの魔物が一番人間社会に適応しうるかというテーマで話が弾み、城を出るまでのわずかな時間だったが郁実にとってもとても楽しい時間となった。

(確かに……お酒飲みながらこんな話するの、楽しそうだな)

城門を出てもまだ話したりない様子で酒場へと繰り出す二人を見送りながら一人帰路に着き、郁実は密《ひそ》かにそう思ったが、それでも足は迷わずまっすぐ家路へと向かった。

その夜、久しぶりに早く帰れたことで、張り切ってロイの好物だけの御馳走《ごちそう》を作っていると、門扉が開く音がした。今日はロイも帰りが早かったようだ。

久しぶりにロイと食事が出来ると喜びながら小走りに玄関に向かって木のドアを開けた。

「ロイ！　おかえり」

すると勢いよく出迎えられたロイは少し驚いた後、ひどく心配そうに言った。

「……確認せずにドアを開けるな。もし俺じゃなくて不審者だったらどうするんだ」

「あ、わ、悪い……。久しぶりにお前のこと出迎えられて嬉しくて……つい」

防犯意識もすっかり忘れるほど浮かれていたことに恥ずかしくなりながら謝ると、ロイは少し驚いた顔で頬を赤くし、郁実をきつく抱き締めた。

「鍵《かぎ》は自分で開けるから……お前は開けるなよ。他の奴だったら本当に危険だ。分かったな？」

「……わ、わかった」

子供に言い聞かせるように言われてやはり恥ずかしくなる。本当は自分こそがロイの親のような立場だというのに。

「郁実、今日は早かったんだな。仕事は少し落ち着いたのか？」

ロイに問われ、郁実は機嫌よく頷いた。

「ああ。やっとひと段落ついた。緊急で魔物の保護とかがなければ、多分しばらく落ち着いてると思う。それで……あの、さ。今度、同僚たちと飲みに行こうって思ってるんだけど」

「は？　そんなの危険すぎる。絶対ダメだ。認められない」

即答だった。

「なにが危険なんだよ。紛争地域に行く訳じゃないんだぞ？　ただの仕事仲間との飲み会だぞ？　俺も一応、魔物調査機関長って立場だし……風通しのいい職場っていう観点からも参加した方がいいだろ」

「郁実は酒に弱すぎる。危険だ」

「いや、弱くない。こっちの世界の酒が馬鹿みたいに強すぎるんだよ」

シュコーレのように飲んだ瞬間喉《のど》が焼けるような酒ばかりだ。

ロイもシグルドも平然とした顔をして飲んでいるし、アマンダも一人で瓶を空にするほど酒豪だが、あれを普通の基準にするのはおかしいと思う。

「……分かった。じゃあ俺は酒場に行っても一滴も酒を飲まないようにする。それでいいだろ？」

だがロイは尚《なお》も納得せず、郁実の肩を摑《つか》んで壁に押さえつけると、瞳《ひとみ》に激しい怒りを宿しながら言った。

「同僚ということはエリアスも来るんだろ？　あいつ今日、酒も入ってないのに郁実にべたべた触ってやがった」

「見てたのか!?」

帰る途中、ロイが国王と歩いていたのは確かに見ていたが、こちらには気づいていないと思っていた。だが帰り道で確かに郁実はエリアスに肩を組まれていたところを、しっかり目撃されていたらしい。

「シラフであの状態なんだ。酒なんて入ったらどうなるか分からねえだろ」

「……いや、どうにもならないだろ。こんなおっさんに」

お前が特殊性癖すぎるのだと、何度言ったか分からない言葉をかけようとした。

だが以前それを言ったところ、一晩中鏡プレイを強要され、いかに自分がいやらしい体をしているかを見せつけられたことを思い出し、郁実は慌てて口を噤《つぐ》んだ。

その晩は早めにベッドに入った。ここのところ帰りの遅い日が続いていたが、なんだかんだ毎晩求められるままに抱き合ってはおり、一日二回以上はしている。

最初の内は毎日なんてとても無理だと思っていたのに、最近ではどんなに疲れていても彼との行為がないと落ち着かなくなってしまった。

元の世界にいたときはあんなに性に淡泊な人間だったのに、ロイに体を作りかえられてしまったのではないかとさえ思う。

（……今日はゆっくり出来るぞ。まだ早い時間だし……）

密かにそう期待していたものの、その行為が五回目に突入しようとした時は、さすがに限界を迎えていた。

すでに朦朧《もうろう》とした意識の中で郁実《いくみ》は首を横に振って行為を止《や》めようとする。

「んっ、あっ……っもう！　無理だって、それ以上、出ない、からぁ……っ」

何度も果てたため、最早透明の液しか出てこない。それでも尚、体内の弱い部分を内側から性器で抉《えぐ》られ、強い快楽を与えられるのは最早拷問だった。

だが、ロイはまだまだ続けたいのだろう。このところずっと忙しくてかなり我慢を強いていた。毎晩行為をしていても、魔物の血を引く彼にとって一回や二回程度では到底足りないのだ。

まるで励ますように性器を緩く摩《さす》られて、郁実は「むりぃ……」と情けない声をあげながら首を横に振った。

「……ここで止めていいのか？」

「……っ」

中途半端に昂《たかぶ》らせられた自身の性器を見せられ、郁実は唇を噛《か》んだ。これ以上されたら完全に意識が飛んでしまいそうだが、ここで止められたくはない。

苦しいけれど、まだもっと、気持ちよくして欲しい。

結局縋《すが》るような目で見て行為をねだると、ロイは郁実の頭を撫《な》でキスを落とし、行為を続けた。

「郁実……っ」

熱のこもった声で耳元で名前を呼ばれ、郁実はゾクゾクと背筋を震わせた。

「う、あ……っ、や、らぁ、へんに、なる……っ」

かなり手加減をしてくれているようだが、それでも彼の行為はとても激しい。体の中を掻《か》き回されるような強い刺激に視界がチカチカとして、意識がぼんやりしてきた。

ロイとセックスをするとき、よくこういう状態になってしまうことがある。この、意識がホワイトアウトしていくような感覚が、郁実は嫌いではなかった。

彼の前でなら意識を手放してしまうことが怖くない。その絶対的な安心感がひどく幸せで、体が限界を迎えても尚、彼を求めてしまう。

「ろい、……す、き……」

頭の中で呟いたのか、口にした言葉なのか。それすら曖昧《あいまい》なまま、郁実は意識を完全に手放した。

2．堕落

幼い頃から、郁実は時間というものの大切さをよく知っていた。

朝起きた時から、時間との戦いの連続だったからだ。

六時に起きて弟たちのお弁当を作って、掃除に洗濯それから朝食を用意して、彼らが体操服やハンカチを忘れていないかチェックする。

七時半になったら弟たちを起こし、眠い目を擦《こす》る彼らの背中を押して支度をさせた。

走って学校へ行き、休み時間のうちに宿題を出来る限り終わらせて帰宅時間になったら走って帰って買い物をして、夕食の準備を終わらせ、タッパーに詰め、弟たちに書置きを残してバイトに出かける。

忙しくて、息を吐《つ》く暇なく走り続けた。

優斗《ゆうと》に陸上を続けさせるために、どうやって部費を捻出《ねんしゅつ》するか。どうしたら陸斗《りくと》がニンジン嫌いを克服できるか。

食費を抑えつつ栄養のある食事にするにはどんな献立がいいか。毎日毎日、そんなことばかりを考えて、頭の中はいつもフル回転だった。

翌日全てを計画通りこなせるようにしたかったから、前日見たいドラマがあろうと弟にゲームに誘われようと、十二時には必ず眠りにつく。

だらだらと夜更かしをしたり、ましてや朝寝坊をするなどということは絶対になかった。

それなのに今日は、郁実は目を覚ました後もぼんやりとしていて、体を起こせずにいた。

子供の頃から寝覚めはとてもよい方で、布団の中でもたもたしていることなどなかったのに、最近はどうしてもなかなか起き上がれずボーッとしてしまう。

（早く起きて朝メシ作らないと……）

そう思いながら重い瞼《まぶた》を押し開けると、目に飛び込んできた陽射しに郁実は驚いた。

「……え？」

その陽射しの色はどう考えても早朝の淡い光ではない。

「え……あれ……今、何時だ……？」

恐る恐る時計を見ると、いつもの起床時間よりも一時間も遅い。完全に寝坊してしまった。慌てて体を起こそうとしたその時、ベッドルームのドアが開いた。

「……郁実。起きたのか」

「ろ、ロイ！　なんで起こしてくれなかったんだよ！」

「いや、むしろもっとギリギリまで寝てろ。……昨日はさすがに無理させすぎたからな」

悪かったと謝られ、郁実は頬を赤く染めた。

「市場で朝メシ買ってきたから、食えよ」

そう言って彼が掲げたパン屋の紙袋を見て、郁実は信じられないと目を輝かせた。

「えっ、これコンディテリのパンか!?　早朝から並ばないと買えないやつ！」

「……ああ」

コンディテリはリーメルの目抜き通り近くにある大きな市場の中でも一番人気の露店で、平日限定で朝パンを売っている。

以前アマンダも絶賛していたので、一度は食べてみたいと思っていたが、休日はやっていないし仕事帰りではもう店は閉まっている。

平日の早朝に並ぶのは難しいと思っていたが、ロイがわざわざ並んで買ってきてくれたのだ。彼はさほど食に興味がなく、並んでまで食べたいとは思わないと言っていたから、郁実のために買ってきてくれたのだろう。

「ありがとう、ロイ……」

瞳を揺らしながら彼を見上げて礼を言うと彼は照れくさそうに目を逸《そ》らしてしまった。

(うわあ、楽しみだ)

どんな味がするのかずっと気になっていたし、わざわざロイが買って来てくれたということがとても嬉《うれ》しかった。ロイはいつも、郁実が何気なく言った欲しい物ややりたいことを覚えていて、叶《かな》えてくれるのだ。

ベッドから身体を起こそうとするが、体の節々が痛い。

思わず顔を顰《しか》めながらもどうにか起き上がろうとしていると、ロイが郁実の膝裏《ひざうら》に手を入れ、肩を支えてそのまま抱え上げた。

「おっ、おい！　ちょっと、さすがに自分で歩けるって」

顔を赤くしながらロイの胸を押し返そうとするが、彼の腕は力強くビクともしない。ロイはそのまま郁実を抱えてダイニングに移動して、クッションを敷いたフカフカの椅子に座らせ、目の前にパンと淹《い》れたてのお茶を出してくれた。

「ほら」

ロイがパンをちぎって郁実の口元に運ぼうとしたので、慌てて首を横に振った。ロイは子供の頃から、郁実に物を食べさせたがる不思議な癖がある。

別に嫌ではないが、介護対象なのかと思うと、複雑な気分だ。

「自分で食えるから」

「食わせたい」

「……じゃあ、一口だけ」

おずおずと口を開けると、ロイが嬉しそうにそれを口に入れた。ふわふわのパンは甘くて香りがよくて、噂《うわさ》通りに、いや噂以上にとても美味《おい》しい。

「美味《うま》い！」

思わずパアアと顔を輝かせると、ロイは微《かす》かに頬を緩めて、まるで小さい子供の頭でも撫でるように郁実の髪に触れた。その大きな手が心地よくて、郁実はぼんやりとしながらパンを食べた。

幸せに味があるとしたらこんな味だろうか。そう思ってしまうような美味しいパンだった。

（なんか……怖いぐらい幸せだな）

自分はこんなにも堕落してしまっていいのだろうか。そう思うのに、もっともっと幸せを貪《むさぼ》るのが止められない。昨日だって本当は、次の日の仕事に備えて断固として拒絶するべきだったのに快楽に身を任せて気絶するまで行為をしてしまった。

そう反省していると、ロイが心配そうな顔をして覗《のぞ》き込《こ》んできた。

「……郁実、今日顔色悪いな。仕事休んだ方がいいんじゃないか？」

「なっ、何言ってんだ。こんな理由で休む訳にいかないだろ」

王城で働く全ての者には、年に十日間の休暇が付与されている。元の世界で言うところの有給休暇のようなものだ。

だが、だからと言ってセックスのしすぎなどという欠席理由は聞いたことがない。

これまでの人生で風邪《かぜ》など引いたことはなかったし、この程度の疲労で休んだことなどなかった。

指一本動かせないぐらい疲れている時も、とりあえず起き上がってしまえば一日働けるものだ。

そう思いながら気合を入れて郁実はどうにか椅子から立ち上がった。足腰に強い違和感があり、時折ひょこひょことした変な歩き方になってしまうものの、別に歩けないこともない。

「ほら全然大丈夫だろ。さっさと仕事にいくぞ」

いつも通りを装い、笑ってそう言うと、ロイが止めるのも聞かずに支度をして仕事へと向かった。

その日、郁実はどうにか一日、無事に仕事を終えることが出来た。幸い今日も仕事は落ち着いており定刻通りに帰れる。

（さすがに疲れてるから……今日こそは早く寝よう。今夜は絶対、ロイと絶対Hしないぞ）

そう固く決意して、腰を摩りながら一人顔を赤らめる。

その日処理した書類を片付けて立ち上がった時、ほんの一瞬、グラリと視界が揺らいだ。

「あれ……？」

何だ今のはと少し不安になったが、その視界の揺らぎはすぐに収まった。

「郁実、どうかしたか？」

片手で額《ひたい》を押さえて立ちすくんでいる郁実に、エリアスたちが心配そうに声をかける。

「あ……なんでもない。一瞬立《た》ち眩《くら》みがしてさ」

「うわ、郁実さん顔色めちゃくちゃ悪いですよ」

「え、本当か？」

ヒューゴがひどく驚いた顔をしていて、その顔を見れば自分の状態が普通ではないことが分かった。

眩暈《めまい》が落ち着いているうちに、早く帰らなければ。

「今日は早く帰ることにする。お先にな」

そう言って心配そうな顔をしている二人に手を振り、調査室を出てしばらく廊下を歩いていると、途中で途端に再び、ぐらんぐらんと大きく視界が回り始めた。

（え？　あ……）

まずいと思い、慌てて足を止めて壁に手を突いたが、どちらが天井なのか床なのかもわからない激しい眩暈に、郁実《いくみ》は立っていられなくなってしまった。

――あ、やばい。

そう思った時には郁実はその場に倒れていた。

3．ドクターストップ

目を覚ますと、郁実は城の救護室のベッドで寝かされていた。

「……？」

「郁実!!」

今にも死んでしまいそうな泣き顔をしたロイが、自分の手を握り締めている。

「あれ……？　俺……」

今日はいつも通り城で働いて一日を終えて、その後の記憶がない。額を押さえながらどうにか思い出そうとしていると、馴染《なじ》みのある声がしてきた。

「郁実くん、君仕事帰りにぶっ倒れたんだよ」

「シグルド!?　なんでここに」

予想外の人物に驚いた。彼は最近仕事でクルムトの屋敷と王都を行き来していることは聞いていたが、城でも仕事をしているとは知らなかった。すると彼は呆《あき》れたようにロイを指差しながら言った。

「この馬鹿に呼び出されたから。〝郁実が死ぬ〟って、血相変えて飛んできたからほんとビックリしたよ」

「悪い……すごい迷惑かけたみたいだな。なんか急に目回って。貧血だったのかも。ほんとごめん」

そう謝罪すると、シグルドはベッドの横に置かれた見舞い用の椅子にドサッと腰かけて足を組み、真面目《まじめ》な顔で言った。

「貧血じゃないよ。郁実くん。君が倒れたのは過労が原因です」

そう診断され、郁実は驚きに目を見開いた。

「過労って……そんなわけないだろ。仕事だって全然きつくないし。そりゃ最近ちょっと忙しかったけど」

信じられないというように郁実は瞬きを繰り返した。この世界に来たばかりの頃、一日中煤《すす》だらけになって働いていたことを思うと、今の職場環境で過労など信じられなかった。

「いや、以前の郁実くんは多分、丈夫だったというよりは〝今自分が倒れたら終わる〟っていう精神状態だったからなんとか気力で踏ん張ってただけで、普通だったら百回ぐらいぶっ倒れててもおかしくない状態だったから」

あの頃と比べても仕方ないとシグルドは言い、そしてロイをじろりと睨《にら》みながら言った。

「あと過労って、仕事だけが原因でなるものじゃないよ。プライベートでも、体力の限界を迎えたらなるから」

「プライベートだって別に……そんなに出かけてる訳じゃないし……」

「それだよそれ。毎日家に籠《こ》もって夜に〝激しい運動〟ばっかりしてるでしょ？」

「えっ!?　あ……ええっ」

図星だと証明するかのように郁実は顔を真っ赤にした。その反応を見て、シグルドは呆れたように言った。

「前にも言ったと思うけど、魔物と人間じゃ全く体力が違うから。こいつのペースに合わせてたら、持たない。……このままだと郁実くん死ぬよ」

すると、隣に立っているロイが蒼白《そうはく》な顔になったので、郁実は慌てて言った。

「いやいや、死ぬっていうのはさすがに……」

「大げさじゃないよ。さっきこいつに経緯聞いたけど、昨日なんて気絶するまでヤッてたんでしょ?　そんな限界状態のセックス、体に負担になるに決まってんじゃん。普段だって寝不足の状態で毎晩何回もセックスなんてしてたら、そりゃ疲れも溜《た》まるよ。郁実くんの体は、無意識に大きなストレスを感じてたと思う」

郁実は真っ赤になって俯《うつむ》いた。これまでシグルドは〝運動〟という言葉で濁していてくれていたのに、ついに〝セックス〟とはっきり言われた。友人にこんな生々しい性生活の忠告を受けるのはいたたまれない。

「……まあ、いちいちそんな初々しいそそる反応されたら、こいつのタガが外れるのもしょうがないかもしれないけど……」

シグルドは少し顔を赤らめながら言い、ゴホンと咳払《せきばら》いをして話題を変えた。

「とにかく、三日間はセックス禁止。明日はちょうど休日だからゆっくり休んでよね。その後のことは、俺からこいつにきっちり〝指導〟したから大丈夫だとは思うけど」

「指導？」

そう首を傾《かし》げると、シグルドは郁実の肩を摑《つか》んでにっこりと笑って言った。

「今度郁実くん家に往診に行くから。その時までに体調が戻ってなかったら、郁実くんは保護して僕のお嫁さんになってもらいます」

「な、なんだよそれ」

彼らしいいつもの冗談に郁実は笑った。だが、ロイはその冗談にもいつものように反応することなく、シグルドが郁実の肩を摑んでいることに怒ることもなかった。


次の日、ゆっくり家で休んで過ごすとすっかり体調は元通りになった。

翌日はロイに心配されながらも体調に問題なかったため仕事へと出かけると、ヒューゴとエリアスが心配そうに駆け寄ってきた。

「郁実さん！　体もう大丈夫なんですか？」

「あ、ああ。もう全然大丈夫。やばい病気とかじゃないから。悪いな本当に、迷惑かけて」

「いや。というかゆっくり休んでくださいよー。働きすぎなんですよ。郁実さんは仕事熱心だから」

「……あ、ありがとな」

倒れた原因がセックスのしすぎによる過労ということで、なんとも恥ずかしく後ろめたく罪悪感が募る。気遣ってくれる優しさに申し訳なさとありがたさを感じながら二日分溜まってしまった仕事を処理しようと調査書を広げていると、二人がおずおずと切り出した。

「その……ロイ様とどういう関係なんですか？」

「え？」

戸惑《とまど》いに顔を上げると、エリアスも窓の外を指差しながら言った。

「もう城中がその話題で持ちきりだぞ。侍女たちも大騒ぎだ」

どういうことだろうと詳しく状況を聞いて、郁実は顔から火が出そうになった。

あの時、郁実が倒れたことで廊下は騒然となり、ちょうど国王の〝散歩〟に付き合っていたロイが騒ぎを聞きつけたらしい。

そして彼は、衆人環視の中、血相を変えて駆け寄ると郁実を抱きかかえて城内を走り、救護室へと運び込んだのだと言う。

「〝氷の騎士ロイ様が、あんな取り乱しているところは初めて見ましたわぁ〜！〟ってとんでもない騒ぎですよ」

「ロイ様、先月国王がぎっくり腰で倒れた時も、周りが騒然とする中一人だけ冷静に治癒魔法師を呼ぶように命じてたからなぁ。俺も驚いたよ」

確かにそれは、大騒ぎにもなるだろう。ロイはとにかく、身分を問わず城中の女性から大人気なのだから。

確かに今日は朝から、城で働く女性たちから嫉妬《しっと》に満ちた敵意のある目や、逆に謎の期待に満ちた目などを向けられて不思議だと思っていたが、まさかそんなことになっているなんて。

これからしばらく、好奇の的となるであろうことを考えると、郁実は胃が痛くなった。

「……ロイ、様……とは、ちょっと知り合いなだけだ」

「そんな訳ないだろ？　本当のとこ、どういう関係なんだよ」

エリアスが好奇心を押さえられないというようにそう言って郁実の肩に手を回し、顔を近づけて聞いてきたその時、ちょうどガラリと調査室の扉が開いた。

「郁実くん！　体はもう大丈夫かね？　心配になって様子を見に来たのだよ」

国王だ。もちろん、その後ろにはロイが控えている。

「こ、国王様……！　申し訳ございません。おかげさまでもうすっかりよくなりまして」

まさか国の最高権力者までもが直々に見舞いに来てくれるとは思わず、慌ててその場に跪《ひざまず》きながら礼を述べる。

すると彼はいつもの人のよい笑みを浮かべて顔を上げるように言った。

「いいんだいいんだ。病み上がりなんだから楽にしていなさい。いつもよく働いてくれているから、無理せず休んでもいいのだぞ」

「……ありがとうございます」

国王は優しい労《ねぎら》いの言葉を述べるとロイを連れて部屋を出て行った。その後ろ姿を見送りながら、郁実はロイにまたしてもエリアスに肩を抱かれているところを見られてしまったことを思い出した。

（今日も小一時間は話し合いだな……）

だが、不思議な事にその晩、家に帰っても、ロイはエリアスとのことを咎《とが》めることは一切なく、ただただ郁実の体調を気遣ってくれただけだった。

4．普通の付き合い方指導

――十日後。

〝普通の人間の付き合い方〟

・郁実くんをむやみに束縛しない。
・郁実くんの一挙一動を監視しない。
・セックスは週三回程度。疲れている時は厳禁。
・セックス中、「待って」と言われたら待つ。「いや」と言われたら即止《や》める。
・羽で包むような繊細なセックス。郁実くんを抱くときは今までのさらに十分の一の力で優しく抱きましょう。

ロイはシグルドから渡されたふざけた〝指導メモ〟を机の下で見ながら忌々し気にぐしゃりと潰《つぶ》した。魔物と人間の体力がまるで違うことは昔からよく分かっている。
抱きしめたい力の十分の一以下の力で抱きしめるようにしているし、セックスも自分に出来る最大限抑えた力で抱くようにしている。

一日十回でもしたいところだが、郁実の負担を思い、かなり回数を減らしていた。

本当は仕事だって辞めさせて一日中家に閉じ込めていたいと思っているが、もちろん実行には移していない。

ここまで我慢すればさすがに大丈夫だろうと、本気で思っていたから、その我慢がまるで足りず、郁実に倒れるまで負担とストレスをかけてしまっていたことにロイは打ちのめされていた。

——このままだと郁実《いくみ》くん死ぬよ。

過剰な愛は死を招くのだと思うと、恐ろしかった。

自分が思い描く「普通」と人間の「普通」は大きく乖離《かいり》している。どこまでだろう。一体どこまで我慢すれば、〝普通の人間〟の愛し方になるのだろう。ロイはそれを明確に知りたかった。


「……なあロイ、聞いてるか？」

食事中に突然下を向いてしまったロイに郁実が少し不満げに言った。

「なんだ？」

「あ……いや、おかげさまで随分元気になったから、明日辺りに前話してた職場のみんなとの飲み……行こうと思ってるんだけどいいか？」

おずおずと不安げに切り出される。

（そんなのダメに決まってんだろ）

ロイは喉元《のどもと》まで出かかった言葉をグッと飲み込んだ。

――郁実くんの体は、無意識に大きなストレスを感じてたと思う。

シグルドに言われた言葉がグサグサとナイフのように胸の奥深くに突き刺さっていた。

郁実以外の人間に一切興味のない自分と異なり、彼は自分の周りの全ての人々を大切にしている。

そんな彼を、世界中から遮断して自分だけのものにしようというのは間違いだ。そう自分に言い聞かせると、長い沈黙の後、ロイは顔を上げて言った。

「ああ。楽しんでこいよ」

血を吐きそうな程の葛藤《かっとう》の末、顔が引き攣《つ》るのを堪《こら》えながらその言葉をどうにか口にすると、郁実はひどく驚いた顔をした。

「え!?　いや、でも……」

「シルヴァンって酒ならアルコール濃度はかなり低いから郁実でも一杯ぐらいなら潰れることはないはずだ。どこの酒場にも大体ある」

「……分かった。それ、一杯だけ頼んでみる。ありがとな、教えてくれて」

嬉《うれ》しそうに郁実が笑うのを見ながら、ロイは机の下で密《ひそ》かにギリギリと拳《こぶし》を握り締めていた。

郁実が酔った時のほんのり上気した顔を思い出すと、とても他の人間に見せたくないという想いに駆られる。だが、普通の人間はそれを我慢出来るというのだ。

ロイがすんなりと了承したことを、郁実はしばらくの間信じられないというように驚いていたが、やがていい事を思いついたというように笑いながら言った。

「そうだ。お前も参加するか？　飲み会」

「え……？」

「一回話してみたら、ヒューゴもエリアスも、みんないい奴《やつ》だって分かると思うんだ。みんなもロイのこと気になってるみたいだし」

それは郁実にとっては名案だったのだろう。

純粋な彼は、話せばわかり合えると思っているのだ。正直なところ、彼らと酒を酌み交わしたところで自分の大事な郁実に馴《な》れ馴《な》れしく話しかけるな触るなという敵対心が消える気は全くしない。

参加できるものならしたい。

だがそれは、郁実が思い描いているような和気あいあいとしたものではなく、周りを牽制《けんせい》し、彼らが不用意に郁実に絡まないように見張るためだった。場が凍り付いている場面が容易に想像出来た。

「いや……別にいい」

〝・郁実くんの一挙一動を監視しない。〟と書かれたメモを思い出しながら、ロイは出来るだけ興味がない風を装って言った。

「そ、そうか。そうだよな……。俺たちの過去がバレたら大変だし……」

しょんぼりと肩を落とされると胸が痛いが、これ以上郁実のストレスを溜めないためには止むを得ないことだった。

シグルドからの〝指導書〟を守る上で、一番困るのが夜の時間。つまり性生活だった。

普通の人間は、一緒に暮らしている最愛の恋人と同じベッドに入っていても毎晩欲情しないらしい。

いや、欲情したとしても我慢出来るということなのだろうか。

ロイはここ最近、シグルドの指導を守り、週三回以下のセックスを心掛けていた。その上一回か二回で終わらせている。

(なんだ〝羽で包むような繊細なセックス〟って……ふざけやがって)

表現にいちいち苛々《いらいら》しながらも、ロイはまさに羽で包むような繊細なセックスを心がけた。

確かに、あの日倒れた郁実をシグルドに治療してもらった時、彼の体には鬱血《うつけつ》の痕《あと》に混じっていくつもの鋭い犬歯の食い込んだ噛《か》み痕があった。

それはおそらく、自分が行為中に無意識に付けた噛み痕だろう。

傷と言う程のものではなかったが、明るい部屋で見るそれはひどく痛々しく見えて言葉を失った。

(今までのさらに十分の一の力……)

激しく揺さぶるようなセックスではなく、緩くストロークしてキスをしながらすると、郁実はいつもの切羽詰まった表情ではなく、純粋に気持ちよさそうに見えた。

(可愛い……)

こちらも幾分理性的になり、軽いキスを落としたり反応を楽しめるが、やはりどこか物足りない。

「ん、ぁ……っ、ロイ……もっと……っ」

（もっと……？）

いつも「無理」とか「死んじゃう」とばかり言われていたから、初めての言葉に動揺した。

郁実は尚《なお》も物足りなそうに足をきつく絡めて求めてくるが、ここで理性を失くせばいつも通りの荒っぽいセックスになってしまう。最もロイにとってはそれでも限りなく優しいセックスのつもりだったが。

「ダメだ」

負担をかけないように、出来るだけ優しくを意識して律動を繰り返していると、やがて郁実がぶるっと体を震わせて淡い色の性器の先から精液を吐き出した。

それからしばらくして、ロイも郁実の最奥に熱を吐き出す。まだまだこれからという気分だったが、明日も仕事で夜も遅い。

名残惜しく引き抜くと、郁実が「えっ」と戸惑うような声を上げた。

「ロイ……？」

「明日も早いからな」

そう言って額《ひたい》にキスをして、彼の体に飛んでいる残滓《ざんし》を拭《ぬぐ》っていく。

（これが普通……）

自分に言い聞かせるようにロイはそう言った。

5．甘い毒

倒れた日から一カ月が経《た》った休日、シグルドが家まで往診にきてくれた。

「悪いなシグルド。わざわざ来てもらって」

「何言ってるの？　診察なんて口実だよ。郁実くんに会いに来たんだから」

シグルドはいつものように軽口を叩《たた》きつつ、彼は郁実の体に魔法をかけて体の状態を見ると、安心したように頷《うなず》いた。

「うんうん、なんの問題もない健康体に戻ってるね。……まだ疲れてる感じとか、怠《だる》い感じとかある？」

「いや……全然大丈夫」

「あいつ、ちゃんと約束を守ってるみたいだね。やっぱ〝このままだと郁実くんが死ぬ〟っていう嘘《うそ》の脅しが効いたな」

「嘘だったのか……？」

「だってそう言わないと、絶対あいつ言う事きかないもん。……で？　どう。僕の指導結果は。あいつ大分普通になったでしょ」

そう言われ、郁実は躊躇《ためら》いがちに頷いた。この一カ月間、セックスは二、三日に一度。多くて二回まで。息が出来なくなるほど強く揺さぶられることもなく、とても穏やかな行為だ。

服装も以前は少しでも胸元が乱れていたり、半袖《はんそで》など肌が出る物を着るとひどく嫌がったが、最近は多少肌が出るようなものを着ていても何も言わないし、エリアスに抱き着かれているところを見られても後から小一時間問い詰められることもない。

その上、郁実が仕事仲間と仕事終わりに出かけたり、酒を飲むことも快く許してくれる。さらに郁実にも飲みやすい酒が多い店なども教えてくれた。

(なんか……変な感じだ。いや、これが普通なのか?)

元の世界でも恋人などいたことがなかったので、どういう付き合い方が正しいのかは分からないが、少なくとも今のロイとの関係は、郁実が思い描くごく普通の付き合い方だった。

お互いを尊重し合いながら、お互いだけでなく周りとの関係も大事にし、干渉しすぎることもない。正しく愛し合っている。誰に聞かれてもそう言える状態だと思う。それなのに、なぜか、郁実は強い渇望感に苦しくなっていた。

もっと溺《おぼ》れるように愛されたい。そう思ってしまう。

「……でも、こういうのが、正しい付き合い方なんだよな」

無意識にそう呟《つぶや》いてしまいハッとした。慌てて「なんでもない」と言おうとしたが、シグルドはしっかりとその呟きを聞いていたらしい。

「うーん。正しいっていうか……もし僕が郁実君の恋人だったら、こういう風に付き合いたいかな。郁実くんの世界を縛りたくないし、世界一大切な体に過剰な負担はかけたくない。治癒魔法師としてはどうしても、不健康な愛し方はしたくないって思っちゃうからね」

それはあくまで「恋人だったら」という仮定の話だと思うが、彼の声は妙に真剣だった。

「……シグルドらしいな」

「でも郁実君は、〝普通〟じゃ物足りなそうだねえ」

「!? いや、そんな訳……」

否定しようとしたのに、思わず言葉を詰まらせると、そんな郁実の顔を見て、シグルドが肩を竦《すく》めながら言った。

「郁実くんの診断は過労で間違いないんだけど……本当の原因は、〝中毒〟だと思う」

「……中毒?」

「どんなものも過ぎれば毒になるって言うでしょ。郁実くんは、あいつから毎日毎日、過剰な愛情を無理やり流し込まれてるうちに中毒になっちゃったんだよ。過度なセックスで疲れて体が蝕《むしば》まれても、服装や交友を制限される不自由な息苦しさにもなんにも気づかないで逆に幸せって感じちゃう」

「……」

言葉が詰まって上手《うま》く出てこない。シグルドの〝中毒〟という言葉に郁実はこれ以上なく納得してしまい、背筋がゾクリとした。そう、まさに中毒だ。彼から与えられる飲み込み切れないぐらいの激しい愛を、もっともっとと欲してしまう。

「こんなの……やっぱり、おかしいよな」

ダメなことなんだと、自分に言い聞かせるように言うと、シグルドは少し考え込んで言った。

「……いや、でも郁実くんは図太いから、多少不健康な愛され方しても大丈夫じゃないかな」

「な、なんだよそれ」

失礼だなと、思わずむくれるが、彼はそのままの意味だと笑った。

「心身共に健康でいるためにはバランスが大事だけど……一番バランスが取れるのが〝普通〟ってだけ。でも、それじゃ郁実くんは普通の幸せしか摑《つか》めないじゃん？　僕は郁実くんには、世界一の幸せを摑んで欲しいと思ってるんだ。でもそんなに大きな幸せっていうのは、僕みたいな完璧《かんぺき》な人間には与えてあげられないような、どこか歪《ゆが》んでる、重たい愛なのかもね」

「……シグルド」

「どっちにしろ、もう元気になったんだからもう治癒師の〝指導〟は必要ないよ。ぶっ倒れないように、自分で気を付けて」

シグルドの診察が終わると、部屋の外で待っていたロイは心配そうに郁実《いくみ》の元へ駆け寄った。

「……体はどうだ？」

「もうばっちり健康だって。なんの問題もない」

「そうか」

心の底から安堵《あんど》した様子のロイに、郁実は笑いながら言った。

「このままだと俺が死ぬっていうのはシグルドの嘘だって」

「は……？」

「そうしないと〝指導〟を受けないだろうからだって」

彼はしばらく呆然《ぼうぜん》としていたが、やがて盛大な溜息《ためいき》を吐《つ》き、片手で額を覆いながら言った。

「……あいついつか殺す」

ロイはシグルドの言葉を本気で信じていたようだ。随分心配をかけてしまっていたことに、申し訳なくなりながら、郁実は頬を赤くしながら言った。

「あの……さ、ロイ。もう指導は必要ないって。だから……別にいいぞ。そんなに気を遣わなくて」

「……元の生活に戻したら、またぶっ倒れるかもしれないだろ」

「ああ。だから、ルールを決めないか？」

「ルール？」

「ああ。やっぱり俺、お前のこと全力で愛したいし……全力で愛されたいって思うから。でも、さすがにまた倒れて周りに迷惑かける訳にはいかない。だから、そうはならないようにちゃんと最低限自分たちのルールを決めよう。そのルールさえ守れば……あとはロイの好きにして欲しいんだ。俺もう〝普通〟じゃ無理なんだ。全然足りなくて……」

「好きにって……本当に俺の好きにしたら、お前本気で困るだろうが」

「ああ。困ると思う。でもずっと……嫌じゃなかったんだ。飲み会禁止とか、職場の奴と話すなとか他の奴に触られるなとか、すごく困るんだけど……でもそう言われることは嫌じゃなかった」

「は……？」

「変だろ？　シグルドが言うには、俺は中毒なんだって」

「中毒？」

「お前から過剰に愛されすぎて、中毒状態らしい。もう普通の愛情じゃダメになっちゃったんだ。だから……責任取って、もっと愛してくれよ。息苦しいぐらいに」

　飢えた顔で切実に訴えると、ロイは信じられないというようにしばらくの間目を見開いていたが、やがて不本意だというような顔をして、郁実の肩を掴んだ。

「何言ってんだ。中毒にしたのはお前だろ」

「……え？」

「俺をこんな風に育てたのは郁実だ。おかしくなりそうなぐらい愛情に飢えてた俺を捕まえて、口から溢れ出るぐらいの愛を一方的に注いで中毒にした。俺がこんなバケモノに育ったのは、全部お前のせいだ。お前こそ……責任とれよ」

　ギュウッと抱き締められる力は、かなり加減されているにも拘《かか》わらず、とても苦しかった。

　腕の中に溺れてしまうような息苦しさが心地よくて、郁実は思わず目を閉じた。

「……ああ。そうか、そうだったな」

　確かに、ロイの言う通りなのかもしれない。

　この世界に来て、どんな絶望の中にあっても、命すら捨ててもいいと思う程にロイを愛し抜いた。窒息する程の重い愛。

　彼をそう育てたのは、他でもない自分だったのかもしれない。

あとがき

こんにちは。福澤ゆきと申します。

この度は「異世界で半魔の子供を育てたらヤンデレに育った」をお手に取ってくださり、ありがとうございます。

この作品はＷＥＢで連載していたお話の書籍化になりまして、「ヤンデレ攻め」をテーマにしようと思い、書いた作品になります。

最初、漠然と「ヤンデレ攻め」というテーマは決まっていたのですが、具体的にどんな話にしようかなーと迷った時に、まず「ヤンデレ攻め」を受け止める「受け」はどんな属性がいいかなと考えてみました。ヤンデレの怒濤《どとう》の病み感情を右から左に受け流せる最強天然受けも面白そうだなぁとも思ったのですが、「どうせならヤンデレの病み感情を増長させちゃうヤンデレホイホイタイプの年上包容力受けにしよう！」と決めました。

そして、年上の包容力受けならやっぱり擬似親子モノがいいかなと思い、タイトル通りのお話になりました。

自分の趣味と萌《も》えを全力で詰め込みまくって書いたので、書いていて（辛《つら》いシーンも多々ありましたが……）とても楽しかったです！

郁実《いくみ》を取り巻く男たち（？）はみんな愛情に飢えています。ロイはもちろん、黒沢《くろさわ》もコニーも。あと、陽キャなので分かりにくいですが、シグルドもかなり愛情に飢えています。

ですが、そんな風に重い感情を持たれがちな郁実自身も、とても愛情に飢えている人です。

ロイが立派なヤンデレに育ったのには、元々の素質もあったかもしれませんが、郁実のロイに対する愛情深すぎる育て方も大きな原因かなと思います……（笑）。

愛に飢え、時に狂気に飲まれながらも、一生懸命自分たちなりの愛の形を見つけていった彼らの物語を、少しでも楽しんで頂けましたら嬉《うれ》しいです。

最後になりましたが、いつも優しく楽しい打ち合わせをしてくださった担当様、本当にありがとうございました。そして、登場人物全てイメージ通りに、それ以上に素敵に描き上げてくださった鳥梅先生、的確な指摘をくださった校正担当様、ここまで読んでくださった読者の皆様。

この本の出版に携わってくださった全ての方に感謝申し上げます。

Ruby collection

異世界《いせかい》で半魔《はんま》の子供《こども》を育《そだ》てたら
ヤンデレに育《そだ》った　下

2023年5月1日　初版発行

著者　福澤ゆき
©Yuki Fukuzawa 2023

発行者　山下直久

発行　株式会社KADOKAWA
〒102-8177
東京都千代田区富士見2-13-3
電話：0570-002-301（ナビダイヤル）
https://www.kadokawa.co.jp/

印刷所　株式会社暁印刷

製本所　本間製本株式会社

デザインフォーマット　内川たくや（UCHIKAWADESIGN Inc.）

イラスト　鳥梅 丸

初出：本作品は「ムーンライトノベルズ」(https://mnlt.syosetu.com/)
掲載の作品を加筆修正したものです。

●お問い合わせ
https://www.kadokawa.co.jp/（「商品お問い合わせ」へお進みください）
※内容によっては、お答えできない場合があります。
※サポートは日本国内のみとさせていただきます。
※Japanese text only

ISBN 978-4-04-113549-5　C0093　Printed in Japan